KB274818

미국에 대해 알게된 두세가지 것들

김보경 지음

추천사

작가는 나의 제자로 경희대 국문과를 석사로 졸업하고 미국으로 건너가 국문과와는 거리가 먼 컴퓨터를 대학원에서 전공했다.

현재는 북캔터키 대학의 전산과 전산실 책임자로 있으면서 강의도 하고 있다.

그녀는 또한 대학원 시절에 박사과정에서 공부하고 있던 미국인과 결혼하여 아들과 함께 다복한 가정을 꾸미고 있고 남편도 현재 교수로 있다.

작가는 현재 컴퓨터를 전공하고 있지만 문학에 대한 끝없는 열정으로 수필을 써오다 ≪한국수필≫을 통해 등단하였다.

이번에 『미국에 대해 알게 된 두세가지 것들』을 낸 것도 그의 문학적 정열의 열매라 할 것이다.

이 책은 한국과 미국의 언어와 관습의 차이에서 빚어지는 이야기와 갈등을 예리한 관조의 세계를 통해 펼쳐보이고 있다.

「'gook'과 '국'」「'you'와 '너'」「미국인의 호칭습관」「R.S.V.P」는

언어에 대한 인식의 차이에서 빚어지는 현상을 희화적(戲畵的)인 필치로 묘사하고 있다.

「파랗게 물 오르는 잔디, 그 공포」「도심의 황량한 공립학교」「도서관, 요람에서 무덤까지」 등은 미국인의 주거환경에 대한 양상들과 그에 따르는 모순, 갈등 등을 생동감있게 형상화한 것으로 문명비평적인 안목이 날카롭다.

「알면서도 못 쓰는 답」「'John Doe'와 '홍길동'」「한국유학생, 컨닝도사라는 누명이 웬말인가?」「국경없는 가족애」 등에서는 한국유학생이 겪는 웃지 못할 여러 경험과 문화의 차이에서 빚어지는 희극 아닌 희극을 해학적인 필치로 묘사하고 있다.

김보경의 수필세계는 한국인이 미국의 언어와 생활문화의 차이에서 빚어지는 현상을 해학적인 필치로 생동감있게 묘사하는 것이 특징이다.

이 책은 우리문화에 대해 새롭게 인식하게 하며, 미국문화를 좀더 깊이 이해하는 데 많은 도움을 주리라 생각한다. 뿐만 아니라 미국에 관심이 있거나 유학생들에게는 더더욱 일독을 권할 만한 책이다. 더불어 현대를 살아가는 독자들은 이 책을 통해 문화에 대한 국제적 감각을 넓히고 삶의 지혜를 얻을 수 있을 것이다.

1997년 5월
경희대학교 국문학과 교수
서정범

미국에 대해 알게 된 두세가지 것들

저자의 말

　수없이 많은 정통한 매체들이 미국을 보여주고, 수없이 많은 정통한 사람들이 미국에 대해 말하고 있다. 그러나 그 매체의 내용과 말들은 모두 진실임과 동시에 또한 모두 진실이 아니기도 한 묘한 성격을 지닌다.

　미국에 오래 살면 살수록, 또 미국인들을 많이 알게 되면 될수록 '미국은 …' 이라든가 '미국 사람은 …' 이란 말을 하기가 두려워진다. 매시간, 매사, 매사람을 대하는 동안 이곳, 이곳에서 벌어지는 일들, 이곳의 사람들을 결코 '미국'이란 한 단어로 묶을 수 없게 하는 다면성을 배우기 때문이다.

　미국은 세계에 존재하는 모든 것이 온갖 형태의 질과 양으로, 그리고 사람이 지닌 모든 것이 온갖 형태의 질과 양으로 함께 어우러져 짜인 천조각과 같다. 아니, 그 모든 것들이 서로 분류될 수 없이 섞여 있는 화학실의 실험용기와 같다는 것이 더 옳을 듯싶다. 복잡한 형이상학적 화학반응이 일어나고 있는 화학 실험용기.

그런 미국을 전체적으로 논리정연하게 다 설명한다는 것은 거의 불가능하다. 한눈으로 보기엔 너무 크고 복잡하기 때문이다. 누가 미국을 다녀와서 '미국'에 대해 말한다면 그 '미국'은 그 사람이 보고 경험한 한도내에서만 적용될 수밖에 없다. 그러니까 그 말이 진실인 것도 확실하지만, 진실이 아닌 것도 확실할 수밖에 없다. 그런 의미에서 보면 이 글들 역시 진실이기도 하지만 동시에 진실이 아니기도 하다. 그러나 사실인 것만은 분명한 글들임을 밝힌다.

나는 하루에도 몇 번씩 한국문화와 미국문화 사이를 넘나들며 미국인의 아내, 혼혈아의 엄마, 외국인 며느리, 외국인 친구, 외국인 강사, 재미교포 등등의 역할을 맡는다. 짧은 시간 동안 국적이 다른 두 문화 사이를 오락가락 하다 보면 내가 어디에 서 있는가를 확인하기 위해 체머리를 흔들 때가 많다. 수년 동안 미국인과 산 덕분에 많이 나아지긴 했지만, 나는 아직도 언어와 문화의 차이 속에서 끊임없이 허우적거린다. 그리고 그 허우적거림 속에서 '미국 속의 한국'은 물론 '한국 속의 미국'을 조금씩 더 배워가고 있다.

이 글들은 그런 생활 속에서 보고 느낀 것들을 틈틈이 적어두었다가 함께 묶은 것이다. 10여 년을 통해 쓴 글들로 각각 시간, 소재, 문체를 달리하고 있지만, 일반 매체를 통해서는 볼 수 없는 일상적이면서도 독특한 미국의 일부와 그 속에 몸담고 사는 한국인의 모습을 다각도에서 솔직하고 상세하게 적었다는 공통점이 있다.

한국은 요즘 무슨 일을 하든 '세계화(世界化)'에 초점을 맞춘다.

미국에 대해 알게 된 두세가지 것들

'세계화'를 위해서는 올바른 '세계화(世界畵)'를 보아야 한다. 유학생의 미국 대학생활, 미국 보통사람들의 진솔한 생활상, 미국의 저변에 보이는 사회상, 그 속에 자리잡고 사는 소수민족으로서의 한국인의 모습, 에피소드를 통해 배운 본토(?) 영어 등을 소재로 한 이 글들은, 경험에서 비롯된 틀림없는 '세계화(世界畵)'의 일부이다. 이 '세계화(世界畵)'의 한 조각이 한국의 '세계화(世界化)'에 작은 몫을 할 수 있기 바라며, 특히 미국유학, 이민을 계획하고 있는 사람들에게 실질적이고 현장성 있는 정보가 될 수 있기 바란다.

다음은 이 글들을 쓰면서 참고한 참고서적의 목록이다.
· 「태권도, 진짜 세계화」: 김운용 사범의 *TaekwonDo Textbook*, 심상규 사범의 *The Making of a Martial Artist*, United Taekwondo Association의 *Belt Manual*, 임규붕 사범의 *World of TaekwonDo*, 신창화 씨의 「한국 외교의 문화적 수단으로서 태권도에 관한 연구」, 안경원, 『사범과의 면접』
· 「'국'과 'Gook'」: Robert L. Chapman의 *American Slang*, Paul Dickson의 *Slang!*, American Heritage Publishing Co. and Houghton Mifflin Co.의 *The American Heritage Dictionary of the English Language.* Toney Thorne의 *A Dictionary of Contemporary Slang*, Richard A. Spears의 *NTC,s Dictionary of American Slang and Colloquial Expression.*
· 「도심의 황량한 공립학교」: Janet Jordan의 *Know Your Ohio Government.*

1997년 5월
김보경

그래, 김치냄새다!

 어느 날 우리 부부는 아는 사람에게 아이를 맡기고 오랜만에 데이트를 즐기기 위해 미리 예약해 놓은 레스토랑으로 갔다. 들어서자마자 자리안내를 맡은 웨이트리스가 다가왔다. 이름을 확인한 그녀는 자리가 준비되어 있는지 확인하고 올테니 잠깐만 기다려달라고 했다. 그렇게 말하는 그녀는 무엇인가가 아주 못마땅한 표정이었다. 이런 곳에서 일하는 사람들은 대개 밝게 웃으며 다가와 친절하게 대해주기 마련인데… 그 여자의 표정에 조금 언짢았다.

문득 몇 달 전쯤 한국 친구 둘과 함께 이 식당에 왔을 때가 생각났다. 그 때도 바로 그 여자가 자리를 안내해 주었다. 그 때 역시 그녀의 표정이 심상치 않았다. 그녀가 우리를 자리에 안내한 다음 주문받을 웨이터가 곧 올 것이란 말을 무뚝뚝하게 남기고 총총히 사라지자 우리들 중 누군가가 먼저 그녀의 표정에 대해 언급했다. 모두 고개를 끄덕였다. 나만 그의 표정을 읽은 것이 아니라 우리 셋 다 그 떨떠름

한 표정을 읽었던 것이다.

하지만 곧 침묵이 이어졌던 것은 우리 모두 그 표정의 이유가 왠지 우리와 관련 있는 것만 같은 공범의식을 동시에 느끼고 있었기 때문이었다. 결국 친구 중 한 명이 누구도 감히 말하고 싶지 않았던 부분을 건드리며 침묵을 깼다.

"백인만 오는 식당에 우리 동양인이 들어왔기 때문일까?"

감당하기 쉽지 않은 말이 털썩 식탁 위에 떨어지고 나니 황당해졌다. 모두 화두를 놓고 머리 싸움을 하는 사람들 모양 또 다시 침묵이 이어졌다. 인정하고 싶지 않으나 인정할 수밖에 없는 말. 인정했다고 해도 확인할 수 없는 말.

'그냥 확 나가버릴까?'

'우리가 왜 제까짓 것 때문에 나가?'

'이왕 식사하는 거, 왜 기분 나쁘게 저런 여자의 눈총을 받으면서 먹어야 하느냔 말야.'

'그건 그래. 저렇게 무식한 것들 더러워서 피하지, 무서워서 피해?'

침묵 속에, 눈길 속에, 자조적 미소 속에 우리는 그렇게 문답을 나누고 있었다.

바로 그 때 나타난 서글서글한 웨이터는 우리에게 구세주였다. 그녀는 식단표의 음식을 잘 몰라 서투르게 주문하는 우리를 상냥하게 도와주면서 주문을 받았다. 그의 시덥지 않은 농담까지도 우리 마음을 녹녹하게 하는 데 큰 몫을 했다. 우리 가슴에 꽉 박혀버렸던 웨이트리스의 못마땅한 표정이 점점 그 빛을 잃었고 곧 웨이터의 밝은 표정이 화사하게 그 자리를 메웠다. 그렇게 해서 우리는 해탈하지 않고도 간단히 화두에서 벗어날 수 있었다. 해탈은커녕 그저 잊고만 싶었던 강렬한 욕구가 많이 작용했겠지만.

우리 자리에서는 더 이상 그 웨이트리스를 볼 수 없었고, 우리끼

미국에 대해 알게 된 두세가지 것들

리 할 말도 많았기 때문에 아무 일 없었던 듯 즐겁게 식사를 마쳤다. 더 나아가 망각의 욕구는, 몇 달 후에 그의 표정을 다시 대하는 지금 까지 그 일을 까맣게 잊게 해주었던 것이다.

그 기억을 새삼스럽게 들춰내는 동안 그 여자가 돌아왔다. 그녀는 자리가 다 준비되었으니 따라오라면서 앞장서서 걸었다. 앞을 동안 내 의자를 앞으로 밀어주는 친절을 보이면서도 그녀는 여전히 무뚝 뚝했다. 그 표정은 그 때까지도 아직 풀리지 않은 숙제였기 때문에 내 불쾌한 감정을 밖으로 보일 수는 없었다. 그래서 나는 나름대로 추측해본 몇 개의 답을 놓고 그 답을 고르는 데 뒷받침이 될 만한 이 유를 찾아내기에 고심하고 있었다.
'원래 표정이 저렇다.'
'방금 무슨 기분 나쁜 일이 있었다.'
'인종차별을 하는 것이다.'
그 때 그녀가 웨이터가 와서 곧 주문을 받을 테니 잠깐만 기다려 달라고 말한 다음, 재빨리 내 쪽으로 얼굴을 돌려 킁킁 냄새를 맡는 시늉을 하고는 가버렸다. 그제서야 나는 확실하게 정답을 고를 수 있 었다.
"저 여자가 나한테 인종차별을 하고 있어."
더이상 참을 수 없던 나는 내뱉듯이 그 말을 토해냈다. 남편은 밑 도 끝도 없이 튀어나온 내 말에 깜짝 놀랐다. 자기는 전혀 눈치채지 못했다는 것이다. 소위 남편이라는 사람이 사람들이 자기 아내를 더 러운 물건 취급하듯 하는데도 눈치조차 채지 못하고 있었다니. 내 울 분은 심통이 되어 즉각 그에게로 꽂혔다.
"하기야, 당신도 결국은 백인이니까 나만큼 예민할 수는 없었겠지. 나야 소수민족의 하나로 백인들에게 단련될 수밖에 없었으니까."

그래, 김치냄새다!

그녀는 기꺼이 내 심통의 표적이 되어주면서 정말 그랬다면 그냥 넘어갈 수 없는 일이라며 얼굴을 붉혔다.

그러나 이런 일은 이쪽에서 아무리 확신해도 저쪽에서 아니라고 하면 그만일 수밖에 없는, 확인이 거의 불가능한 일이었다. 골치 아픈 화두가 또 다시 고개를 들었다. 이번만큼은 비겁하게 그냥 물러서고 싶지 않았다. 우리는 일단 내가 고른 정답이 정말 맞는 답인지 아닌지 조사해 보기로 했다. 그 여자가 미국 사람들한테는 어떻게 행동하는가를 눈여겨 보면 확신이 설 것 같아, 웨이터가 올 때까지 그녀의 행동거지를 눈여겨 지켜보았다. 미국인들 몇 그룹을 안내하는 동안에도 그녀의 표정은 여전히 무뚝뚝하기만 했다.

'저 여자가 표정이 원래 저런가?'

'혼자만의 느낌으로 기분 나빠하면서 나를 냄새 맡은 것이라고 오해했던 것인가?'

불쾌감이 조금씩 누그러지기 시작했다. 머쓱해져 버린 나는 하도 민망스러워 남편에게 한 마디 하지 않을 수가 없었다.

"무슨 웨이트리스가 저렇게 무뚝뚝해?"

"그것 봐. 당신이 공연히 오해한거잖아. 거 사람이 왜 그래?"

오랜만에 오붓한 시간을 즐기려다가 공연한 오해로 귀한 시간을 초장부터 망칠 뻔했던 우리는 안도의 숨을 쉬며 그 여자로부터 눈을 떼었다. 웨이터가 와서 친절하게 주문을 받아갔다. 그 이후 우리는 클래식 기타 연주자의 감미로운 멜로디에 맞춰 쉴새없이 파르르 떨고 있는 촛불을 마주하고 앉아, 와인도 마시고 분위기 있는 대화도 나누면서 오랫동안 기억에 남을 저녁시간을 즐길 수 있었다.

식사를 다 마치고 후식도 거의 다 먹어갈 때쯤이었다. 그 웨이트리스가 손님을 뒤에 줄줄이 세우고 내 옆을 지나갔다. 갑자기 그녀가 내 쪽으로 고개를 돌리더니 내 머리 위에서 큰소리를 내며 코를 킁

미국에 대해 알게 된 두세가지 것들

콩거리고 가는 것이 아닌가? 마침 그녀의 행동거지를 놓치지 않고 보았던 남편이 곧 나를 쳐다보았다. 남편이 눈을 동그랗게 뜨며 믿을 수 없다는 표정을 지어 보이는 순간, 벌써 손님을 안내하고 되돌아오던 그녀가 또 다시 노골적으로 내 냄새를 맡고 지나가고 있었다. 이번엔 남편도 내 생각이 틀렸다고 할 수 없었다.

'아니, 저게? 저야말로 식당에서 일하니까 음식 냄새가 온 몸에 배어 있을 텐데 나한테 무슨 냄새가 난다고 코를 들이대고 지랄이야!'

속이 뒤집어질 정도로 괘씸했지만 무슨 물적 증거를 남긴 것도 아니니 불러서 시원하게 따져볼 처지도 못됐다. 따져봐야 오리발을 내밀 것이 뻔했다. 그렇다고 천치처럼 당하기만 하고 앉아 있자니 속이 터졌다. 오리발을 내밀거나 말거나 그녀는 물론 매니저까지 불러서 한마디 해주지 않고는 식당을 나설 수 없다는 생각이 들었다.

그 이후부터는 그 곳에 일 분이라도 더 있고 싶지 않았다. 평소라면 깨끗하게 먹어치웠을 후식마저도 보기 싫었다. 곧 식기를 내려놓고 웨이터를 불러 영수증을 요구했다. 일단 계산을 끝내놓고 나가는 길에 그 웨이트리스를 찾아서 공격할 요량이었다. 싹싹한 웨이터가 계산을 하러 신용카드를 가지고 간 사이에도 머리꼭지까지 열받치는 것이 느껴졌다. 바로 그 때였다. 그 웨이트리스가 제 발로 걸어와 우리 식탁 앞에 서는 것이었다.

'응, 그래. 네 발로 걸어오는구나. 너, 잘 걸렸다.'

내 표정을 읽는지 어쩌는지 그녀는 음식이 어땠냐고 물으며 어울리지도 않게 살짝 웃었다.

'웃어? 이번엔 또 무슨 짓을 하려는 거야?'

여전히 웃음을 머금은 그녀가 또 한 번 내 쪽에 코를 대고 킁킁거렸다. 더 이상은 그 굴욕을 참을 수 없어 내가 입을 떼려는데 그가 먼저 말했다.

그래, 김치냄새다!

"뭐 한 가지 물어봐도 돼요?"

'오라, 이젠 진짜 노골적으로 나오시는군. 내 몸에서 나는 특이한 냄새가 무슨 냄새인지 궁금하단 말이지? 그래, 네가 코를 박고 맡는 냄새는 바로 우리 한국인의 향수, 김치 냄새다!'

"댁이 쓰는 향수가 무슨 향수에요? 냄새가 어찌나 좋은지 모르겠어요. 사실 아까 처음 식당에 들어설 때부터 냄새가 너무 좋아서 댁 옆에 올 때마다 계속 냄새를 맡았는데 도저히 감이 안 잡혀요. 무슨 향수에요? 나도 꼭 하나 사야 되겠어요, 호호호."

남편과 데이트를 한답시고 집에서 굴러 다니던 향수를 대충 뿌리고 나왔는데 그 냄새가 좋아서 내게 코를 들이대면서 킁킁거린 것이라니.

아! 나는 내 의식 저변에 끈질기게 자리잡고 앉은 소수민족적 열등감의 장난에 또 다시 놀아나고 말았다. 속으로는 스스로의 열등감에 두 손 들고 패배를 선언하면서 씁쓸한 느낌이었으나, 겉으로는 상냥하게 웃으며 무슨 향수인지를 그녀에게 말해주었다. 그녀는 아주 고맙다면서 입고 있는 옷은 어디서 샀냐고 물었다. 한국에서 산 옷이라고 하니 역시 한국 사람들이 옷을 잘 만든다며 자기도 하나 사 입고 싶어서 물었는데 틀렸다면서 아주 섭섭한 표정을 지었다. 식당 문 앞까지 우리를 배웅한 그녀는 싱그럽게 웃어 보이며 안녕히 가시라고 상냥하게 인사했다. 적어도 우리가 지켜보고 있을 동안에는 식당에 있던 어느 누구에게도 그렇게 환히 웃는 모습을 보이지 않았던 그였다. 그가 식당 안으로 들어가 보이지 않게 되자 남편이 기다렸다는 듯 내게 알밤을 쥐어박으며 함박웃음을 터뜨렸다. 우리는 주차장을 걸으며 숨이 턱에 차도록 웃었다. 웃음소리가 제법 어두워진 주차장의 고요함을 수선스럽게 헤쳐놓았다.

미국인과 사는 데 익숙하다보니 나는 미국인들과 내가 뭐 특별하

미국에 대해 알게 된 두세가지 것들

게 다를 게 없다고 생각하며 지낸다. 미국인들 역시 나를 외국인이나 소수민족으로 특별 취급하기에 앞서 그저 한 인간으로 대한다고 믿는다. 미국문화를 잘 몰라서 실수하는 난처한 경우에도 외국 사람이니까 모를 수도 있는 것이고, 그렇게 실수함으로써 남의 문화를 실속 있게 덤으로 배우는 것이 아니냐는 뻔뻔스러운(?) 자세로 산다. 소수민족의 하나로 미국에서 살아야 하는 나 같은 사람들에게는 제일 마음 편하게 살 수 있는 태도일 것이다.

그런 태도는 근본적으로야 내 성격에서 기인한 것이겠지만 이왕이면 쉽게 살고픈 약삭빠른 내 무의식이 철저히 계산한 끝에 선택한 자기방어적 결과는 아니었을까 하는 생각이 들 때도 있다. 그래서일까? 나는 인종차별을 당한다고 느꼈던 때가 별로 없다. 자기방어가 계속되었던 10년의 세월 끝에 촉각이 무뎌져버려 그냥 모르고 지나치기 때문인지도 모르겠다.

그런데도 어쩌다가 그 레스토랑에서처럼 순간적으로 치솟는 불쾌한 감정에 부들부들 떨 때가 있다. 그리고 그런 경우는 대개 외부적 요인보다는 내 가슴 속에 꼭꼭 숨어 있던 소수민족적 열등감이 그 원인이었음이 밝혀진다. 세계 어느 곳에 살더라도 소수민족 특히 1세로 살아야 하는 사람들은(여행자와는 다르게) 외부적으로 가해 오는 진짜 인종차별은 물론 스스로의 내부에 잠복하고 있는 열등감과도 싸우지 않을 수 없다. 약소민족의 경우라면 더욱 그럴 것이다.

미국은 워낙 큰 나라여서 지역에 따라 소수민족의 규모도 다르고 그들에 대한 미국인의 이해도도 다르다. 따라서 인종차별에 대한 예민함은 개개인의 성격과 사회적 위치의 성공도뿐만 아니라 지역에 따라서도 큰 차이를 보인다. 같은 사람일지라도 가는 지역에 따라 그 예민함에 큰 변화를 보이는 것이다. 예를 들어 한국인의 경우 L.A., 뉴욕, 시카고 등 대도시의 한인타운에 근거지를 둔 사람들은 동양인

그래, 김치냄새다!

이 거의 살지 않는 도시에 가면 자신이 소수민족의 하나라는 사실을 재확인하기가 쉽다. 그런 경우는 대개 사람이 예민해지면서 공공연한 자리에서도 행동이 왠지 엉거주춤해지게 마련이다.

L.A. 근교에 사는 한 친척이 며칠 동안 우리 집에 묵었을 때의 일이다. 오랜만에 만난 반가움을 안고 집 근처의 학교, 백화점, 식당 등으로 쏘다녔는데 그는 어디를 가도 불편해 했다. 사람들이 모두 우리만 쳐다봐서 기분 나쁘다는 것이었다. 우리가 눈에 잘 안 띄는 동양인이기 때문에 그렇게 이상한 눈으로 쳐다보는 것이 분명하다는 것이다.

그는 우리가 오하이오 주 데이튼에 살았을 때도 다녀간 적이 있었는데 그 때도 똑같은 소리를 한 적이 있다. 그 곳에는 세계에서 제일 크다는 공군기지가 있었기 때문에 세계 각국에서 온 군인들의 동양인 배우자와 동양인 과학자 가족들이 제법 많이 살고 있었다. 다른 이유로 이민 와서 살고 있는 동양인들도 제법 있는 편이었다. 집을 사놓고 보니 우연하게도 우리 앞집에 한국 사람이 살고 있을 정도였으니까. 그런 곳이기 때문에 어린아이들말고는 동양인을 특별히 눈여겨보는 사람이 거의 없었다. 5년이 넘게 살도록 나는 한 번도 그런 느낌을 가져본 적이 없었건만 그는 방문했던 4일 내내 나가기만 하면 불평을 해댔었다.

지금 사는 신시내티는 거기보다도 동양인이 눈에 덜 띄는 곳이지만 여기서도 나는 한 번도 사람들의 특별한 시선을 느껴본 적이 없었다. 그런데도 그가 하도 강력하게 주장하기에 틈날 때마다 주위를 둘러보았지만 내 눈에는 우리를 눈여겨보는 사람들이 전혀 눈에 띄지 않았다. 사람들이 우리를 볼 때마다 내가 다른 곳을 보았기 때문이라는 것이 그의 해석이었다. 참 답답한 노릇이었다. 내 경우야 노

미국에 대해 알게 된 두세가지 것들

상 코 큰 미국인들만 보면서 살았기 때문에 심지어는 내 얼굴까지 그렇게 생긴 양 가끔 착각할 정도였지만, 어디를 가도 동양인이 넘치고 대규모 한국사회가 든든하게 버티는 L.A.에서 온 이 친척은 동양인이 거의 눈에 띄지 않는 이 동네가 아무래도 낯설은 모양이었다.

아무도 우리를 눈여겨 보는 사람이 없다고 설득하다가 지쳐버린 나는,

"누가 또 좀 보면 어때? 혹시 예뻐서 눈여겨 보는 것인지도 모르지."

"얼굴에 뭐가 묻었기 때문일 수도 있잖아."

"아마도 옷이 맘에 들어서 열심히 옷을 보는 것인지도 모르겠어."

하면서 남의 시선을 왜 부정적으로만 해석하냐고 했다.

내 반박에 할말을 잃은 그는 잠시 침묵을 지키다가, 기왕에 미국에서 산다면 자기는 한국 사람이 많은 곳에서 살아야 마음 편할 것 같다고 했다. 동양인이 별로 없는 곳의 미국인들은 아무래도 동양인을 이상한 눈으로 보게 마련이라면서 동물원의 원숭이처럼 미국인들의 주목을 받으며 살고 싶지는 않다고 했다.

밖에서 그렇게 옥신각신하다가 들어온 날 저녁 그는 내게 이민자 학부모로서의 고충을 털어놓았다. L.A. 근교이긴 하지만 그의 자녀가 다니는 학교에는 동양 학생이 몇 명 되지 않는다고 했다. 어느 날 학교에서 아이가 선생님에게 야단을 맞았는데 아무래도 몇 명 되지 않는 동양 학생의 하나로서 부당한 대접을 받은 것 같았다고 했다. 하지만 괜히 따지러 갔다가 영어를 내나라 말처럼 시원하게 하지도 못하면서 일만 더 크게 만들지도 모른다는 생각이 들어 선생을 찾아가 보지도 못하고 벙어리 냉가슴 앓듯 하는 중이라고 했다. 이민 와서 10년이 넘게 살도록 한 번도 고국으로 돌아가 살고 싶다는 생각을 해본 적이 없었는데 학부모가 된 후부터는 간절하다는 것이었다.

신시내티는 미국에서도 전통도시 중의 하나로 꼽힌다. 도시 어디

그래, 김치냄새다!

를 가도 미국인만 눈에 띄었고 뭐 하나를 사더라도 영어를 해야만 살 수 있었던 이 곳이 아마도 그의 그런 아픈 곳을 건드린 것 같다.

그는 L.A.에서 벌이고 있는 사업이 만만치 않아 다른 지방으로 이사를 가서 새로운 사업을 벌여볼 생각을 줄곧 해오고 있었다. 이 도시에서 살 가능성을 타진해 보는 것도 이번 방문 목적의 하나였다. 나는 이왕이면 한곳에 살면서 서로 의지하며 지내자고 조르려던 참이었다. 하지만 이 도시는 동양인이 살 데가 못 된다고 딱 잘라말하는 그 앞에서는 입도 뗄 수 없었다.

그가 떠나던 날이었다. 우리는 곧 다시 볼 것을 기약하며 공항에서 석별의 아쉬움을 나누었다. 그는 못내 섭섭해 하면서 탑승을 기다리는 짧은 사이에도 미국 사람들 속에 섞여 있는 것을 불편해 하는 눈치였다. 탑승을 알리는 방송이 나오자 그는 생기 도는 얼굴로 눈인사를 하고는 탑승구 쪽으로 빠르게 걸어갔다. 그리고는 미국인들의 집중적인 시선에서 벗어나게 되어 시원하다는 표정으로 '서울특별시 나성구(L.A.구)'행 비행기 속으로 미련없이 사라졌다.

그렇게 총총히 사라지는 그를 지켜보던 나는 그가 남기고 간 안타까움에 매달려 한동안 답답해 했다. 그가 그 시선들을 정말 여기에다 두고 갈 수 있었다면 얼마나 좋을까? 그 시선들은 그의 마음 속에 도사리고 있다가 언제 어디서든 동양인이 많지 않은 곳에만 가면 서서히 꿈틀거리고 일어나 다시 찐득찐득 그를 괴롭히고 말겠지.

미국에 대해 알게 된 두세가지 것들

'Gook'과 '국'

 설날을 맞아 우리 꼬마가 다니는 학교 1~3학년 학생들에게 한국 문화를 소개한 적이 있다. 우리의 음식을 직접 맛보게 하면 더욱 효과적일 것 같아 학교에서 준비하는 점심 식단에 한국 음식 한두 가지를 끼워넣기로 했다. 이 학교는 '세계의 날'을 정하여 매년 전교생 가족들이 각 가정에서 가져온 음식을 먹고 각종 행사를 하며 그 날을 보낸다. 그 때마다 우리는 한국 음식을 가져갔는데 주로 특별한 날에만 먹는 요리를 만들어 갔다. 하지만 이번에는 밥상에 매일 오르는 일반 음식을 소개하는 게 좋을 것 같아 밥과 무국을 끓여가기로 했다.

무국을 큰 솥에 가득 끓여놓고 나니 미국 사람들은 무를 잘 안 먹는다는 생각이 들었다. 그러나 우리 같은 서민이 많이 먹는 국인데다 이왕 끓여놓은 터라 그냥 가져갔다. 점심시간이 되었다. 워낙 많이 끓여서 남은 국을 처리할 일이 아득했는데 의외로 인기가 아주 좋아 오히려 모자랄 지경이었다.

점심시간이 끝나고 아이들이 운동장에 나가 노는 동안 준비해 간

도자기, 동양화, 인형, 옷, 붓, 벼루, 돈, 부채, 주판 등을 책상 위에 펼쳐 놓았다. 노는 시간이 끝나 교실로 들어오던 40여 명의 어린이들은 색동 한복을 차려입은 나를 보자 눈을 동그랗게 뜨고는 걸음을 멈추었다. 한복의 아름다움(나의 아름다움이 아닌)에 매료된 아이들은 수업이 곧 시작된다는 선생님의 지시에 따라 한복에서 찬탄의 눈길을 떼지 못하면서 재빨리 제자리를 찾아 앉았다.

먼저 지구본으로 한국의 위치를 확인시킨 다음 단군신화를 시작으로 한국 문화를 소개하기 시작했다. 책상 위에 별쳐 놓은 사료를 보이며 우리의 관습, 생활상, 예술 등에 대해 말해 주었다. 아이들은 눈을 반짝이며 열심히 듣고 있었다. 50여 분이 금세 지나갔다.

질문시간이 되었다. 호기심에 가득찬 아이들은 너도 나도 손을 들어 온갖 질문을 다했다.

그 중 한 아이가 물었다.

"아까 점심 때 먹은 한국 음식이 참 맛있었어요. 그 스프는 한국말로 무엇이라고 합니까?"

"한국말로 '국'이라고 합니다."

내 말이 끝나자마자 아이들은 서로 눈을 맞추며 키득키득 웃기 시작했다. '아차' 싶었다. 아이들이 갑자기 웅성거리자 함께 앉아 있던 선생님들이 당황하여 군데군데에서 일어나 조용히 하라고 팔을 휘저었다. 일단은 웃음소리가 멈췄지만 아이들의 얼굴은 곧 터질 듯한 웃음으로 꽉 차 있었다. 모른 척하고 있는 선생님들의 얼굴에도 애써 웃음을 참는 표정이 역력했다.

상황이 하도 묘하게 꼬이다 보니 나도 속으로는 웃음보를 터뜨리지 않을 수 없었다. 차마 겉으로 웃을 수 있는 입장이 못 되어서 이를 악문 채 목을 넘어오는 웃음을 도로 꿀떡꿀떡 삼키며 다음 얘기로 슬쩍 넘어가려다, 어쩌면 차라리 내가 시원하게 웃어보여야만 어

미국에 대해 알게 된 두세가지 것들

색함을 모면할 수 있는 비극적(희극적?) 상황인지도 모르겠다는 생각
이 들었다. 에라 모르겠다, 어색하게나마 그들을 마주보며 참던 웃음
을 터뜨렸다. 아이들이 안심한 얼굴로 나를 바라보며 크게 웃기 시작
했다. 선생님들도 막 폭발하려던 웃음보의 꼭지를 그제야 조심스럽
게 조금씩 틀기 시작했다.

'Gook(국)'은 먼지, 끈적끈적한 액, 바보, 뜨내기, 매춘부 등을 의
미하지만 속어로 사용될 때는 '동양놈'을 의미한다.

그 유래는 속어사전에 따라 조금씩 다르지만 일반적으로 필리핀어
인 'Vicol Gugurang(비콜 구구랑)'에서 유래한다고 보고 있다. 'Vicol
Gugurang'은 '친숙한 영혼,' '사사로운 악마,' '수호신' 등을 의미한
다. 이 말은 1899년 필리핀 침공 때 미국 군인들에 의해 'Gugu(구
구)'라고 짧게 불리면서 '필리핀놈'의 의미로 사용되게 되었다. 그 후
미군들은 니카라구아 등을 침공할 때마다 그 곳 원주민들을 그렇게
불렀다. 그러다가 한동안 쓰이지 않던 이 속어는 제2차 세계대전 중
미국 태평양 연안 섬들의 원주민을 의미하면서 다시 쓰이기 시작했
다.

더구나 1950년 한국전쟁이 발발하면서 미군들에 의해 더 많이 사
용되었는데, 이번엔 'Gook(국)'과 발음이 같은 '國(국)'이라는 우리
한자어와도 어우러져 '한국놈'이라는 의미로 쓰였다('Gook'의 어원
이 'person'을 의미하는 한국어 속어라고 보는 사전도 있는데, 그런
한국말이 없는 것으로 보아 그것은 옳지 않은 것 같다).

월남전이 발발하자 이번엔 '월남놈'이란 의미로도 쓰이게 되었다.

미군들이 처음 만들어 쓰기 시작한 'Gook'은 그런 역사를 거친 다
음 현재 일반인들 사이에서 동양인 전체를 일컬어 비하하는 속어로
쓰이게 된 것이다(이 밖에도 스코틀랜드의 'gowk(바보),' 중세영어의

'gowke(얼간이),' 스칸디나비아의 고어 'gaukr,' 게르만어의 'gaukaz'
에서 비롯되었다고 보는 사전도 있다).

워낙 많은 인종이 모여 사는 나라인 만큼 미국에는 각 인종 혹은
각 민족을 얕보는 속어가 아주 많다. 'Negro(니그로)'는 그저 '흑인'
이라는 인종적 구분을 의미하는 말이지만 우리도 아다시피 '흑인놈'
이란 의미로 더 많이 사용되고 있다.

동양인 중에서도 일본인과 중국인을 구별할 때는 'Jap(잽)'과
'Chink(칭크)'가 쓰인다. 'Jap'은 '공습'이란 의미도 있지만 주로 '일
본놈'이라는 의미로 쓰인다. 물론 'Japanese'에서 비롯된 말이다.
'Chink'는 '갈라진 틈', '틈새'를 의미하지만 주로 '중국놈'이라는 의
미로 쓰인다. 'Chinese'에서 비롯되기도 했지만 'Chink'의 본래 의미
도 포함되어 있다 한다. 서양인에게는 동양인의 눈이 마치 갈라진 틈
새와 같이 찢어진 것처럼 보이기 때문이라는 것이다.

이 밖에도 '불란서놈'을 의미하는 'Frog' 혹은 'Froggie,' '폴란드
놈'을 의미하는 'Polack,' '유태인놈'을 의미하는 'Kike' 등 수없이
많다.

어디를 가도 사회현상에 따라 자연발생적으로 생기는 인종적·민
족적 속어의 발생은 아무도 막을 수 없다. 그렇기는 해도 가끔 그런
말들의 사용으로 적대감을 불러일으키고 더 나아가서는 대규모 폭
력, 살상으로까지 발전하는 상황을 접하게 되면 참으로 안타깝다.

약 10년 전 'Political Correctness(정치적 정당성)'라는 용어가 생겨
났다. 이 용어는 먼저 진보적인 사람들에 의해서 쓰이기 시작했다.
그들은 소수 그룹을 무시하는 발언은 '정치적으로 옳지' 않기 때문
에 도덕적·법적으로 제재가 가해져야 한다고 주장했다. 그 소수 그
룹에는 여성, 동성연애자와 함께 소수민족도 포함되어 있다. 이 용어
는 차츰 일반적으로 쓰이기 시작했다. 그 이후 사회는 다문화에 눈을

미국에 대해 알게 된 두세가지 것들

뜨기 시작했고 사람들은 다양한 소수 그룹의 사람들에 대해 이해도를 높이기 시작했다. 이해도를 높이지 못한 사람들은 '정치적 정당성'이란 사회풍조에 몰려 적어도 눈치를 보면서 입조심이라도 하기에 이르렀다. 덕분에 앞서와 같은 속어의 사용도 많이 줄어들게 되었다. 특히 공개석상에서.

한국을 소개한답시고 한복으로 곱게 단장한 채 많은 사람들 앞에 서서 우리 문화를 자랑하다가 너희들이 먹은 게 바로 '동양놈'이다 했으니 누군들 웃지 않을 수 있었을까? 별 뜻도 없이 그저 그 상황이 우스워서 웃고 있던 아이들에게 화를 낼 수는 없었다. 사회현상적으로 발달된 속어를 놓고 아이들에게 책임을 돌리며 설교를 할 수도 없었다. 나와 그들은 꾹 참던 웃음을 그냥 솔직하게 터뜨려 함께 웃음으로써 그 어색한 상황을 적당히 모면할 수 있었다.

끝날 때쯤 한 아이가 세배하는 법을 가르쳐 달라고 해서 남자가 세배하는 법과 여자가 세배하는 법을 각각 보여 주었다. 몇몇 아이들이 큰절을 해보일 테니 잘못된 점을 지적해 달라며 줄을 서서 하나씩 바닥에 앉아 '큰절'을 해 보였다. 한 아이를 봐주고 난 다음 고개를 드니 교실에 있던 40여 명 모두가 나란히 줄지어 서 있는 것이었다. 집에 돌아가면 새해 복많이 받으시라고 부모님께 '큰절'을 드리겠다며 모두들 아주 열심히 배웠다. 미국인으로서는 모욕적 몸짓이라 느낄 수도 있는 '큰절'을 열심히 배우는 아이들을 보면서 잠깐이나마 타문화에 눈을 뜨는 그 시간이 그들은 물론 그들 부모에게까지도 결코 헛된 시간이 되지 않기를 바랐다.

'Gook'과 '국'

태권도, 진짜 세계화

2년 전부터 우리집 꼬마와 함께 태권도장을 다니기 시작했다. 한국인이 많이 살지 않는 중서부의 작은 도시인데도 태권도장이 제법 많이 있었다. 그 중에는 한국인 사범이 경영하는 태권도장도 둘이나 되었다. 우리는 그 중 한 도장에 등록을 했다.

첫수업에 들어가니 갈색의 긴 파마 머리를 뒤로 질끈 묶어올린 파란 눈의 중년 여성 사범이 우리를 반갑게 맞았다. 날씬한 허리에 매어진 검은 색 벨트 끝에 2단을 표시하는 선 두 개가 하얗게 수놓아져 있었고 그 위에는 한글로 이렇게 쓰여 있었다.

'마가렛 잉글런드' '××× 태권도학교'

어디를 봐도 영문만 눈에 띄는 이 도시에서 발견한 한글이 그렇게 반가울 수가 없었다.

수업시간이 되자 학생들이 모여들기 시작했다. 대부분이 유급자였다. 제일 작은 도복도 너무 커서 바짓가랑이와 소매를 둘둘 말아올린 노란머리의 여자아이, 어깨까지 긴 머리를 묶은 남자 중학생, 새침하

미국에 대해 알게 된 두세가지 것들

고 단단해 보이는 여고생, 건장하고 진지해 보이는 청춘 남녀, 50대의 뚱뚱한 아줌마, 수염을 길게 기른 60대 할아버지 등 미국 어느 곳에서나 볼 수 있는 온갖 부류의 남녀노소가 다 모인 것 같았다. 노소를 막론하고 여자들이 제법 많은 것이 재미있었다.

고참순으로 시작하여 앞줄 왼쪽에서부터 한 줄에 다섯 명씩 서다 보니 네 줄이 만들어졌다. 나와 우리 아이는 제일 신참이었기 때문에 맨 끝 줄의 오른쪽이었다.

"쵸룟!"

사범이 소리를 지르며 부동자세를 취하자 모두 따라 했다. 풀이 빳빳하게 먹은 새하얀 벨트를 엉성하게 매고 있던 나는 눈치만 살피며 그들이 하는 대로 따라 움직였다.

'아, '쵸룟'이란 말이 부동자세란 소리로구나.'

"공녜!"

모두 고개를 숙였다.

'아, 이건 또 인사하라는 소린가보다.'

나도 따라 고개를 숙였다.

'공녜, 공녜, 공례… 경례… 가만! '공녜'란 '경례'라는 한국말이 아닌가?'

그들이 한국말을 한다는 사실이 아무래도 믿어지지 않았다. 곧 이어 5분 동안 명상시간을 갖겠다고 했다.

"시작!"

그 소리에 모두 가부좌를 하고 명상에 들어갔다. 나는 '쵸룟,' '공녜'의 표준어를 발견한 놀라움 때문에 정신집중을 할 수가 없었다. 터지는 웃음을 참느라 코와 입을 씰룩거리기만 했다.

명상시간이 끝나자 이번엔 준비운동 시간이라고 했다. 'Jumping Jack(점핑 잭)'이라는 '손발 벌리며 제자리 뛰기'가 시작되었다. 뛰는

태권도, 진짜 세계화

동안 앞 줄부터 뒷 줄까지 한 사람씩 돌아가면서 하나에서 열까지를 큰 소리로 세라고 했다.

"하나, 듈, 쎗, 넷, 다숫, 여숫, 일곱, 요들, 애햅, 욜!"

노란 머리와 파란 눈의 남녀노소가 하나 같이 한국말로 구령을 외치는 게 아닌가! 되풀이되는 이 말이 한국말인 것만은 확실하여 반갑기 그지 없었는데, 어쩐지 처음 듣는 지방 사투리만 같아 귀가 간지러웠다. 그 각양각색의 억양은 맨 꽁무니에서 요령없이 펄쩍펄쩍 뛰느라 숨이 가빴던 나를 더욱 헐떡이게 만들었다.

더 이상은 터지려는 웃음을 참아내기 어려웠을 때 드디어 내 차례가 왔다. 그 때까지는 다행히도 앞에서 준비운동을 지휘하는 사범의 심각한 얼굴이 터지기 일보 직전의 웃음을 목 안쪽으로 꾸역꾸역 쑤셔넣는 데 한몫 해주었다. 막상 내 차례가 되고보니 엉성한 발음으로 외쳐대는 미국인들에게 정확한 본토발음을 들려주어야겠다는 사명감(?) 겸 과시욕이 끓어오르면서 웃음이 싹 가셨다.

"하나, 둘, 셋, 넷, 다섯, 여섯, 일곱, 여덟, 아홉, 열!"

내 입에서 나온 맑고 깨끗한 한국어가 넓은 도장에 시원하게 울려퍼졌다.

'발음 한번 좋았어!'

더 이상 귀가 간지러울 이유가 없었다. 나는 그제야 마음을 가다듬으면서 진중하게 태권도 수업에 임할 수 있었다.

"저첨소소 주르기(주춤서서 지르기)!"
"앞체기 소기(앞차기 서기)!"
"맴통 욥 채기(몸통 옆 차기)"
"태극 새쟁(태극 4장)!"
사범이고, 제자고, 모두 딱딱하게 굳은 얼굴로 진땀을 흘려가며 그

미국에 대해 알게 된 두세가지 것들

렇게 소리질러댈 때 어금니를 악물고 터지는 웃음을 삼켜대며 혼자 끙끙대기를 며칠. 나는 드디어 미국인들의 한국말 억양에 익숙해질 수 있었다. 물론 수련에도 집중할 수 있게 되었다.

요즘 한국에서는 어디를 가도, 무엇을 해도 '세계화'라는 말을 앞세운다. 지난 여름 정평 있는 모 시사주간지에서 한국의 누룽지 과자가 '세계화'되었다는 기사를 읽은 적이 있다. '세계화'되었다면 미국 중서부에서도 팔 것이란 생각에 미국 일반식품점을 뒤져보았지만 도저히 찾을 수 없었다. 그 후 몇 달이 지난 지금도 가게만 가면 열심히 살펴보지만 찾아볼 수 없었는데, 두어 달 전 어느 한국 식품점에 갔다가 눈에 띈 그 과자를 어떤 미국인들의 모임에 가져가 선보였더니 모두들 맛있다고 했다. 보수적이라고 알려진 이 곳 사람들까지 이렇게 좋아한다면 '진짜 세계화'가 될 만한데 실제로는 그렇지 못한 것이 무척 아쉬웠다.

해외에 살다보니 아무래도 고국에서 전해오는 소식을 좀더 객관적인 입장에서 듣게 된다. 특히 '세계화'라는 말은 '한국적 세계화'의 의미로만 해석할 수밖에 없는 경우가 참 많다. 한국 교포들의 중론을 들어보아도 한국내에는 '세계화'라는 말이 너무 남발되고 있다고 한다.

그러나 나는 이 기회에 태권도만큼은 이미 '한국적 세계화'가 아닌 '진짜 세계화'가 되어 있음을 목격한 사실을 자랑스럽게 말하고 싶다. 미국 전역 웬만한 소도시에까지 태권도장이 없는 곳이 드물 정도이기 때문이다.

그래서인지 미국 사람들 중에는 한국 사람이면 남녀노소를 불문하고 다 태권도를 할 줄 안다고 믿는 사람이 의외로 많다. 노인층 사이에는 아직 중국 무술인 '쿵후'와 일본 무술인 '가라데'가 더 알려져 있지만 청년층과 어린이들 사이에는 '가라데'보다는 '태권도'가 훨씬

태권도, 진짜 세계화

잘 알려져 있다. 태권도를 배우는 미국 어린이를 찾아내기가 서울에서 김서방 찾는 것보다 쉬울 정도다.

얼마나 고유한 한국 무술이길래 지구 반대쪽에 있는 미국에까지 알려지고 또 그 미국인들이 한국말로 구령을 외치며 배우려고 하는 것일까? 한국에서 태어나 한국에서 자란 나는 한국에서 청년기를 다 보내도록 태권도에 대해 아무 것도 모르고 있었다. 무엇을 하다가 이제서야 남의 나라에서 그것도 남의 나라 사람에게서 배우게 되었는가 하는 생각이 들어 은근히 부끄웠다.

태권도의 역사는 삼국시대 이전인 A.D. 200년경으로 거슬러 올라간다. 야생동물을 사냥하거나 야생동물로부터 몸을 보호하기 위해 발달된 몸의 움직임은 당시 이미 의례의식의 한 과정으로 존재했고 대회의 한 종목이기도 했다.

'태견'이라 불린 이 무술은 삼국시대에 중국인, 몽고족, 일본인들로부터 영토를 보호함과 동시에 영토를 넓히려는 군사적 목적에서 발달되었다. 고구려에서는 '손배'라는 조직에 의해(고구려 왕릉 벽화에서도 볼 수 있음), 신라에서는 '화랑'이라는 군사조직을 통해 수련되었다. 4세기 통일신라시대에 이르러서는 화랑정신, 즉 '무사의 도(道'라는 철학적 의미가 가미되면서 화랑에 의해 집대성되고 발전되었고 일반 대중에게도 보급되었다.

불교도 태견의 발전에 아주 중요한 역할을 했다. 6세기경 인도승 달마가 중국으로 건너가 불교를 전도하면서 몸과 마음의 일체를 위해 '권법'이라는 무술을 함께 가르쳤는데 이 무술이 불교와 함께 전래되었다 한다. 경주 박물관에 전시되어 있는 무사 금강역사의 주먹은 현대 태권도의 '중권,' '편 주먹'과 똑같고 그 다리의 움직임도 태권도와 같다. 신라시대 후반에 이르러 왕족과 귀족들이 부패하면서

미국에 대해 알게 된 두세가지 것들

화랑도 그 빛을 잃게 되었는데 '태견' 역시 단순한 무예로서 지방축제와 운동경기의 일반종목, 청년교육과정의 일부, 군대조직의 훈련과정으로서만 면면히 그 명맥을 유지하게 되었다.

고려시대에 이르러 '태견'은 '수박(희)'이라는 이름으로 바뀌면서 군사교육에 가장 중요한 필수과목이 되었다. 그러나 고려시대 후반기 무기의 출현과 함께 그 필요성이 사라졌다.

조선시대에는 불교가 유교에 밀려나고 군대조직이 거의 금지되다시피 하였기 때문에 '수박희'는 다시 건강과 오락을 중심으로 활용되었던 '태견'의 형태로 되돌아갔다. 단지 일부 가문에서만 비밀리에 고도의 기술이 전수되는 형편이었다.

일제시대에는 일본의 심한 압력 때문에 많은 무도인들이 중국, 일본으로 건너갔다. 그들은 그 곳의 무술을 혼합하면서 '태견'을 변형시켰다. 특히 일본의 오끼나와 가라데가 손기술 면에 많은 영향을 미쳤다.

1945년 해방을 기해 귀국한 이들은 각자 무술학교를 세워 조금씩 다른 새로운 형태의 '태견'을 가르쳤다. 1955년 4월 무술학교 사범들은 전체적인 모임을 갖고 '태견'을 '태수도'라 부르기로 결정했다. 그것은 곧 다시 '태권도(跆拳道)'라 바뀌었다.

1986년부터는 태권도가 가라데의 '문화적 전이'일 뿐 완벽히 일본의 것이라 주장하는 사람들이 늘어나고 있다. 현재 태권도협회는 '토착 기원설,' 즉 태권도는 그 기원이 '태견'으로 '수박희' 등을 통해 역사적 전통을 이어온 순수한 한국 고유의 무술이라는 입장을 취한다. 태권도 학계의 통설도 그들의 주장을 뒷받침하고 있다.

태권도가 본격적으로 해외에 알려지기 시작한 것은 한국전쟁에서 나타난 군인들의 태권도 활동을 통해서였다. 그 후 1961년 한국 정

태권도, 진짜 세계화

부는 한국 태권도협회를 탄생시켰다. 이 때부터 일반 태권도장이 본격적으로 늘어나기 시작했으며 대학과 고등학교에서도 태권도를 가르치기 시작했다. 또한 태권도를 세계에 알리고자 일부 태권도 사범들이 해외로 파견되기 시작하기도 했다. 태권도는 월남전에서 더욱더 그 위력을 떨치게 되었으며, 1970년대에 이르러서는 세계 각 나라에서 시범을 보여달라는 요청이 들어왔다.

1971년에 국기원이, 1973년에는 국기원을 총본부로 세계태권도연맹(WTF)이 실립되었다(현재 108개국이 가입되어 있음). 이 때 태권도가 현대화된 스포츠로 자리잡게 되었다. 이미 1969년에 제1회 아시아 태권도 선수권대회가 29개국이 참가한 가운데 홍콩에서 열렸고, 1973년 제1회 세계 태권도 선수권대회가 서울에서 열렸다. 이후 각종 국제 태권도대회가 열리게 되었다.

1974년에는 미국 체육인회에서 태권도를 독특한 스포츠로 인정하였고, 미국내의 태권도를 관장하기 위한 기구(National AAU Tae-kwondo Union)가 따로 설립되었다. 1975년에는 '국제스포츠연맹(General Association of International Sports Federations)'이 태권도를 스포츠의 한 종목으로 인정하여 태권도는 올림픽 경기종목의 하나가 되기 위한 그 첫걸음을 떼었다. 결국 1980년 '국제올림픽위원회(International Olympic Committee)'가 세계태권도연맹을 태권도의 국제 총본부로 인정하면서 태권도는 1988년부터 올림픽 운동 종목의 하나로 승인되었다.

태권도 용어가 한국말 그대로 쓰이다보니 유단자들 중에는 한국말을 본격적으로 공부하는 사람들도 있다. 그리고 그런 과정 속에서 자연스럽게 한국과 한국 문화에 관심을 갖게 된다. 그들은 또한 나처럼 수양이 부족한(?) 사람도 태권도장 안에서만큼은 단지 한국인이라는

미국에 대해 알게 된 두세가지 것들

이유만으로도 우쭐댈 수 있게 만든다. 아무리 유단자라도 한국말은 나보다 나은 사람이 없으니까 '쫄따구'인 내게 존경심을 보이면서 확실한 발음을 묻기 때문이다.

특히 어린이들에게 인기가 있다보니 태권도를 그저 단순한 체조나 호신술 정도로만 여기는 사람들도 많다. 태권도를 가까이 접해 보지 않은 이들 중에는 태권도를 아예 '폭력적 운동'이라고 단정하여 말하는 사람들도 있다. 그들은 그렇지 않아도 폭력이 난무하여 골치가 아픈데 하필이면 왜 폭력을 권장하는 운동을 배우느냐고 묻는다. 집중력과 인내심을 키우고 건강을 위해 하는 운동이라면 폭력적이지 않은 다른 운동도 얼마든지 있다는 것이다.

그럴 때면 짧은 기간이나마 태권도를 직접 배우는 사람으로서 교본에 나와 있는 '건감이곤' 등을 입에 올리며 나름대로 태권도 철학을 말해준다.

나는 이제 도장에서 듣는 한국말의 어색함에 완전히 무뎌졌다. 하긴 정신과 마음이 무장되어 있는 사범으로부터 수련을 받는다면 그가 파란 눈의 미국인이면 어떻고, 구령에 어색한 억양이 좀 섞인들 어떻단 말인가? 우리 민족의, 우리 화랑의 얼이 1500여 년이 지난 지금 전세계 방방곡곡에서 지구인의 몸과 마음을 단련시키고 있는데 말이다.

"올골 돌리 췌기(얼굴 돌려 차기)!"

"뒤췌기(뒤차기)!"

"쏜날 아리 마끼(손날 아래 막기)!"

태권도, 진짜 세계화

알면서도 못 쓰는 답

 비행기 속이 하도 덥다기에 늦가을인데도 얇은 반소매 셔츠에 역시 얇은 코트 하나만 걸치고 미국 초행 유학길을 나섰는데, 기내는 일본을 지나 이미 태평양 망망대해를 가로질러 가도록 아직 썰렁하기만 했다. 더욱이 이십대 후반이 되도록 우물 안 개구리처럼 살다가 조국과 가족에 이별을 고하고 떠나는 길이어서 나는 그 때까지도 후들거리는 가슴을 코트 앞섶으로 감싸안은 채 웅크리고 있었다. 옆에 앉은 한 쌍의 미국인 남녀는 비행기가 뜰 때부터 어쩌면 그렇게 정답고 재미있게 많은 얘기를 주고받는지….

한참이 지나 식사가 나왔다. 억지로 몇 술 떴다. 식기를 걷어가자 곧 기내 영화가 시작되었다. 국제선을 타느라 밤잠을 설친 승객들은 영화를 보다가 잠에 골아떨어지기 시작했다. 그제서야 갑작스러운 작별의 슬픔과 외로움에서 조금 벗어나지는 것 같았다.

태어나서 처음 가보는 신천지 미국에서 벌어질 삶에 대한 호기심과 기대가 서서히 고개를 들기 시작했다. 주위의 서양인들을 훔쳐보면서 그들의 외모, 옷모양, 움직임 등을 눈여겨 보았다. 옆 자리에 앉

미국에 대해 알게 된 두세가지 것들

은 남녀의 대화 내용이 귀에 들려오기 시작했다. 들리기는 잘 들리는데, 무슨 얘기인 줄은 도통 알아들을 수가 없었다.

유학을 떠난답시고 서너 달 동안은 TOFEL도 공부하고 미국인 강사로부터 회화 수업도 받았기 때문에 미국인의 발음을 어느 정도는 알아듣는다고 믿었는데 그 남녀의 말은 잘 못 알아듣겠는 것이었다. 그렇게 하다보니 얘기 자체에 관심이 있어서가 아니라 영어에 대한 오기 같은 것이 발동하여 그들의 대화에 귀를 바짝 세우게 되었다.

잠이 든 척 눈을 감고 그들의 대화에 온 신경을 집중하기 시작했다. 부도덕하다 해도 어쩔 수 없었다. 이제 몇 시간만 있으면 그 사회에 홀로 뚝 떨어질 나로서는 아주 심각한 회화 실력 테스트였으니까. 아, 그렇게 열심히 들었는데도 어떤 도시에 놀러갔던 얘기라는 정도 말고는 더 이상 이해할 수가 없었다.

그들의 발음은 학원에서 들었던 미국 선생의 발음보다 훨씬 알아듣기 힘들었다. 미국인들끼리 나누는 대화라서 훨씬 더 '빠다' 냄새가 나고 속도도 빠른 것 같았다. 그 미국 선생이야 귀머거리였던 우리에게 말을 더듬더듬 할 수밖에 없지 않았겠는가?

이래 갖고서야 며칠 후 시작될 학교 수업을 당장 어떻게 듣는단 말인가? 망망대해를 홀로 건넌다는 황량함을 간신히 잠재워놓고 용기를 내어 조심조심 미지의 미래를 핥아가며 맛보기 시작하려던 나는 심술궂은 미래가 슬쩍 내어놓은 덫에 혀를 물린 양 후다닥 다시 움츠러들기 시작했다. 갑작스레 잠을 깨버린 황량함이 다시금 기내 공기를 썰렁하게 만들었고 불안감이 거대한 크기로 몰려와 나를 압사 직전으로 몰고 갔다.

도착 후 사흘만에 첫 학기의 첫 수업이 시작되었다. 전공과목이었다. 잔뜩 겁먹은 나는 도착하자마자 학교 책방에 가서 교과서를 미리

알면서도 못 쓰는 답

사놓고 며칠 동안 완벽하리만큼 예습을 했다. 그래도 막상 교실에 발을 들여놓을 때는 잔뜩 긴장하지 않을 수 없었다.

교수가 들어왔다. 신기하게도 교수의 말이 똑똑히 아주 잘 들렸다. 이미 예습을 한 상태여서 강의내용을 이미 알고 있는데다 그가 말을 천천히 하면서 내용을 칠판에 써주기 때문인 것 같았다.

그 밖의 전공과목들도 마찬가지여서 예습을 하고 들어가니 이해에 전혀 어려움이 없었다. 전산과목들이라 특별한 화술을 부리지 않기 때문에 특수 전문용어만 제대로 알면 되었던 것이다. 며칠 동안 외국인 학생과 숙소 안내소, 은행, 전화국 등을 돌면서 또 다시 본토 영어에 기가 질려야 했던 나는 전공과목들에 대해서는 일단 한숨을 놓게 되었다.

하지만 전공이 한국에서 공부했던 국문학과 전혀 다른 전산학인 관계로 한국 대학에서 공부하지 않아 생소했던 수학, 물리, 화학 등은 물론 정치학, 영어도 필수로 공부해야 했다. 그 과목들은 전공과목과 또 달랐다. 전산과 과목은 모두들 대학 입학 후 처음 공부하는 과목들이라 강의 시간에 전문용어들을 다 설명해주었지만, 물리나 화학 같은 경우는 이미 중고등학교에서 기초과정을 공부했기 때문에 학생들이 전문용어에 익숙해 있었던 것이다. 게다가 정치학이나 영작문 따위는 아무래도 영어 실력이 더 많이 요구되었다.

첫 학기에 들었던 화학 강의는 일 주일에 세 번이었다. 두 번은 교수에게 듣는 강의였고, 한 번은 퀴즈 시간으로 박사과정에 있는 조교가 매시간마다 간단한 시험을 본 후 실험을 하거나 교수의 강의를 보충해주었다. 첫 퀴즈 시간이었다. 강의실에 들어가니 외국인은 하나도 없고 백여 명의 미국인 학생들이 강의실을 메우고 있었다. 퀴즈 시간이긴 했지만 배운 것이 아직 하나도 없었기 때문에 우리는 시험

미국에 대해 알게 된 두세가지 것들

본다는 생각은 꿈에도 안 한 채 선생을 기다리고 있었다.

아주 어리게 생긴 조교가 강의실에 들어섰다. 그는 다짜고짜 시험을 본다며 문제지를 돌렸다. 고등학교 때 배웠을 화학 기호의 이름을 얼마만큼이나 아는지 조사하는 것일 뿐 성적에는 반영하지 않을 테니 걱정말고 아는 대로 써내기만 하라는 것이었다. 아뿔싸! 함께 앉아 있던 미국 학생들이야 고등학교를 막 졸업한 애송이 대학생들이니 아직도 기억이 생생하겠지만, 졸업한 지 10년이나 지난 늙은 대학생인 내가 어떻게 아직 그 기호들을 기억할 수 있단 말인가?

아무리 성적에 반영되지 않는다 해도 첫 시간부터 이렇게 첫인상을 구기는 답안을 내야 하다니…. 시험지를 받아들었으나 감히 읽어볼 용기가 나지 않았다. 눈을 꽉 감고 울렁이는 가슴부터 진정시켰다. 한참만에 눈을 뜨고 시험문제를 보니 이십여 개의 기초 화학 기호들이 하나씩 눈에 들어왔다. 다행히도 아주 낯설어 보이지는 않았다. 게다가 기적처럼 그 이름들이 대충 생각나기 시작했다.

'H_2O'는 '물'이고, 'CO_2'는 '이산화탄소'고, 'N'은 '질소'가 아니었던가? 대부분의 문제에 답을 쓸 수 있을 것 같았다. 신나게 연필을 들어 1번 문제인 'H_2O' 옆에 'water(물)'라고 썼다. 2번, 'CO_2'. 가만! '이산화탄소'라고 쓸 수는 없지 않은가? 영어로는 뭐라 하지? 영어로 배운 바가 없으니 기억 속에 있을 턱이 없었다. 3번, 'N'은 또 영어로 무엇인가? 나머지 기호 모두 영어로는 뭐라는지 도대체 알 수가 없었다.

1번 답을 쓴 다음부터는 꽉 막혀버려 죄없는 연필 끝의 고무만 물어뜯으며 억울함을 삭여야 했다. 이 기호들을 기억하는 내 머리도 보통은 넘는구나 싶었지만, 단지 영어로 배우지 않았다는 이유 때문에 빈 답안을 내서 선생에게 첫인상을 구겨야 하는 순간이기도 한 아주 아이로니컬한 순간이었다. 시험지를 걷어갈 때쯤 되자 에라 모르겠

알면서도 못 쓰는 답

다, 물어뜯기는 학대를 참다 못한 연필이 내 의지대로 한국어로 답안
을 줄줄 써내려갔다.

시간이 끝나자 답안지 뭉치를 정리하며 나갈 준비를 하는 조교 앞
으로 다가갔다. 사정을 말한 뒤 다음 시간까지 기호 이름을 다 외우
겠다고 했다. 말이 끝날 때까지 내 말을 씨없는 말인 양 무표정하게
듣고 있던 그는 그 자리에서 답안지 뭉치를 뒤져 내 것을 꺼냈다. 답
안을 한번 죽 훑어본 그는 얼마나 기가 막혔는지 오히려 제 얼굴을
빨갛게 붉혔다. 터지는 웃음을 참느라 입술까지 꽉 깨물고 있었다.

답안지를 뭉치 속에 도로 끼워넣은 그는 오늘부터라도 부지런히
이름을 외우지 않으면 정말 힘들 것이라며, 이 퀴즈는 성적에 반영되
지 않으니 너무 염려말라는 말을 되풀이하는 친절을 보이면서 강의
실을 나갔다. 그 날 저녁 곧바로 교과서 맨 뒤에 있는 화학 도표에
나온 기호 이름들을 달달 다 외웠다.

다음 시간에 있었던 두 번째 시험에서는 십여 개의 기호 이름과
몇 개의 화학방정식을 완성하는 문제가 나왔다. 이번에는 모든 답을
자신 있게 영어로 써서 냈다.

몇 주가 지난 다음 질문이 있어서 화학과 조교실에 갔다. 몇몇 조
교들 중에 우리 조교도 있었다. 그가 웃으며 아는 체했다. 그 때 조교
들 중 하나가 "이 학생이 한국말로 답지를 썼다는 그 학생이냐"고
그에게 큰소리로 물었다. 답답한 유학생 애기를 소문냈던 것이 내게
미안해서였는지 그가 입 속으로 그렇다고 우물거렸다. 그러자 그들
중 하나가 곧 방을 튀어나가더니 그 한국 학생이 왔으니 나와보라며
옆 방에 있던 조교들까지 불러내면서 소란을 피웠다. 그는 얼굴을 붉
히면서 나를 보며 멋쩍게 웃고 있었다. 나는 웃지도 울지도 못한 채
그 자리에 서 있었다.

대여섯 명의 조교들이 각 방에서 나와 동물원 원숭이 보듯 나를

미국에 대해 알게 된 두세가지 것들

구경하면서 마구 웃어재꼈다.

"네가 바로 그 뻔뻔한 학생이냐?"

"너 참 걸작이다. 한국말로 쓰면 도대체 누가 알아볼 수 있다고 그랬냐?"

"그 답이 한국말로라도 맞기는 맞는 답이었냐?"

"과외 공부가 필요하면 우리 모두 열심히 도와줄 테니 언제든지 와라."

갑작스러운 이 상황을 어떻게 대응할 줄 몰라 망설이던 나는 그들의 장난 속에 진정한 격려가 흠뻑 배어 있음을 느끼면서 마음을 풋풋하게 녹일 수 있었다.

고등학교 때부터도 화학은 그다지 좋아했던 과목이 아니라서 이번에도 특별한 관심을 갖고 공부하지는 못했다. 그래도 교과서에 실린 내용만큼은 다 소화해낼 수 있었기 때문에 그들에게 특별히 도움을 부탁할 일은 없었다. 하지만 그 때 그들이 보냈던 따뜻한 격려는 한 학기 내내 가슴 깊은 곳에 머물면서 가끔씩 내 등을 두드려주곤 했다.

알면서도 못 쓰는 답

도서관, 요람에서 무덤까지

 처음 미국에 오는 한국 사람들에게 어느 곳보다 먼저 가보기를 권하고 싶은 곳이 있다. 도서관이다. 어느 도시를 가든 대규모의 시립 도서관 외에 각 동(洞)마다 따로 소규모의 도서관이 하나씩 있는데, 그 시설과 이용자들의 현황을 살펴보면 그것은 한 마디로 충격이라 하지 않을 수 없다.

갓난아기 때부터 이 곳을 드나들면서 서가에 꽂힌 책들 사이를 자유롭게 오가며 지식을 얻고 상상력을 키우는 아이들의 모습을 지켜보다 보면, 어두컴컴한 만화방에 쪼그리고 앉아 만화 속에나 열심히 빠져들곤 했던 내 어린 모습이 가끔씩 생각나 주눅들 때가 있을 정도였다.

학생증을 보관해야 중앙 도서실을 들어갈 수 있었고 대출 창구를 통해서만 원하는 서적을 만져볼 수 있었던 한국 대학 도서관에 익숙해 있던 나는 유학 시절 미국 대학 도서관을 사용하면서 그 규모와 자유로운 대출 방법에 한동안 입을 다물지 못했다. 학교에는 한국의

미국에 대해 알게 된 두세가지 것들

시립 도서관을 능가하는 규모의 중앙 도서관이 있었지만 그것도 모자라 각 단과대학마다 소규모 도서관이 따로 있었다. 각 도서관에는 또 작은 방들도 있어 그룹끼리 모여 토론하면서 공부할 수도 있었다.

그들이 지닌 서적과 참고자료의 숫자 또한 만만치 않았다. 무엇보다 부러웠던 것은 소수의 특수 참고자료를 빼고는 어느 서가에서든 책과 자료를 내 손으로 직접 꺼내볼 수 있다는 것이었다. 필요한 자료를 자유롭게 골라 확인하면서 직접 입수할 수 있었기 때문에 자료를 정확하고 신속하게 구할 수 있다는 실용적 면에서 부럽기도 했지만, 이용자의 손에 온갖 서적과 자료를 완전히 맡기는데도 아무 사고 없이 운영되는 그들의 국민 문화 수준이 무엇보다 부러웠다.

그렇게 대학 도서관만 알고 지내던 어느 날, 잘 알던 한국 교포의 집에 놀러갔다가 그 집 아이들이 빌려온 책을 반납하러 디트로이트 근교의 동네 도서관을 가는데 함께 했다. 저녁식사 시간이 막 넘은 시간이었건만 노인을 포함한 어른들은 물론 서너 살의 어린 아이들부터 중고등학교 학생들까지 아주 붐비고 있었다. 모두들 책상에 앉아 책을 읽거나 서가를 누비면서 책을 고르느라 바빴다.

간혹 서가 사이를 이러저리 뛰어다니며 장난을 치는 어린 아이들과 그들을 낮은 소리로 꾸짖는 부모들의 목소리가 들리기도 했지만 모두들 그런 잡음에는 아랑곳하지 않고 제 일에만 바빴다. 이미 오래 전부터 그런 잡음에 익숙한 사람들 같았다.

'자동차가 발'인 도시라 어른들 중에는 나처럼 차를 끌고 아이들을 위해 함께 나선 사람도 있었을 텐데, 그들 모두도 서가를 뒤지거나 책을 읽거나 대출·반납을 하느라 분주했다. 어른들 중에는 특히 할머니와 할아버지가 많았는데 그들의 모습이 강하게 내 눈길을 끌었다. 한국에서는 교수님들을 빼놓고는 할머니와 할아버지를 도서관

도서관, 요람에서 무덤까지

과 연결시켜 생각해 본 적이 없었기 때문이었다.

한국에 살았을 때 학교 도서관이야 중학교 이후부터 대학교까지 제법 이용했지만 시립 도서관이라고는 한두 번밖에 가보지 못했던 나는 그 광경들을 보면서 정신이 번쩍 들었다. 생활화된 도서관. 가족화된 도서관.

그 곳 성인부의 서적과 자료는 대학 도서관과는 비교도 안될 정도로 적은 규모였지만, 한쪽 벽을 꽉 메우고 있던 음악, 외국어, 픽션, 넌픽션이 담긴 테이프와, 영화, 연극, 관광이 담긴 비디오들은 아주 인상적이었다. 도서관 하면 책 같은 인쇄물만 연상할 줄 알았지 그런 시청각 자료, 특히 교육전문 자료가 아닌 시청각 자료들은 상상도 해보지 않았기 때문이다.

청소년부 쪽을 훑어본 나는 더욱 놀라지 않을 수 없었다. 그 곳은 보잘 것 없는 어른들의 공간에 비해 아주 넓었다. 온갖 청소년 문학 서적과 학문 서적이 줄줄이 늘어선 책장을 꽉 메우고 있었고, 동화 테이프, 외국어 회화 테이프를 비롯해 인기 있는 교육 TV 프로그램, 전통 아동극, 그림과 함께 듣는 동화, 유명 디즈니 영화 등의 비디오까지 다량으로 전시되어 있었다.

한 구석에는 상설 소형 인형극 무대와 손 인형들이 비치되어 있었다. 아이들이 아무 때나 인형극을 벌이면 주위의 아이들이 흥미있게 구경을 하기도 했다. 어떤 책상에는 그림 짝 맞추기 같은 놀이도 있었다. 심지어는 갓난아기들이 들어가 놀 수 있는 큰 놀이 요람까지 있었다. 도서관에 갓난아기의 놀이 요람이라니…. 엄마나 아빠들은 잠깐 성인부로 가서 자기들이 읽을 책들을 골라오기도 했고, 장난감을 쥔 갓난아기를 요람에 넣고 바로 옆 책상에 앉아 그들의 형이나 누나에게 책을 읽어주거나 골라주고 있었다.

제 장난감은 팽개쳐 놓고 기저귀 찬 엉덩이를 불쑥 내민 채 놀이

미국에 대해 알게 된 두세가지 것들

요람 윗 부분을 잡고 서서 호기심 반짝이는 눈으로 서가의 책을 살펴보는 갓난아기들. 서가 사이사이에서 책을 고르는 초등학생들. 책을 펼쳐놓고 공부하는 중학생들. 책을 가운데 놓고 소근소근 토론을 벌이는 고등학생들. 적어도 이십여 권은 됨직해 보이는 책들을 대출해서 서너 개의 가방에 들고나가는 이 아이들. 그들이 보고 있거나 빌려가는 책들은 대개 문학서적, 과학서적, 예술서적 등이었다. 대학 도서관의 축소판을 보는 느낌이었다. 소규모의 학술광장 같았다고나 할까?

순간 초등학교 때부터 교과서나 교과 관련 서적 읽기만 허용된 상태에서 책가방만 마르고 닳도록 들고 다니던 내 어린 모습이 떠올랐다. 동화책 읽기를 워낙 좋아했지만 동화책 읽기를 노는 것과 다름없이 여기시는 부모님 앞에서는 어림 없었다. 꾸중듣기가 싫어 구석에 있던 입식 재봉틀 밑에서 숨죽여가며 동화책을 읽곤 했다. 컴컴한 만화방에 앉아 만화책을 보며 찔끔찔끔 눈물을 흘리다가 찾아온 엄마에게 덜미를 잡혀 집에 끌려간 적은 또 얼마나 많았던가?

대학입시를 앞둔 고등학생이 되면서부터는 교과서에만 코를 박는 일을 선택할 수밖에 없었다. 공부만 하는 것이 지겨워 맥놓고 앉아 있을 때도 머리를 식힐 겸 소설책과 시집을 간절하게 읽고 싶었지만 감히 그러지 못했다. 멍하니 넋놓고 앉아 있을 때도 공부 외의 것을 한다는 죄의식 때문에 그런 책을 읽을 수는 없었다.

끝내 남녀 고등학생 문학 서클에 들어가긴 했지만 그런 일은 사실 학교에서 알게 되면 당장 정학감이었다(그런 일을 실제로 당했던 회원들도 있었다. 각 학교에 문학부가 있었으니 '문학'을 했다는 것이 죄가 아니라 단지 '남'과 '여'가 함께 모였다는 것이 죄였을 것이다. 고등학교 때의 생활기록부에 영향을 미칠지 모르는 위험을 무릅쓰고

도서관, 요람에서 무덤까지

지금이라도 감히 고백하는 바이다). 학생 금지도 아닌 영화를 보러갔다가 규율부 선생님을 보고 기겁하여 몰래 도망치던 때도 있었다. 우리 세대는 거의 모두가 그렇게 컸다. 교과서 외의 것을 보는 것은 모두가 '죄'였다. '교과서'가 인생의 전부였다.

불행하게도 세대가 바뀐 지금의 아이들은 우리보다 훨씬 더 대학입시에 시달린다. 그들은 어쩌면 내가 숨었던 곳보다 더 컴컴한 곳에서 『이상한 나라의 앨리스』나 『죄와 벌』을 읽고 있을 것이다. 도대체 우리 세대의 사람들이, 기저귀를 차고 있을 때부터 도서관의 놀이 요람에서 놀던 사람들과 어떻게 일반 지식과 상상력을 나눌 수 있을까? 구석지고 컴컴한 곳에서 숨죽여가며 진화된 우리가 그들과 어떤 식의 지식과 상상력의 교류관계를 가질 수 있을까?

그 후 몇 년이 지난 지금 우리 가족도 다른 가족들처럼 동네 도서관을 자주 이용하고 있다. 동네 도서관에는 어른들을 위한 프로그램이 거의 없는 편이지만 청소년들을 위한 무료 프로그램은 아주 많다. 취학 청소년은 물론 3~5세의 미취학 아동들을 위한 프로그램도 있어 우리 아이는 취학 전 일 주일에 한두 번씩 'Story Time(이야기 시간)'이란 모임에 가서 친구도 만나고 이야기도 듣곤 했다. 엄마(아빠)들은 주로 뒤쪽에 앉아 지켜보는데, 서로 아이들 얘기를 하다가 친구가 되기도 한다. 서로를 알게 된 엄마들 중에는 아이들이 정기적으로 함께 놀 수 있도록 'Play Group(놀이 모임)'을 만드는 사람들이 많다. 이 시간은 엄마들에게도 'Play Group'이 된다. 매주 순번을 정한 집에 모여 아이들은 아이들끼리 놀고, 엄마들은 엄마들끼리 대화하는 시간을 갖는 것이다. 경우에 따라서는 아이들만 놀게 하고 엄마들은 각자의 여가시간을 갖기도 한다.

취학 청소년들에게는 저녁이나 주말에 동화 작가들을 초대하여 대

미국에 대해 알게 된 두세가지 것들

담하는 시간을 마련해준다. 발렌타인데이, 부활절, 할로윈 등 거의 매달 있는 민속행사일 혹은 독립기념일, 마틴 루터킹의 날 같은 특정일을 맞아 연극 혹은 인형극 등의 구경거리와 공예품 만들기 따위를 제공하기도 한다. 그 밖에도 세계 여러 나라의 문화와 인종, 자연, 과학, 인문·사회과학 등 그들이 제공하는 상식과 상상력은 무궁무진하다. 방학이 되면 독서를 집중적으로 권장하는 온갖 프로그램이 생긴다. 독서량에 맞추어 스티커, 고무지우개, 연필 등 작으나마 아이들이 좋아하는 각종의 상품을 준다.

이런 프로그램은 학교 활동과도 연결된다. 학교에서 꼭 도서관을 찾아야 마칠 수 있는 숙제들을 내주기 때문에 싫으나 좋으나 숙제를 하러 도서관을 가다보면 이런 프로그램이 눈에 띄게 되고 그러면 호기심이 생겨 함께 참여하게 되는 것이다.

청년층과 중년층은 생활에 얽매여서인지 아무래도 주로 저녁 때와 주말에 눈에 띄고, 낮 시간의 도서관에는 미취학 아동과 노인들이 많이 눈에 띈다. 아직도 건장한 젊은 할머니와 할아버지부터 머리가 하얗게 세고 거동이 불편한 남녀 노인들이 편안하게 앉아 돋보기를 쓰고 신문을 보거나 책을 읽는 모습을 흔히 볼 수 있다. 두꺼운 책을 보면서 무엇인가를 열심히 베끼는 모습도 많이 눈에 띈다. 도서관을 나서는 그 분들의 손에도 십여 권의 책들이 들려 있다. 가끔은 차까지 들고가는 책들이 무거워 쩔쩔 매는 힘없는 노인들도 보게 된다.

제법 오래된 우리 동네 도서관은 1912년에 건립되었다고 한다. 6천 여 권의 장서가 갖춰진 도서관이 문을 연 첫 날 5천 여 명의 인근 주민이 다녀갔다고 한다. 당시만 해도 교통이 수월치 않았고 인구수가 많지 않았던 것을 생각해보면 사람들의 도서관에 대한 관심도가 얼마나 높았는지 가히 짐작이 간다. 아마도 지금 도서관을 이용하는

도서관, 요람에서 무덤까지

노인들 중에는 당시 부모의 손을 잡고 도서관을 찾은 청소년들의 자녀가 있을지도 모르겠다.

사실 동네 도서관은 시립 도서관에 비하면 아무것도 아니다. 모두의 교통편의를 위해 시내에 자리잡은 시립 도서관은 성인부건 청소년부건 동네 도서관과는 비교가 안 될 정도로 규모가 크다. 큰 방 하나를 차지한 LP(레코드판)와 CD(씨디) 그리고 몇 개의 높고 넓은 서가를 차지한 국내외 비디오와 데이프, 세계 각 나라의 원서 등등이 구비되어 있다. 2백50여 가구의 한인 가족이 산다는 이 곳 신시내티 시립 도서관에는 한국어 문학 서적 30여 권과 한국 고전 음악 CD 50여 개도 있다.

이 도서관은 주말 음악회, 그림과 문화 전시회, 강연회 등 동네 도서관과 달리 성인들을 대상으로 하는 주말 프로그램을 많이 제공한다. 그래서인지 저녁과 주말은 물론 주중 낮에도 청년층과 중년층을 많이 볼 수 있다. 청소년을 위한 프로그램도 동네 도서관 못지 않게 활발한데, 아무래도 '어린이 주말 영화' '작가와의 만남' 같이 초등학교 이상의 청소년을 상대로 하는 모임이 많다. 그리고 모임의 규모도 동네 도서관보다 훨씬 큰 편이다.

시립 도서관과 동네 도서관들 사이에는 온라인 네트워크가 설치되어 있다. 동네 도서관에서 원하는 자료를 구입할 수 없을 때는 도서관에 설치된 단말기를 이용해 시 전체에 소재한 모든 도서관들의 자료를 조사해볼 수 있다. 만약 그 자료가 시립 도서관이나 다른 동네의 도서관에 있다면 그것을 자기 동네쪽으로 옮겨 대출해 달라고 할 수 있다. 반납을 할 때도 같은 군내에서라면 어느 도서관에서 대출했는가에 관계없이 아무 도서관에서나 반납할 수 있어 아주 편리하다.

미국에 대해 알게 된 두세가지 것들

도서관 이용에 대해 특기할 만한 것은, 영화 비디오를 제외하고는 대출하는 서적이나 자료의 숫자에 제한이 없다는 것이다. 대출기간도 자료에 따라 2~3주라고 정해 놓기는 했지만 몇 번씩 연장할 수가 있다. 이 모든 과정은 도서관 카드 하나면 모두 해결된다. 카드는 그 동네에 산다는 간단한 증거, 즉 본인의 이름과 주소가 함께 적힌 운전면허증이나 전화요금 용지 같은 것 하나만 있으면 그 자리에서 만들어준다. 그 카드 하나면 시 전체 어느 도서관에서건 통한다.

주목할 것은 부모의 카드로 자녀의 자료를 대출할 수 있는데도 불구하고 원하면 유치원생 어린이들에게도 따로 카드를 만들어준다는 것이다. 도서관 입장에서야 한 집에 카드 하나만 내주면 일하기가 편할 텐데 한 가정의 아이들에게 고유번호가 다른 카드를 각각 내주면서 늘어나는 작업량을 감수하는 것이다. 아무것도 아닌 것 같은 그 일이 알게 모르게 아이들에게 아주 크고 좋은 영향을 미치고 있다.

어린 아이들은 자기 이름이 확실히 적힌 자신만의 카드를 손에 쥐는 그 순간부터 이미 자기 개인의 존재를 인정해주는 도서관과 밀접한 교분을 느낀다. 그리고 어른들이 쓰는 카드와 똑같이 생긴 카드를 갖게 되었다는 사실 때문에 자기들도 어른과 똑같은 권리와 의무를 갖게 되었음을 의식하는지 도서관 자료를 다루면서 독립심과 책임감을 보이기 시작한다.

자기가 읽고 싶은 책을 제 손으로 직접 뽑아 제 발로 대출 창구에서서 제 카드로 책을 대출하기를 고집하는 것이다. 이들은 또 그렇게 대출한 무거운 책들을 끙끙거리면서도 꼭 제 손으로 집에 들고가기를 고집한다. 집에서도 그렇게 가져온 도서관 책들에 대해서만큼은 그 관리에 각별히 신경을 쓴다. 부모가 사준 책보다 훨씬 소중하고 특별하게 여기면서 공동 자료에 대한 책임감을 보이는 것이다.

책의 경우는 대출기간이 3주라서 연장하지 않으면 하루에 몇 센트

도서관, 요람에서 무덤까지

정도의 벌금을 물어야 하는데, 자신들이 직접 대출해서인지 대개의
어린이들은 반납 날짜를 철저히 기억한다. 어쩌다 날짜를 잊어 제때
반납하지 못한 우리 아이의 경우 순전히 자기 책임임을 스스로 인정
하면서 저금통에서 돈을 빼내 제 돈으로 벌금을 물겠다는 자발적 책
임감을 보이기도 한다.

우리 아이는 도서관 갈 때마다 마치 놀이터를 가듯 즐거워한다.
갔다 하면 볼 거리가 많고 그 볼 거리를 집에까지도 챙겨갖고 오기
때문이다. 아이는 도서관에 들어서면 먼저 새로나온 책이 전시된 서
가에서 새책을 대충 다 뒤적여본다. 비디오 칸에 가서 새로 나온 프
로그램은 없나 살펴보기도 한다. 그리고 난 다음에야 서가를 돌면서
읽고 싶은 책과 듣고 싶은 테이프를 고른다. 그러다보면 학교 친구를
만나기도 하는데 가끔은 그 친구들과 큰 소리로 떠들다가 엄마에게
알밤을 먹기도 한다.

책 십여 권과 이야기 테이프 그리고 비디오 한두 개를 들고 도서
관을 나오기까지는 제법 시간이 걸린다. 도서관을 나서면서 무거운
가방을 땅에 닿도록 질질 끌면서도 꼭 제 손으로 들고가는 여섯 살
짜리 아이의 모습을 보노라면, 무거운 책을 옆에 꿰고 천천히 걷는
70대의 백발 할아버지의 모습이 연상되기도 한다. 2000년을 맞아 청
소년이 되고, 2010년엔 청년이 되고, 2030년엔 중년이 되고, 2050년
엔 노년이 되도록 이 도서관 문턱을 드나들다보면 2060년에는 그 백
발 성성한 할아버지의 모습이 바로 네 모습이겠구나.

지금 엄마 눈에 자신이 미래의 할아버지의 모습으로 그려지고 있
음을 알 리 없는 아이의 마음은 온통 새로운 계획으로 잔뜩 부풀어
있다.

"엄마, 새 동화책은 집에 가자마자 읽을 거야."

미국에 대해 알게 된 두세가지 것들

“아빠, 내일은 목요일이라 비디오를 볼 수 있는 날이지? 학교 갔다 와서 숙제 빨리 하고 오늘 빌린 ‘TV 과학시간’ 비디오 봐도 되지?”

“엄마, 오늘부터 도서관에서 빌려온 *Sign Language*(手話) 책을 보면서 알파벳을 손으로 어떻게 쓰는지 배울 거야. 하루에 세 개씩 공부해야지.”

아이가 그렇게 쉴 새 없이 종알거릴 때마다 너무나 부럽다는 생각이 든다.

도서관, 요람에서 무덤까지

물보다 진한 피, 피보다 진한 사랑

 길가의 높다란 언덕 위에 유럽 중세기풍 대저택 몇 채가 그림 같이 서 있다. 세월에 절어 고색창연한 이 돌집들의 뒷마당은 온갖 나무가 울창하여 작은 숲을 이루고 있다. 오늘은 그 중 한 집에 열대여섯 명의 아이들이 모였다. 그런데도 왠지 집이 절간처럼 조용하다. 점심 때까지만 해도 식탁에 모여앉아 피자를 먹는 아이들의 재잘거리는 소리로 떠들썩했는데.

정문 옆의 넓직한 식당을 지나고, 작은 식당이 딸린 큰 부엌도 지나고, 벽난로에서 불이 활활 타는 거실을 지나면 두 대의 그랜드 피아노가 서로 마주보고 있는 방이 있다. 지금 그 방 한켠에서 희한한 일이 벌어지고 있다. 박물관에서 왔다는 어떤 아줌마가 어른 종아리만큼이나 굵고 빨랫줄처럼 긴 진짜 뱀 두 마리를 목에 칭칭 감고 있는 것이다. 십여 명의 아이들은 그 옆에 둘러선 채 침묵 속에 거친 숨을 몰아쉬면서 호기심이 잔뜩 발동한 손길로 뱀들을 요리조리 쓰다듬고 있다. 일곱 살 또래의 노란색, 밤색, 검은색 머리의 남녀 아이들이 잔뜩 긴장하여 입을 꼭 다물고는 찬찬하고 부드러운 손길로 조

미국에 대해 알게 된 두세가지 것들

심스레 뱀들을 쓸어내린다. 가끔 작은 감탄의 한숨이 들리기도 한다. 모두 한 번씩 만져본 것이 확인되자 아줌마는 뱀들의 종류, 서식지, 나이, 먹는 음식 등에 대해 설명하기 시작한다. 뱀의 순서가 끝나자, 아줌마는 발톱이 붙어 있는 코끼리 발의 껍질, 온갖 종류의 화석 등을 내놓고 그것들에 대해 설명해준다. 호기심 어린 눈을 반짝이면서 만져보고, 질문을 던지고, 답을 듣는 아이들은 마냥 진지하기만 하다.

오늘은 마이크의 일곱 번째 생일날이다. 지금 그의 집에서 생일파티가 벌어지고 있는 중인 것이다. 이들은 1시간 전쯤부터 모여 점심으로 피자를 먹은 후 생일파티에 준비된 여러 가지 순서를 즐기는 중이다. 박물관 순서가 끝나자 모두 케익이 놓인 테이블 앞으로 간다. 일곱 개의 초에 불이 켜지자 아이들은 목청을 한껏 돋우어 생일 축하 노래를 부른다. 마이크가 싱글벙글 미소 속에 케익에 장식된 공룡을 살펴보느라 여념이 없자 몇몇 아이들이 다 타기 전에 빨리 불어 끄라며 마이크를 재촉한다. 그는 거의 다 타내려가는 촛불 앞에서 여유있게 소원을 중얼거린다. 그리고 양 뺨을 복어배 같이 만들어 바람을 입에 잔뜩 머금은 다음 힘껏 불어 촛불 일곱 개를 단번에 꺼버린다. 하얀 이를 드러내면서 자랑스럽게 웃는 그에게 보내지는 힘찬 박수와 환호성이 온 집안을, 온 동네를 맴돈다.

작년 가을 우리 꼬마가 초등학교에 입학했다. 마이크는 동급생으로 미국인 가정에 입양된 한국아이이다. 그의 아빠 후레드는 이 곳 신시내티 대학교의 피아노 교수인데, 키가 작고 얼굴이 까무잡잡한 이 아이는 제 아빠 말만 나오면 자랑스러운 얼굴로 이렇게 뽐낸다.

"우리 아빠는 세계에서 피아노를 제일 잘 치는 유명한 음악 교수에요."

엄마 제인은 바이올리니스트이며 신시내티 실내 교향악단의 행정

물보다 진한 피, 피보다 진한 사랑

일을 본다.

마이크는 두 달밖에 되지 않은 갓난아기였을 때 입양되었다. 미국 내에 있는 기관을 통하여 수속을 시작한 지 2년만에 얻은 아이라고 한다. 그러니까 아이가 태어나기도 전부터 아이를 기다렸다는 얘기다. 그 2년 동안 작성한 서류는 종류로나 양으로나 끝이 없었으며, 2년 중 6개월은 수시로 사회사업가의 가정방문을 받으면서 부모자격 심사를 받았다고 한다. 이 부부는 아이 둘을 얻기 위해 꼭 4년 동안 지겹게 고생했다면서 이제 다시는 그 힘든 입양 절차를 해낼 에너지가 없다며 고개를 절레절레 흔든다.

이들은 '입양날'을 특별한 날로 정해 달력에 표시해두고 간단하나마 기념 축하를 하며 지낸다. 8개월의 임신기간을 거쳐 세상에 태어난 생일날이 누구에게나 특별한 날인 것처럼, 그렇게 보낸 2년의 입양기간을 거쳐 아기가 부모의 품에 안기게 된 그 날이 어찌 생일날에 못지 않을 수 있을까?

부부는 마이크를 얻자마자 또 다시 입양 신청을 했다. 둘째 아이 역시 똑같은 과정을 거친 끝에 마이크가 두 살이 넘어서 그들의 품에 안겨졌다. 이 한국 여자아기는 언청이였다.

입양 조건들 중에는 만약 건강상태가 좋지 않은 아이가 안겨질 경우에는 입양을 포기하지 않을 뿐만 아니라 병원비 전액을 책임져야 한다는 항목이 있었는데, 그 항목에 사인하지 않으면 입양이 불가능했다고 한다. 입양 자체를 위한 경비만도 이미 상당액에 이르는데다 얼마만큼의 병원비가 들 아이가 안겨질지는 누구도 몰랐기 때문에 그 항목에 사인할 때 상당히 심사숙고했다고 한다. 입양 후 바로 수술했다는 입 위의 수술자국은 이제 보일듯 말듯 보통 사람의 입술과 별로 다르지 않다. 지금 네 살인, 눈이 크고 동그랗게 예쁜 그 아이와 아기 때의 사진을 함께 본 적이 있었다. 그는 사진 속 자기의 갈라진

미국에 대해 알게 된 두세가지 것들

윗 입술을 손가락으로 가르키며 우습게 생겼다고 깔깔 웃어보였다. 그리고는 자기의 입술을 만지면서 수술을 한 지금 입술이 훨씬 예쁘지 않냐며 밝고 상큼하게 또 한번 웃었다.

미국에는 온갖 놀이기구를 갖춰 놓은 놀이 전문점이 있는데, 그들은 생일파티까지도 주문을 받아서 한다. 미국 아이들의 생일파티는 거의 대부분 그런 곳에서 치러진다. 그 곳에는 전자게임, 미니골프, 오토바이 타기, 미니농구, 미니볼링 등 다양한 놀잇감이 있기 때문에 아이들은 생일파티라면 집에서보다 그 곳에서 하기를 훨씬 좋아한다. 돈만 준비되면 거의 손가지 않게 아이들 생일파티를 할 수 있기 때문에 부모들로부터도 환영받는 편이다. 그러나 마이크는 작년에도 그러더니 올해도 꼭 집에서만 하겠다고 했다. 그래서 그의 부모는 올해도 집을 장식하고 십여 명의 아이들을 맞아 재미있게 놀 수 있도록 오래 전부터 머리를 짜야 했다. 마이크의 생일파티는 부모의 넉넉한 재정과 자상한 배려로 성공리에 끝났다.

이들 부부는 아이들에게 모국 문화를 가르치는 일에도 아주 열심이다. 후레드는 아예 입양을 계기로 한글을 깨우치기도 했다. 이 곳 신시내티에도 다른 도시와 마찬가지로 한국 어린이 입양 가족회가 있는데 그들은 그 40여 회원 가족 중의 하나다. 회원일 뿐만 아니라 이 회의 가장 큰 행사인 '한국 문화 유산 축제'의 준비대표위원이기도 하다. 준비위원들은 2년에 한 번씩 있는 이 행사를 위해 한 달에 한 번씩 만난다. 행사에 드는 일체의 경비는 이 모임이 부담하고 그 밖의 문화적 자료와 일부 인력은 한인회에 도움을 청한다. 입장료만 내면 누구나 참가할 수 있으며 이익금은 한국의 고아원 기관에 기증된다고 한다.

그들 덕분에 지난 11월의 축제에는 우리 가족도 참석했다. 바람이 불고 제법 매섭게 추운 날이었지만 축제가 벌어지는 초등학교 체육

물보다 진한 피, 피보다 진한 사랑

관은 제법 많은 사람들로 붐볐다. 나중에 들으니 근처 도시에서 온 40여 입양 가족은 물론 20여 한국 교포 가족도 참석했다고 한다. 나는 이 행사의 규모에 입을 벌리지 않을 수 없었다. 축제는 체육관과 뒷방으로 나누어 두 곳에서 벌어지고 있었다. 체육관에서는 갖가지 한국 민속이 소개되고 있었고, 커다란 뒷방은 한국 공예품 전시실 겸 공작실로 쓰이고 있었다.

체육관 한쪽에 커튼으로 만들어진 몇 개의 작은 방이 있었는데 각 방에서는 한국의 민속이 하나씩 소개되고 있었다. 아기의 돌잔치 방, 설날 세배 드리는 방, 붓글씨 방 등으로 꾸며져 있었다. 돌상이 차려져 있는 방에는 마침 그 달에 한 살이 되었다는 아기가 한복을 곱게 입고 앉아 방실거리고 있었고, 세배 드리는 방에서는 역시 한복을 입으시고 점잖게 앉아 계신 할머니와 할아버지가 주위사람의 도움을 받으면서 열심히 세배하는 아이들에게 한국 동전을 나눠주고 계셨다.

붓글씨 쓰는 방에는 우아한 한복을 입은 어떤 아주머니가 정성들여 붓글씨를 쓰고 있었는데, 아이들은 요술을 보는 듯 굵고 얇은, 둥글고 곧은, 여러 모양으로 검은 획을 그려내는 날렵한 붓끝에 정신들을 잃고 있었다. 또 다른 한쪽에는 한국에 관한 온갖 서적, 장신구, 옷 등이 전시·판매되고 있었다.

사람들이 점점 늘어나고 분위기가 무르익자 한 대학원의 남자 유학생이 수수한 한복을 입고 무대에 나타났다. 그는 우리 전통 음악과 제인이 두드리는 북소리에 맞춰 고전무용 몇 작품을 보여주었다. 무용이 끝난 후에는 수십 명의 미국인 남녀노소가 등장해서 태권도 시범을 보여주었다.

체육관 뒷방에는 스무 개 이상의 긴 테이블과 벤치가 놓여 있었다. 각 테이블마다 한복을 입은 몇몇 어른들이 각각 한글, 연, 제기, 목판

미국에 대해 알게 된 두세가지 것들

인쇄, 조각, 종이 그릇, 부채, 민화 등을 설명해주었다. 그들은 마련한 준비물로 아이들이 그것들과 관련된 공작품을 직접 만들도록 도와주기도 했다.

한쪽 구석에서 한복을 입은 어떤 아저씨와 함께 제 손으로 만든 제기를 주거니 받거니 열심히 차올리며 깔깔거리는 아이들의 웃음소리와 환호성이 가끔씩 드높아져 사람들의 눈길을 끌기도 했다. 너무 커서 들고다닐 수 없으니 나중에 집에 갈 때나 가져가려고 한쪽에 차곡차곡 쌓아놓은 연들도 눈에 띄었다. 김밥, 만두, 식혜 등을 파는 음식 판매대에 많은 사람들의 발걸음이 멈춰 있었다.

이런 행사는 교포인구가 많은 대도시 한인회에서도 치르기가 쉽지 않다. 처음 계획을 세울 때부터 많은 시간을 할애해야 하는데 사는 게 바쁘다보니 뜻있는 사람들은 많아도 한 날 한 시에 만나는 게 쉽지 않고, 만났다 하더라도 의견의 불일치, 실제 인력 확보 등 난관이 많다. 자신들조차도 그 문화를 잘 모르면서 입양한 자녀들에게 핏줄 말고는 전혀 연줄이 없는 모국 문화를 배우게 하려는 그들의 노력을 살펴보던 나는 한국인의 한 사람으로서 느껴지는 여러 갈래의 감정에 얽혀 한동안 헤어나지 못했다. 민족적으로, 인간적으로 부러웠고, 따뜻했고, 눈물겨웠다.

축제가 거의 끝날 때쯤 화장실을 갔더니 한 미국 엄마가 아기의 기저귀를 갈고 있었다. 그 엄마는 혼자 있던 화장실에 내가 들어온 줄을 모르고 큰 소리로 아이를 얼르면서 혼자 중얼거리고 있었다.

"기저귀 가니까 인제 시원하지? 그래서 이제야 그렇게 방실방실 웃는거지? 미안하구나. 엄마가 구경에 정신이 팔린 바람에 네가 칭얼거렸는데도 미처 생각을 못했어. 그래서 이렇게 축축한 기저귀를 내

물보다 진한 피, 피보다 진한 사랑

그냥 차고 있게 했지 뭐냐. 용서해요. 엄마가 이 세상에서 너를 제일 사랑하는 것 알지? 그렇지? 우리 왕자님. 네가 없었다면 엄마는 어떻게 살았을까? 아아, 착한 우리 아기…."

아이 엄마는 아직도 내게 등을 보인 채 서서 커다란 가방을 어깨에 척 걸쳐맸다. 그리고는 아기를 안아 번쩍 들어올렸다. 7~8개월쯤 되어보이는 동양 아기였다. 이 축제에 온 동양 아기인 것을 보니 한국 아이가 분명했다. 엄마는 아기의 뽀얀 뺨에 자기 뺨을 마구 문질러댔다. 아기는 까르르 숨 넘어갈 듯 웃었다. 그 모양은 한참이나 지속되었다. 한창 신나게 벌어지는 모자간의 흥을 깨뜨리기도 싫었지만, 훔쳐보는 그 비밀스러운 장면에서 전해오는 따뜻함을 조금이라도 더 간직하고픈 욕구에 나는 얼어붙은 듯 서서 그들을 지켜보고 있었다.

지난 92년 오하이오 주 데이튼 시에 살 때 그 곳 한인회에서 주최한 광복절 기념 소풍을 간 적이 있었다. 그 도시의 한국 어린이 입양 가족회도 초대를 받아 함께 참석했는데, 우리 식구는 그들 중 한 가족과 같은 식탁에 앉게 되었다. 성씨가 웨인이라는 이 가족은 형제가 모두 여섯이었다. 쉴새없이 재잘거리면서 불고기, 밥, 김치 등을 열심히 먹는 15살, 11살, 9살, 또 9살, 7살, 4살짜리 남녀 아이들은 모두 건강하고 밝기 그지없었다.

그들 중 한 명이 한국 아이로 입양아였다. 엘렌이라는 그 아이는 까맣고 긴 머리에 안경을 쓴 예쁘장한 소녀였다. 말을 똑 떨어지게 하고 눈망울도 또렷하여 참 영리해 보였다. 밥을 다 먹은 우리 아이와 그 집 아이들은 한창 진행중인 게임에 참석하겠다며 큰딸만 빼고 모두 잔디밭 쪽으로 달려나갔다. 마침내 조용해진 틈을 타 우리는 그 부부와 애기를 나눌 수 있었다.

미국에 대해 알게 된 두세가지 것들

엘렌은 여섯 살이던 3년 전에 입양되었다고 했다. 당시 그 아이는 시력을 점점 잃고 있던 상태로 사물조차 잘 분간 못하는 정도였다. 건강 기록부에는 곧 시력을 잃을 것이라고까지 기록되었다. 게다가 심한 소아마비까지 걸려 있어서 전혀 걷지 못하는 상태이기도 했다.

당시 웨인 부부는 중산층으로 이미 자신들이 낳은 아이들 다섯, 그것도 갓난아이까지 있었다. 자기 아이들만 키워도 경제적으로 빠듯했지만 고아를 입양하여 키움으로써 보다 가치 있는 삶을 살기로 결정한 그들은 입양기관을 찾았다. 그 곳에서 내주는 앨범을 통해 엘렌에 대해 알게 되었다. 건강이 계속 나빠지고 있다는 기록이 그들의 관심을 더욱 끌었다. 그들은 아직 아기였던 막내를 빼놓은 나머지 자녀들에게 상황을 설명해준 다음 각자의 의견을 물어가면서 가족회의를 했다. 몇 번의 가족회의 끝에 만장일치로 엘렌의 입양이 결정되었다.

급속도로 나빠지는 건강 때문이었는지 수속이 빨리 진행되어 엘렌은 곧 그들의 가족이 되어 함께 살기 시작했다. 엘렌은 처음에는 아주 수줍고 말이 없었다. 그 아이를 이미 내 식구로 받아들인 가족 모두는 일단 그 아이의 마음이 편하도록 애썼다. 그래도 호기심 같이 자연스럽게 생겨나는 그들의 감정은 감추지 않은 채 사랑으로 열심히 대해주었다.

하루가 다르게 호전되는 시력으로 그 집 아이들 노는 모습을 지켜보던 그 아이는 점차 손짓발짓으로 대화하면서 아이들과 어울려 놀기 시작했다. 언어 감각이 상당히 뛰어난 엘렌은 곧 말을 배울 수 있었다. 그리하여 의사소통에 전혀 문제가 없게 되었을 때는 이미 완벽하게 웨인의 한 식구가 되어 있었다.

급속도로 회복되던 그 아이의 시력은 채 일 년도 되기 전에 약간 근시이나마 정상 수준을 회복했다. 수술 같은 것은 전혀 하지 않은

물보다 진한 피, 피보다 진한 사랑

채 단지 약과 영양식만을 먹였다고 한다. 다리도 삼 년 동안 여러 차례에 걸친 수술을 받으면서 조금씩 나아져, 이제는 한 다리만 약간 가늘 뿐 뛰는 데조차 별 지장이 없게 되었다는 것이다. 신경쓰지 않고 보았을 때는 전혀 알아보지 못했는데, 얘기를 듣고 나서 운동장을 뛰고 있는 그 아이를 자세히 보니 치마 밑의 한쪽 다리가 다른 쪽 다리보다 약간 가는 것이 눈에 띄었다.

웨인 부부가 엘렌에 대한 얘기를 하는 사이사이 가끔 설명을 덧붙이곤 하던 큰딸 스잔이 엘렌은 하나님이 자기 가족에게 주신 특별한 선물이라고 했다. 또 자기 부모와 형제들은 엘렌으로 인해 많은 것을 배웠다고 했다. 타문화, 그리고 병들고 가진 것 없는 사람의 고통, 사랑, 인내 등 엘렌이 없었다면 전혀 그 존재조차도 생각해보지 못할 것들을 엘렌을 통하여 함께 겪으면서 피부로 배웠다며 아주 어른스럽게 말했다.

얘기를 마친 웨인 부부는 흐뭇한 미소를 띠우며 아이들이 뛰노는 잔디밭 쪽으로 눈을 돌렸다. 사람들 사는 모습이 다 다르다고는 하지만 세 살짜리 아이 하나, 그것도 내 뱃속으로 낳은 아이를 키우면서 하루하루가 몸서리치게 정신없고 고되다며 불평하던 나는 그들 앞에서 차마 고개를 똑바로 들 수 없었다. 그런 내가 불쑥 한 마디 했다.

"엘렌은 정말 복이 많은 아이에요."

아직도 미소를 잔뜩 머금은 채 아이들 쪽을 보고 있던 웨인 부부는 획 몸을 돌리더니 그게 무슨 소리냐는 듯 나를 똑바로 보며 이렇게 말했다.

"아니죠. 저희가 정말 복이 많은 식구죠."

'그렇구나! 그런 식으로 생각할 수도 있는 거구나!'

미국인들의 입양에 대한 개념은 개인적으로나, 사회적으로나 결속

미국에 대해 알게 된 두세가지 것들

의 주성분이 '피'인 우리 같은 단일민족으로서는 도저히 이해할 수 없는 경지에 있다. 내게 셸리라는 미국 친구가 있다. 그에게는 입양된 백인 동생이 하나 있다. 같은 인종이라 그 사실을 숨길 수도 있겠지만 다른 미국인들처럼 그의 부모도 처음부터 입양 사실을 숨기지 않은 채 그를 키웠다.

그는 어릴 때부터 폭력 알콜중독자가 되어 중년이 된 지금까지도 온 집안 식구들을 괴롭힌다. 셸리는 그의 나쁜 버릇이 지겨워 그와 상면한 지가 오래되었다. 그래도 그의 부모는 아직도 그 입양한 지식을 정상인으로 만들기 위해 온갖 정성을 다 쏟고 있다 한다. 셸리는 친구들에게 가끔 한심한 동생에 대한 얘기를 한다. 그러나 무언중에라도 '피가 원래 그랬나보다'라든가, '우리 부모는 공연히 입양을 해서 평생 속 썩고 산다'라든가 하는 말은 전혀 할 줄 모른다.

일반 미국인들은 입양아의 품성이 말썽이 되어 나중에 문제가 생겼을 경우에도 무의식중이나마 '입양' 탓을 할 줄 모른다. 그것이 바로 입양에 대한 그들의 자세다. 입양으로 인한 인위적 가족관계를 마치 핏줄에 의해 정해진 운명적 가족관계처럼 받아들인다. 그래서 아주 특이한 사연이 없는 이상 한 번 입양한 아이를 가족의 범주 바깥으로 밀어내는 것은 생각조차도 할 수가 없다. 셸리에게 역시 그는 그저 '동생'일 뿐 그 이상도 이하도 아닌 존재인 것이다.

어느 날 셸리가 중학생인 자기 딸과 같은 반이라는 한 남학생의 얘기를 하면서 눈물을 글썽거렸다. 자기 집에 갈 생각을 않고 며칠씩이 친구집, 저 친구집을 돌면서 전전긍긍하던 그 아이가 한번은 셸리 집에 와서 며칠 묵기를 청했다는 것이다. 친구니까 그러라고는 했지만 왜 아이가 제 집에는 들어가지 않는지 의심스러워 며칠 묵는 동안 자꾸 얘기를 시키면서 그 이유를 물었다. 계속 입을 다물고 있던 아이는 셸리의 끈질긴 유도 질문에 말려 그 이유를 말하고 말았다.

59

물보다 진한 피, 피보다 진한 사랑

아버지가 자주 아이를 욕하고 때리면서 정신적·신체적으로 학대
하고 있었고 어머니는 그런 거센 아버지를 말리지 못해 그냥 모른
척하고 있는 입장이었다. 아이는 제 부모이기 때문에 경찰에 신고한
다는 것은 말도 안된다며 울먹였다. 그의 말을 다 믿을 수가 없어서
나중에 기회를 만들어 그 부모를 만나보니 그런 사람들이란 확신이
섰다.

아이와 셀리는 그렇게 마음을 트고 자주 보게 되면서 정이 들게
되었다. 셀리는, 집에서 학대받고 자라는 아이가 어쩌면 그렇게 재주
도 많고 정신도 맑게 사는지 모르겠다며 심성 착한 그 아이의 장래
를 생각하면 가슴이 멘다면서 눈물을 흘렸다. 아직은 건전하게 살고
있지만 그런 환경 속에서 얼마나 더 건전한 생활을 유지할 수 있겠
냐고 했다. 그리고 자기가 입양할 방도를 알아봐야겠다고 덧붙였다.

'네 식구들도 입양한 동생 때문에 그 꼴이 되었는데 입양이 무슨
소리냐? 아무리 심성이 착하더라도 이미 집안 환경이 좋지 않은 데
서 자란 아이이고, 아직 중학생이라 언제 어떻게 변할 줄 모르는 아
이를 양자 삼아서 무슨 변을 어떻게 당하려 하느냐?'

이 말이 내 가슴 깊은 곳에서 목젖을 누르고 넘어와 혀 끝을 맴돌
았지만 셀리라는 한 평범한 사람의 폭넓은 인간애에 눌려 차마 입밖
으로 내뱉지 못했다.

그렇다고 '입양'이라는 인위적 운명이 모두 낙관적 결과를 가져온
다고는 볼 수 없다. 아이 입양 때에는 서로 사랑하는 부부 사이였지
만 나중에 이혼하게 되는 바람에 아이의 양육에 문제가 생기는 경우
가 부정적인 경우의 대표적인 예라 하겠다. 서로 키우겠다고 싸운다
면 불행중 다행이겠지만 서로 네가 키우라고 하는 큰 비극이 생겨날
수도 있는 것이다.

미국에 대해 알게 된 두세가지 것들

얼마 전에는 좀 색다른, 아주 극단적인 경우를 들은 적이 있다. 한국 아이를 입양하여 몇 년 동안 키웠는데 그 아이가 점점 이상한 짓을 하더니 친자식인 동생을 성적으로 학대하고 눈을 찔러 장님을 만들었다는 것이다. 나중에 입양기관을 통해 알아보니, 지난 날 한국에서 만들어 보냈던 건강기록부가 가짜로, 정신병이 있는 것을 숨겼다는 것이다. 결국 그 아이는 정신병원과 입양기관을 통해 다시 한국으로 보내졌다고 한다.

일손을 얻기 위한 목적으로 입양하는 사람도 없지는 않을 것이다. 입양 절차가 까다롭고 경비도 많이 들기 때문에 아주 극소수이긴 하겠지만, 자녀의 수에 따라 사회보장제도가 마련해주는 특혜, 면세 등을 노려서 입양하는 경우도 있을는지 모르겠다. 그 밖에도 우리의 상상을 불허하는 왜곡된 경우도 얼마든지 있을 것이다.

부정적 예들은 음지에 숨어 있기 때문에 재대로 파악하기가 어렵다. 그러나 입양되어 행복하게 살아가는 아이들의 모습을 비일비재하게 흔히 대하다보니, 그 부정적 예들이 '입양'의 결과를 대표한다고 보이지는 않는다.

'입양'의 과정은 부정적 폐단을 조금이라도 더 없애기 위해 엄격한 방법으로 진행되고 있다. 그러나 가끔은 그 규제가 지나쳐 민족적 몰지각, 사회적 몰이해, 더 나아가 인간적 몰인정을 빚어내는 경우가 생기기도 한다.

로라는 우리 동네에 사는 40대 초반 미혼 여성이다. 그는 수년 동안 아기 입양계획을 세웠다. 입양아의 대부분이 한국 아동이어서 한국 어린이 전문 입양기관에 문의하니 한국은 혼자 사는 사람에게는 아이들을 입양시켜주지 않는다고 했다. 폴란드는 폴란드의 피가 조금이라도 섞인 가정에만 아이의 입양을 허용한다고 했다. 각 나라마

물보다 진한 피, 피보다 진한 사랑

다 제시한 규제사항에 맞추느라 여러 나라를 알아보다가 결국 몇 달
된 동남 아시아 아기 하나를 입양하기에 이르렀다.

방에 페인트 칠을 새로 하고, 아기 침대를 들여놓고, 온갖 아기용
품을 사놓는 등 준비를 완벽하게 해놓고 아기를 안고 올 날짜만 손
꼽아 기다리던 어느 날, 그녀는 그쪽 나라의 입양기관이 입양비를 떼
어먹고 달아났다는 연락을 받았다. 정신적·육체적·경제적으로 지쳐
버린 그녀는 다시 입양할 생각을 해보지도 못한 채 몇 달 동안 아기
침대를 붙집고 통곡했다고 한다.

미국에 대해 알게 된 두세가지 것들

끈끈한 향수

 한국이나 미국이나 요즘 웬만한 집에는 다 있는 비디오는 가정용 오락으로서 큰 몫을 한다. 특히 재미 한국인 가정의 비디오는 생활에까지 적지 않은 영향을 미칠 정도로 그 오락 기능을 확실히 해낸다. 한인 사회의 규모가 큰 대도시에서는 한국 비디오 전문점에서, 한인의 수가 작은 중소도시에서는 한국식품점에서 지난 주 한국에서 방영된 프로그램들을 빌려다 보며 고국을 그리는 마음을 달래는 교민이 아주 많기 때문이다. 말이 통하지 않아 섬에 갇혀 사는 것 같은 노인들에게는 더 할 수 없는 벗이며, 자녀들이 대학진학 등을 하면서 분가하여 저녁이면 집안이 조용해지는 사람들에게도 자식 대신 벗이 되어준다. 남의 나라에서 남의 나라 사람들과 남의 말로 생활해야 하는 낮 동안의 긴장에서 벗어나 모국어를 하는 고국 사람들의 생활상을 엿보면서 부담없이 즐길 수 있는 이 오락은, 마음을 편안하게 하고 향수도 달래주면서 그 날 하루의 피로를 풀어준다. 영어에 대한 부담감이 많을수록 더욱 그렇다. 그 피로회복제를 한꺼번에 너무 많이 취해서 몸에 부담을 주어 이튿날 일에 지장을

가져오는 때도 간혹 있는데, 그런 날이 되면 다시는 그렇게 과용하지 않을 것을 다짐하지만 언제나 그 다짐은 작심삼일이 되고 만다.

L.A.나 뉴욕 같이 한국 사람이 많이 사는 곳에는 하루 2~3시간 동안 유료 혹은 무료로 볼 수 있는 한국 TV 방송이 있다. 그 외 미국 전역에도 본인이 원하기만 하면 케이블을 설치하여 L.A.에서 띄우는 방송을 유료로 시청할 수 있다. 그러나 제한된 시간내에 한 방송국에서만 방영하는 프로그램밖에 볼 수 없기 때문에 한국 케이블을 설치했어도 대개는 한국 비디오 테이프를 따로 빌려본다. 중소도시에서는 한국식품점에서 테이프를 빌려준다고 했는데, 사실 식품점 입장에서 보면 테이프는 적어도 일 주일에 한 번씩 손님을 꼭 오게 만드는 미끼 역할을 해주기도 한다. 매주 한 번씩 대도시에서 원본 하나를 사와 프로그램 인기도에 따라 비디오 1~20대씩을 돌려가면서 동시 복사한 후 50전이나 1불을 받고 대여하여 일 주일 後에 다시 갖고 오게 하기 때문이다.

일단 한국을 떠나면 모두 애국자가 되더라는 말이 있다. 꼭 애국자가 되는지는 잘 모르겠지만, 고국에 대해 이전보다 더 많은 관심을 갖게 되는 것은 사실이다. 그래서 비록 한 주 후지만 한국에서는 쳐다보지도 않았던 TV 프로그램을 보는 사람이 많다. 그러다가 결국 TV 중독의 위력에 말려 한국 비디오 테이프 중독에 걸리게 된 사람도 많다. 어쩌다 한국식품점을 몇 주 못 가게 되면 한꺼번에 몇 주분의 테이프를 빌려오게 되는데, 그 다음날은 영락없이 토끼처럼 빨간 눈을 한 부숭부숭한 얼굴로 출근하여 동료들의 걱정을 들으면서 하루종일 비몽사몽 일을 본다. 바로 코 앞에서 유혹하는 다음회 분의 테이프는 이튿날까지 기다릴 만큼의 자제력보다는 호기심이 더 자극

미국에 대해 알게 된 두세가지 것들

적으로 발동시켜 하나만 더, 하나만 더 하다가 새벽에 잠자리에 들게 하기 때문이다. 그 몇 주분이 슬픈 연속극이라 실컷 울고난 경우라면 이튿날 아침의 얼굴은 더 가관이다. 하루종일 비몽사몽 업무를 보면서 일을 하는 둥 마는 둥 한 것 같은 그런 날, 다시는 그렇게 미련하게 테이프를 보지 않을 것이라 맹세한다. 그러나 십여 개씩의 비디오가 착착 쌓여 담긴 비닐주머니가 또 집에 들려오는 날이면, 그 날 밤도 영락없이 밤 새기다. 마약중독이 이보다 더 할까?

개중에는 아예 테이프에 손을 대지 않는 사람도 있다. 나도 그런 사람 중의 하나로, 주마다 한 번씩 20분 이상 운전하여 식품점을 들러야 할 만큼 살 것이 많지 않은데 식품점에 들어가 비디오만 들고 나올 비위가 없다보니 안 사도 될 물건들을 사들고 나올 것이 빤해, 어쩌다 한 번씩 가면 아예 비디오 근처에는 가질 않는다. 그래도 한국에서 부모님이 놀러오셔서 한두 주 머무시게 되면, 당신들이 한국에서 보시던 프로그램이나 못 보셨던 프로그램 등을 빌리게 된다. 한국에서는 두 분끼리만 사시기 때문에 저녁식사 후 별 오락이 없어서 유일한 장난감인 TV 리모트 콘트롤을 서로 다퉈가면서 손에 꼭 쥐신 채 TV를 보시는데, 미국에 오셔서는 잘 알아듣지 못하시니까 애매한 채널만 쉬지 않고 계속 돌려대시는 안타까운(?) 모습을 보기 때문이다.

공항에서 부모님과 작별을 하고 집에 오면 허전한 마음으로 계시던 방의 문을 열어본다. 보신 후 차곡차곡 쌓아두신 비디오 테이프가 눈에 띈다. 아침 일찍 학교에 가야 하는 꼬마의 이른 잠자리 시중을 드느라 부모님과 느긋하게 함께 앉아 그 비디오들을 보지 못했는데 하는 생각과 함께, 갑작스레 금방 떠나 보내드린 부모님에 대한 그리

움이 울컥 솟아난다. 부모님의 손길이 한 번이라도 스쳤을 그 테이프
조차 다르게 느껴진다. 부모님이 보셨을 그것을 보고 싶어진다. 일단
그렇게 부모님에 대한 그리움 덕분에 보겠다고 마음 먹고나면, 이제
그저 단순한 비디오 테이프가 아니게 된다. 한쪽 구석에 묶어놓은 궁
금증이 마구 삐져나오면서 갑자기 한국의 모든 것이 보고 싶어지는
데, 그렇게 되면 테이프는 위험한 판도라 상자가 되는 것이다. 특히
그것이 궁금증을 잔뜩 불러일으키면서 끝날 연속극이면, 돌려주러
식품점에 갔다가 벽을 즐비하게 장식한 테이프들 중에 그 극의 다음
회 테이프가 있나 없나 눈여겨 보게 되고, 일단 그렇게 눈에 띄었다
하면 거기 그대로 두고 나오기가 쉽지 않을 것인데, 한 번 그렇게 시
작했다가 중독이라도 걸리면 경제적으로도, 시간상으로도 문제가 생
기고 말 것이기 때문이다. 치료방법이 쉽지 않은 그 문제가 상자 안
에서 걷잡을 수 없이 툭 튀어나와 주위에 계속 맴돌 것을 알면서도
유혹에 못 이겨 판도라 상자를 열고 만다.

아이가 잠들자마자 TV가 있는 방에 작은 조명등만 켜놓고 커피랑
과일이랑 케익을 준비하면서 '안방극장'의 분위기를 조성한다. 그런
다음 소파에 비스듬히 앉아 리모트 콘트롤의 'play(작동)' 버튼을 누
르면서 1불짜리 초고속 한국행 비행기를 탄다. 프로그램의 서두 음
악과 함께 까만 머리, 까만 눈의 고향사람 얼굴들만 흐르는 화면을
보며 '돌아왔다' 하는 편안한 느낌을 갖게 된다. 본 프로그램이 시작
된다. 고향사람들이 고향말을 한다. 어쩌면 그렇게도 잘 들리는가?
그 단어들이 뇌에 쏙쏙 들어가 박히는 장면까지 연상이 될 정도다.
말랑말랑한 뇌 표피를 뚫지 못해 표피에만 척척 쌓이던 영어 단어를
경험하면서 애매하게 청각까지 의심하곤 했는데, 이 순간만큼은 순
식간에 소화시켜 어느새 내 몸 전체로 퍼져가는 말을 들으며 청각의

미국에 대해 알게 된 두세가지 것들

완벽함에 감사하고 또 감사한다.

그러는 동안 TV 속에선 젊은 사람들의 활달한 모습이 화면에 오른다. 새치 이상으로 번지고 있는 하얀 머리카락이 새삼스레 떠오르면서 고향 떠난 세월의 흐름을 느낀다. 고향을 떠나기 전에 많이 보아서 잘 알던 TV 속의 인물을 찾아 화면이 곧 돌려진다. 그러면 배꼽친구를 만난 것처럼 마음이 훗훗해져 온다. TV 화면으로 다가가 얼굴이라도 한 번 쓸어주고 싶을 정도로 반갑다. 또 세월을 막아놓고 산 듯 옛 일굴 그대로를 간직한 그들을 보면서, 이번엔 초고속 비행기가 아니라 타임머신을 타버린 듯 현재의 미국생활을 까맣게 잊기 시작한다. 나이들고 싶지 않은 중년의 무의식이 그렇게 시키는 것일까? 그들이 주는 친근감은, 새롭고 젊은 등장인물들이 꼬집어 기억시켜주는 세월의 흐름과 지리적 변화 따위는 아랑곳 없이, 나를 점점 '한국' 속으로 빠져들게 한다. 시대에 뒤처진 나는 그 사회에 적응하려는 일념으로 그들이 보이는 새 스타일의 옷치장, 집치장, 말솜씨, 음식, 길거리, 가게 등을 열심히 보고 배우면서 머리를 바삐 움직인다. 곧 슬그머니 그 사회에 자리잡고 앉아도 아무도 십여 년의 결석을 눈치채지 않을 만큼 그 새로운 모든 것을 자연스럽게 흉내낼 수 있기에 이른다. 나는 다시 완벽한 한국인이 되어, 고향에서 고향친구들과 고향을 즐기면서 커피도 마시고, 케익과 과자를 나눠 먹는다. 테이프 하나가 끝나면 'rewind(다시감기)' 버튼을 누르고 쏜살같이 화장실로 간다. 매일 쓰는 화장실조차 생소하게 느껴질 정도로 화장실에서조차 나는 아직 한국에 있다. 방으로 돌아와 다 돌린 테이프를 기계에서 빼내 안 본 테이프 옆에 하나씩 쌓기 시작하면서 새 테이프를 기계에 넣는다.

몇 시간이나 지났을까? 시청해주셔서 감사하다는 마지막 말을 남

끈끈한 향수

기며 프로그램이 끝난다. 이제 더 남은 테이프가 없다. 아! 나는 갑자기 조명등이 켜져 있는 어두운 방에 앉아 지직거리는 TV 화면 앞에서 시간과 국적을 잃은 고아가 된다. 한동안 그렇게 허탈하게 앉아 있는다. 사고로 기억을 완전히 상실한 어른이 다시 걸음마를 배우기 위해 피나는 노력을 할 정도는 아니더라도, 내 출생과 이력에 관한 모든 정보를 기억장치에서 꺼내 하나씩 점검한다. 한참 그렇게 한 후에야 내 존재의 실체와 주위환경에 대한 감을 잡기 시작한다. 그래도 미심쩍어 눈을 꾹 감고 고개를 서너 번 세차게 흔들어주는 의식을 치르고 나서야 비로소 몇 시간 동안 빈 껍질로 서서 '나'를 기다리던 '현실의 나'에게 다시 돌아오게 된다. 그제서야 한국말 공부를 하겠다고 같이 앉아 테이프를 보다가 어느새 잠이 들어버린 남편이 눈에 띈다. 자기 아내가 그동안 껍질만 남기고 쏙 빠져나갔다가 다시 찾아온 줄을 영 모르고 있겠지?

3시간 후면 깨야 하는 잠에 빠지면, 나는 어느새 다시 한국에 있다. TV 속의 낯설었던 젊은이들이나 낯익었던 중년들. 나는 그들과 맘껏 마시고, 노래하고, 춤추고, 애기하면서 신나게 놀다가 자명종 소리에 후다닥 깬다. 신나게 탈춤을 추던 그 춤판 마당도, 마시던 걸직한 막걸리도, 한쪽만 베어먹은 따뜻한 시루떡도… 오간 데 없다. 입맛을 쩍쩍 다시면서 굼벵이처럼 일어나 비몽사몽 아이를 학교에 보내고 나서 TV가 있는 방으로 들어간다. 그래도 혹시 남은 테이프가 어딘가 있지 않을까 하는 헛된 희망을 가지보면서. 꾸다 만 꿈 속에 다시 기어들어가려고 무진 애를 쓰는 것이다. 몇 번의 경험을 통해 이 혼돈이 적어도 며칠 더 계속될 것임을 나는 안다. 아니지, 그러면 안되지. 스스로를 타이른다.

미국에 대해 알게 된 두세가지 것들

테이프를 매일 조금씩 보면 그렇지 않을지 모르지만, 이렇게 어쩌다 보게 되면 아주 부담스럽다. 이제는 내 것이 아니게 된 삶에 잠깐씩 들어갔다가 나오는 일이 쉽지가 않다. 끈끈한 향수와 현실이 빚어내는 혼돈 속에서 한참 동안 허우적거려야 하는 그 이유가 꼭 미련만은 아닌 것 같으면서도 그 윤곽을 선명하게 파악할 수가 없는 것은, 의식은 미국생활을 선호하지만 무의식은 벌써 오래 전에 모국에 뿌리를 다 내려버렸기 때문일까? 정신이나 육체나 오갈 데 없는 혼처럼 방랑한다. 아서라. 다시는 이 짓을 말자. 엊저녁에 제멋대로 흩어져버린 궁금증 조각들을 다시 주어모아 꼭꼭 싸매기라도 하듯, 나는 테이프들을 부지런히 비닐봉지에 담아 꼭꼭 묶어버린다. 집을 나서면서, 식품점에 가면 테이프만 쑥 내밀어주고 문쪽으로만 시선을 준 채 부리나케 나와버려야겠다고 생각하며 전신에 힘을 준다. 누군가 '그럴 수 있는지 없는지는 거기 가봐야 알지'라며 귓전에 대고 얄밉게 속삭인다.

미국인의 감성

미국에 오기 몇 달 전 어느 영어학원을 다닌 적이 있다. 미국에서 오래 살았던 한 강사가 말하기를, 우리는 미국 사람들을 단지 물질적이기만 한 것처럼 말하지만 같이 지내보면 사실은 지극히 감상적인 사람들이라는 것을 곧 알게 된다고 했다. 물질적 가치가 전혀 없을지라도 과거의 특별한 추억과 관련된 물건들을 귀하게 간직하면서 옛일을 회상하고 지내는 사람들이 많다며 꽃을 그 한 예로 들었다. 결혼식에 들었던 부케, 졸업식 때 받은 꽃, 특별한 날에 특별한 사람이 보낸 장미꽃 등을 정성스럽게 말려 걸어놓고 꽃잎이 삭아 다 떨어질 때까지 보면서 과거의 기억을 되새긴다는 것이었다.

나는 당시 이른바 제자까지 두고 있던 꽃꽂이 사범으로 꽃 자체의 아름다움과 신비로움에 대한 경이를 느끼면서 꽃을 통하여 나름대로 생활의 일면을 배우고 있던 터였다. 한국, 일본, 서양 등의 꽃꽂이 형식에서조차 각 나라의 고유한 생활철학을 확연히 읽어낼 수 있다는

미국에 대해 알게 된 두세가지 것들

사실을 아주 흥미롭게 여기던 중이었다. 그러나 내가 생각할 수 있었던 꽃의 의미는 단지 꽃이라는 물질 자체에 제한된 일반적이면서도 전체적인 것이었다. 그래서 꽃이 지닌 일반적 가치에 개개인의 역사와 감상을 부가하여 고유한 의미를 지니게 만든다는 것, 특히 말려서 걸어놓고 몇 년씩이나 바라보면서 과거를 회상한다는 얘기는 참 로맨틱하게 들렸다. 학교 졸업식 등에서 사람들이 준 싱싱한 장미꽃을 꽃병에 꽂고 즐겨보다가 꽃이 시들어 그 아름다움이 가시면 나는 아무 미련없이 시든 장미를 쓰레기통에 꾸겨 넣곤 했기 때문이다.

미국에 온 후 미국인 친구들과 그 가족들을 사귀기도 하고, 미국 가정에 들어가 살기도 하면서 2년 정도의 세월이 흐르자, 나도 그 강사의 말에 동감하기에 이르렀다. 미국인과 결혼하여 미국문화를 더 가깝게 대하면서부터는 그들이 지닌 정서의 깊이를 가늠하는 기회가 더욱 많아졌다. 특히 시어머님을 통해서 그랬다. 결혼하기 바로 전해의 크리스마스 때 시댁에서 초대를 했다. 오랜만에 모인 가족이 터키 정찬을 나눈 후 크리스마스 트리 밑에 놓인 선물상자들을 순서대로 열었다. 시어머님이 내게 주신 선물 가운데 작은 상자 하나를 열어보니 오래된 귀걸이 한 쌍이 메모와 함께 들어 있었다. 40여 년 전에 고인이 되신 당신의 어머님이 젊으셨을 때 달고 다니시던 것이었는데 이제 내게 전해줌으로써 더욱 깊은 의미를 지니게 되었다는 내용의 메모였다. 값비싼 귀금속도 아닌데다 하도 구식이고 낡아서 지금은 달고 다닐 수도 없는 귀걸이지만 40년을 귀중하게 간직하고 있다가 장래의 며느리에게 가족의 일원이 되었음을 무언으로 인정해주면서 그 증표로 주는 것이었다. 그 고물 귀걸이가 당시 받았던 어떤 선물보다도 나를 감격시켰음은 말할 것도 없다. 눈물을 글썽이는 나를 끌어안는 시어머님 역시 활짝 웃는 얼굴에 눈물을 흘리고 계셨다.

우리가 결혼식 날을 잡았다고 하자, 시어머니는 당신이 입으셨던 웨딩드레스를 한번 구경해 보지 않겠냐고 넌지시 물어오셨다. 그러겠다고 대답한 나는 상징적 증표도 좋지만 설마 결혼식 때 30년이나 된 고물을 입으라는 것은 아니시겠지 하며 은근히 걱정이 되었다. 그런데 누렇게 바랜 커다란 종이상자를 열어보니, 화려한 레이스로 아름답게 만들어진 웨딩드레스가 마치 나를 위해 금방 지어놓은 양 하얗게 빛을 발하면서 곱게 접혀 있는 것이 아닌가. 나는 망설일 것도 없이 결혼식 때 그 드레스를 입어도 되겠냐고 여쭈었다. 물론 시어머님은 내 질문이 끝나기도 전에 기다렸다는 듯 손을 잡으며 허락하셨다. 드레스를 약간 줄이기 위해 가봉하던 날, 드레스 입는 것을 도와주시던 시어머님의 웃음 가득한 입 속으로 굵은 눈물이 계속 흘러들어갔다.

그 웨딩드레스를 입고 결혼식 단상에 선 나는 시간과 장소를 초월하여 30년 전의 시어머님을 만날 수 있었으며, 그 시어머님이 내 가슴 속에 터를 잡아 온기를 피우기 시작함을 느꼈고, 또 시어머님 속에 내가 자리잡아가고 있음도 확신할 수 있었다. 결혼식이 끝난 후, 나도 먼훗날 내 딸이나 며느리에게 입혀야겠다는 꿈(망상?)을 꾸면서 드레스를 깨끗하게 드라이 크리닝하여 지금까지 잘 보관해놓고 있다. 물론 흰 장미 부케를 정성들여 말려 선반 위에 올려놓고 몇 년 동안 보면서 즐기는 것도 잊지 않았다(요즘은 결혼식 후 친구들에게 던지는 부케를 따로 만든다). 만약 드레스가 낡고 구식이었다면 입을 생각을 전혀 하지 않았을 나는, 그 드레스가 30년이 지난 후에도 시어머님의 그런 감상적 배려를 만족시킬 수 있을 만큼 새것처럼 아름다웠다는 사실을 아직도 천만다행으로 여긴다.

미국에 대해 알게 된 두세가지 것들

시어머님의 이런 감성적인 면은 손자를 보신 후 더욱 자주 보였다. 당신 아들의 첫 신발이었던 방울달린 신발을 갓난 손자아이에게 신겨주었다. 그가 한 살 때쯤 입었다는 스웨터도 물려주셨다. 아이는 세 번째 생일날, 세 살 때의 아빠 손바닥이 찍힌 종이가 넣어진 액자를 할머니로부터 선물 받았다. 그 날 아이는 우리를 졸라 자신도 물감 발린 손바닥을 종이에 꾸욱 찍었다. 나 역시 이 종이를 잘 보관하여 언젠가는 손주에게 물려주리라. 아이는 아직도 가끔씩 아빠가 제 나이 때쯤 만들었다는 공작품을 할머니로부터 하나씩 물려받는다. 그것들을 받아쥔 아이는 아직 그 전달의 의미를 파악하지는 못해도 아빠 것이 제 것이 되었다는 기쁨에 펄쩍펄쩍 뛴다. 내가 시어머님의 웨딩드레스 속에서 느꼈듯, 언젠가는 아이도 그것들을 통하여 자신 속에서 아빠를 보고, 아빠 속에서 자기 자신을 찾을 수 있으리라. 또 그것들을 자기 손에 들려주신 할머니의 정성과 사랑도 가슴깊이 느끼며 살아가리라.

미국인들은 이런 회고적 감상만 즐기는 것이 아니라 환상적인 것에 상상적 생명을 불어넣은 다음 그 현실화를 가정하거나 상징화시켜 현실 속의 윤택함과 여유를 찾는 일에 한몫 하게도 한다. 로리라는 친구가 있다. 그녀는 시간이 나는 대로 드림캐처라는 것을 만들어 사람들에게 준다. 꿈채. 꿈 잡는 망. 이것은 나뭇가지나 철사를 구부려서 동그랗게 원을 만들어 고정시킨 후 그 가운데를 질긴 실로 그물처럼 엮은 것으로, 그 둥근 테두리에는 새털, 구슬 등을 꿰어넣은 가죽줄이나 리본 몇 가닥을 길게 늘여 묶어놓은 것이다. 이것은 꿈을 신성한 영혼의 메시지라고 믿었던 미국 본토 인디언의 풍물 중의 하나로, 좋은 꿈은 빠져나가게 하고 나쁜 꿈은 동이 터서 자연히 사라져 없어질 때까지 잡아놓는다 하여 어린이 침대의 머리맡에 놓아 두

미국인의 감정

었다고 한다. 드림캐처가 잠자는 아이들에게 평생 동안 좋은 꿈, 행운, 조화 등의 축복을 내려준다고 믿었던 것이다.

　로리의 집에는 방마다 이 드림캐처가 걸려 있다. 그녀는 선머슴애처럼 텁텁하고 컬컬한 목소리를 지녔으며, 감상적이거나 환상적인 것과는 거리가 멀어 지극히 논리적인 사고방식을 갖고 산다. 그런 그녀는, 꿈을 우리가 지닌 과거, 현재, 미래가 종합된 무의식 세계라 여기기노 하고, 또 인디언들처럼 시간과 공간을 초월한 어떤 초자연적 힘이 우리와 대화하기 위해 우리의 의식에 보내는 메시지라고 보기도 한다. 꿈을 분석·연구하면 현실을 보다 긍정적이고 능동적인 방향으로 꾸려갈 수 있을 것이라 믿으면서 우리가 꿈의 대부분을 잠든 사이에 놓치고 만다는 사실을 무척 안타깝게 여긴다. 그래서 드림캐처가 신화적 발상에서 근거한 원시적 산물이며 나쁜 꿈만을 잡아주는 채이지만, 좋은 꿈이건 나쁜 꿈이건 꿈을 잠깐이나마 잡아놓을 수 있다는 발상만으로도 그것은 로리에게 중요한 의미를 지닌다. ‘드림’이란 단어가 사전적으로 봐도 밤에 꾸는 꿈은 물론 현실에서의 희망과 기원도 의미한다는 사실로 보아, 드림캐처가 밤에 꾸는 좋은 꿈뿐만 아니라 현실의 희망까지도 무사통과시키고, 밤의 악몽뿐만 아니라 현실의 절망까지도 스스로 사라질 때까지 잡아둔다고 믿는, 이 이중적 의미로서의 해석을 꼭 유추적인 것이라고만 볼 수는 없겠다. ‘뉴에이지’의 물결을 타고 로리 같은 사람이 점점 늘어나는 가운데 목걸이, 귀걸이 등 몸에 붙이는 장신구로도 만들어지면서 유행이 되다시피 한 드림캐처는, 그 옛날 인디언의 미신적 발상에서 시작되어 현재 이렇게 미국 현대인의 가슴에 안도감을 심어주면서 더욱 신화적으로 이용되고 있다.

미국에 대해 알게 된 두세가지 것들

신화적 매개체를 빌려 현대생활에 꿈과 희망을 키움으로써 상징적으로나마 현실적 고난에서 벗어나고자 하는 미국인들의 감성적 노력은 다음과 같은 예에서 더욱 재미있게 드러난다.

1993년, 4월 29일. L.A.사태가 생긴 지 꼭 1년이 되던 날이었다. L.A.시내 한가운데에 20cm 정도의 진분홍색 아기천사 몇몇이 나타나 사람들의 눈길을 끌었다. 그 후 또 1년이 지난 1994년 4월, 아기천사들은 그 사이 엄청난 숫자로 불어나 L.A. 곳곳을 점령하고 있었다. 혼잡한 거리에 있는 분수대에도, 빈민가 식당 뒤의 쓰레기통 옆에도, 아무도 없는 고속도로 주변에도, 한국인이 경영하는 옷가게에도, 전봇대 위에도, 허물어져 아무도 쓰지 않는 빈 빌딩 안에도, 길거리에 잠이 든 걸인의 머리맡에도, 공사장에서 잠시 쉬고 있는 크레인의 운전대에도. 그리고 그 아기천사들을 만나는 사람은 누구라도 그들을 자기집에 데려갈 수 있었다. 운이 좋으면 그 아기천사들의 어머니를 만나 그녀로부터 직접 받아 데려갈 수도 있다.

이 수많은 아기천사들을 잉태해낸 어머니는 작은 체구에 검고 긴 머리를 가진 젊은 여류 예술가였다. 최근 몇 년 동안 지진, 화재, 홍수, 폭동 등에 의해 개인적으로, 사회적으로 피폐해져 가는 L.A.를 지켜보면서 자기가 할 수 있는 일이 무엇일까 생각해 본 이 예술가는, L.A.사태 1주년이 되는 날 진분홍 빛의 석고 아기천사를 만들어 '천사의 도시'라 불리는 L.A. 시내에 갖다 놓았다. 어느 한 사람만이라도, 이 아기천사에게 눈길을 주는 그 한 순간만이라도 미소를 지을 수 있다면, 그것만으로도 L.A. 시민으로서의 자기 몫을 하는 것이라 생각했다는 것이다. 그는 그 천사를 발견하고 미소짓는 사람들을 직접 보고 난 후부터, 돈과 시간이 허락하는 대로 천사들을 더 만들어 L.A. 시내 구석구석에 앉혀 놓았다. 아기천사들은 마음이 가난한 수

미국인의 감정

많은 시민들의 가슴을 푸근하게 하면서 사람들의 입에 오르내리게 되었다. 사람들은 이 천사들에 대한 얘기를 하는 것만으로도 즐거울 수 있었다.

시민들의 이 즐거운 화젯거리는 결국 L.A.시 당국에까지 전해지게 되었으며 당국은 이 무명 예술가를 찾아 수천 불에 달하는 보조금까지 내주었다. 이제 조수와 함께 대량의 아기천사들을 만들어 트럭에 싣고 집을 나서는 그녀는 아기천사들을 여기저기 앉혀두면서 꼭 사진을 찍어둔다. 특히 옆을 지나치다가 갑작스레 천사를 가질 수 있게 된 사람들의 활짝 웃는 미소를 찍는 것을 즐긴다. 천연적·인위적 원인으로 인해 사면팔방에서 숨통이 조여오는 것을 느끼는 L.A. 시민들. 천천히 운전한다고 앞차에 총을 쏘아 댈 정도로 긴장이 포화된 상태에 있는 현실을 보며, 사람들의 가슴에 요술성이 다분한 신화적 희망이라도 넣어주고 싶었다는 그녀의 바람은 현실화되어 이제 많은 L.A.사람들의 얼굴과 가슴에 번지고 있다.

감상적이고 환상적인 것에 연연해 하는 그들의 모습은 생활 구석구석에 배어 있다. 좋아하는 사람에게 초콜릿을 선물하는 '발렌타인 데이' 밤에 잠이 든 사이 토끼가 달걀 모양의 초콜릿을 놓고 간다는 '이스터(부활절)' 온갖 무서운 복장을 하고서 큰 호박 속에 촛불이 켜진 집집마다 다니며 캔디를 얻는 '할로윈' 밤에 잠이 든 사이 산타할아버지가 화로 위에 걸어놓은 양말 속과 장식나무 밑에 선물을 놓고 간다는 '크리스마스' 등 거의 매달 하루 정도는 감상 혹은 상상의 일이 벌어지는 날이 있어 어린아이들은 물론 어른들까지도 들뜨게 한다. 환상의 나라를 현실화시킨 월트 디즈니 같은 인물이 미국에서 나올 수 있었던 것도 바로 그런 것들의 생활화에서 비롯된 것이 아

미국에 대해 알게 된 두세가지 것들

니었을까? 그러나 요즘은 그런 관습마저도 비지니스맨들의 농간에 말려 본래의 소박함을 점점 잃어가고 있는 실정이다.

우리는 고통받고 황폐해질 때 거기에서 벗어나기 위해 본질적인 차원에서 그 아픔을 이해하고자 노력한다. 삶의 근원을 따지면서 엄숙한 자세로 고통의 본질적 모습을 찾는 것도 중요하지만, 어차피 어떤 방정식에 맞추어져 논리적으로 따질 수 없는 불가사의한 우리네 삶인데, 가끔은 만화적이고, 요술적이고, 신화적인 매개체를 불러들여 생활의 일부분을 환상적으로 끌어가면서 가끔 미신적 만족감을 느끼며 사는 것도 삶의 지혜는 아닐까?

❋ 드림캐처에 관한 전설(Legend of the Dream Catcher)
전설에 따르면 꿈은 신성한 혼이 보내는 메시지라고 한다. 좋은 꿈은 드림캐처 가운데에 나 있는 구멍을 통해 그대로 빠져 나가지만, 나쁜 꿈은 드림캐처의 그물에 걸려 아침 동이 느면서 저절로 사라질 때까지 잡혀 있게 된다고 한다. 드림캐처는 잠자고 있는 사람에게 평생토록 좋은 꿈, 행운, 삶의 조화를 갖게 한다고 한다.

파랗게 물 오르는 잔디, 그 공포

 동네 집집마다 빨갛고 노란 튤립이 활짝 피고 널찍한 앞뒷마당의 잔디가 물이 올라 파랗다 못해 야광을 발하는 초록빛이 되면 내 남편은 서서히 공포에 떨기 시작한다. 서걱서걱 잔디 자라는 소리가 청각을 바짝 긴장시키면서 그의 귀를 맴돌기 시작하기 때문이다. 유독 내 남편만 그런 것은 아닌 것 같다. 그 소리는 동네 모든 남자들에게 예사롭지가 않다. 여름 한몫 장사인 잔디 깎기 아르바이트로 돈을 벌려는 청소년들의 입가에는 미소를 머금게 하지만.

한국 사람들은 미국에 처음 와 천지에 널린 빈 땅을 보면서 이 땅을 떠서 옮길 수만 있다면 짊어지고서라도 한국에 가져가고 싶다는 말들을 한다. 하지만 70년대 이전에 지어진 중산층 집의 마당들은 그다지 크지 않다. 집들이 가깝게 붙어 있어 창문을 열면 소리 지르지 않고도 옆집 사람들과 대화를 나눌 수 있을 정도다.
그러나 70년대 이후부터는 일반 가옥의 건축 양상이 달라져 앞마

미국에 대해 알게 된 두세가지 것들

당과 뒷마당을 건평보다 몇 배씩 넓게 만들기 시작했다. 아마도 자본주의가 극에 달하면서 생긴, 있는 것을 보이고 싶어하는 자기 PR의 사회적 양상 때문이 아니었는가 싶다. 어쨌든 각 지역의 기후와 지리적 성격에 따라 조금씩 다르겠지만 그 마당들에는 대개 잔디가 깔렸다. 인공 사막 도시인 캘리포니아 남부까지에도. 중산층 남자들의 잔디 공포의 역사는 그 때부터 시작된 것이리라.

우리가 지금 사는 집은 결혼 후 처음 마련한 집이다. 원래 다른 집의 매매가 거의 결정 나 있던 상태에 좋은 위치에 새집이 하나 나왔다 하여 부동산업자를 따라 혹시나 하고 집구경을 한 것인데, 집구경을 시작한 지 1분도 되지 않아 나와 남편은 미소 속에 눈을 맞추며 고개를 끄떡였다.

집의 구조가 일반 가옥과 조금 달라 개성이 있고 아주 실용적이었다. 특히 큼직한 앞마당과 뒷마당이 우리의 눈을 끌었는데 양 옆집의 넓은 마당들과 울타리 없이 연결되어 있어서 사방으로 시야가 확 트여 있었다. 그리고 멀리 떨어진 뒷집이 울타리 대신 수십 그루의 사철나무를 심어 놓아 뒷마당이 끝나면서는 마치 작은 숲이 있는 것 같았다.

집 뒷마당의 작은 언덕 경사진 곳에는 색색의 꽃이 핀 나무들이 심어져 있어 마침 5월의 향기를 맘껏 뿜어대고 있었다. 뒷문에 나 있는 베란다에 앉으니 멀리는 뒷집의 숲이, 가깝게는 꽃이 만발한 언덕이 앉은 자리를 감싸고 있어서 아주 포근했다. 숲과 들을 관망하면서도 프라이버시를 가질 수 있어서 제격이었다.

게다가 그렇게 많은 나무들을 즐길 수 있으면서도 정작 우리가 관리해야 할 나무는 서너 그루밖에 없었다. 집을 산다고 했을 때 많은 친구들이 나무 관리는 아주 힘든 일이니 되도록이면 나무가 없는 집

파랗게 물 오르는 잔디, 그 공포

을 사라고 권하던 터이기도 했기 때문에 그 사실은 우리를 더욱 만족게 했다.

다음날 전문가를 불러 집을 점검하니 7년 된 이 집은 모든 것이 완벽한 상태였다. 그 날 우리는 혹 흥정을 하는 사이에 다른 작자에게 놓치지 않을까 하는 쓸데없는 조바심까지 내면서, 대개 시장 가격에서 10% 정도 깎아서 집을 산다는 것을 알면서도 5%만 깎아서 입찰시켜 며칠 후에 내집으로 만들어 버렸다.

이사한 후 첫날 밤을 자고 난 6월 초하루 아침, 온갖 꽃들이 만개한 뒷마당은 무척이나 아름다웠다. 짐을 정리하다가 한밤중에 잠이 들었던 남편과 나는 누가 깨우지도 않았는데 해가 뜨자마자 이사의 중노동으로 뻣뻣해진 몸을 벌떡 일으켰다.

우리는 커피잔을 들고 잠옷바람으로 뒷마당 베란다로 나갔다. 이슬에 촉촉히 젖어 있는 푸른 잔디, 색색의 온갖 꽃들, 싱그러운 나무들을 바라보며 꽃 향내 섞인 커피를 마시는 동안 갖가지 새소리까지 들을 수 있었던 우리는 마냥 행복했다. 좁은 아파트에서 살던 한 살 반짜리 우리 아이도 덩달아 일찍 일어났다. 큰 마당을 독차지한 갑작스러운 기쁨에 아직 이슬에 젖어 있는 마당을 기저귀를 찬 채 뒤뚱거리면서 뛰어 다녔다. 한쪽을 향해 막 달리고 난 다음 이번에는 어느 쪽으로 뛸까 망설이면서 사방팔방으로 진땀을 흘리며 뛰었다.

그 후 한 십여 일 동안 우리는 커피잔을 든 잠옷바람의 커플로 이슬 머금은 아침 정경의 일부가 되었다. 그 때 우리 귀에는 잔디 자라는 소리 따위는 전혀 들리지 않았다. 단지 힘차게 울어대는 수많은 새들의 찬란한 지저귐만 들을 수 있었다.

며칠 후 잔디 깎는 기계를 샀다. 남편은 잔디도 깎고 운동도 하는

미국에 대해 알게 된 두세가지 것들

이중효과를 가질 수 있다며 이웃 모두가 쓰는 경운기형 잔디 기계 대신에 걸으면서 잔디를 깎는 기계를 샀다. 잔디를 깎던 첫 날이었다. 한 시간 반 정도 잔디를 깎던 그는 한 번에 끝내기가 너무 힘들다고 물 한 잔을 마시면서 10분 정도 쉰 후 또 다시 한 시간 반을 땡볕 아래서 보낸 다음에야 작업을 마쳤다.

그러나 그것으로 일이 다 끝난 것이 아니었다. 기계가 잘 닿지 않는 귀퉁이 부분의 잔디를 정리해야 한다면서 이번에는 긴 장대처럼 생긴 기계를 들고 30분 정도를 더 일하고 나서야 잔디 깎는 일을 완전히 마쳤다고 했다. 땀에 범벅이 되어 소파 위에 쓰러져버린 그는, 제법 경사가 진 앞마당이라 잔디 깎는 일이 쉽지 않았다며 오랜만에 힘든 운동을 했다고 흐뭇해 했다. 그리고는 씻을 사이도 없이 곧바로 소파 위에 쓰러져 두 시간 이상 코를 골았다. 일 주일이 되자 언제 깎았냐는 듯 잔디는 다시 길게 자랐다.

특별히 하는 운동이 없던 그는 또 운동할 때가 되었다며 신나게 잔디를 깎았다. 그는 그 날도 소파에 비스듬히 앉아 TV 저녁 뉴스를 보다가 코를 골더니 그대로 잠이 들었다. 닷새가 지났다. 잔디가 운동할 때를 맞춰서 자라준다며 그는 또 힘차게 잔디기계를 마당으로 밀어부쳤다. 직장의 일거리를 집에 갖고 들어왔던 그 날 저녁, 저녁을 먹자마자 책상 앞에 앉았던 그가 어느새인가 책상에 머리를 파묻고 코를 골고 있었다.

또 닷새가 지났다. 그 사이 비가 한 번 내렸다. 비가 안 왔던 날은 유월의 햇살로 따가웠다. 잔디가 또 부쩍 자라 있었다. 언제나 스포츠형 머리처럼 깔끔하게 깎여 있는 옆집 잔디가 장발이 무성한 우리 잔디 옆에서 그 경계선을 선명하게 드러내 보이고 있었다. 연구 논문지에 발표할 논문의 제출 마감날이 며칠 안 남아 바빴던 그는 그 더운 날 긴 청바지를 꺼내 입고(잔디 기계 사용시의 사고에 대비해 기

파랗게 물 오르는 잔디, 그 공포

계 회사에서 긴 바지 입을 것을 강력히 권함) 마지 못해 잔디를 깎으러 나섰다. 그 날 그는 처음으로 잔디 깎는 일을 불평했다.

그후 4~5일 정도 잔디 깎는 일을 미룰 수밖에 없는 날들이 생기기 시작했다. 직장 일로 며칠씩 밤을 꼬박 새워야 해서 잔디 따위를 깎을 시간이 전혀 없었기 때문이다. 그럴 때면 그는 잔디를 깎을 시간이 날 때까지 옆집의 눈치를 보면서 출퇴근을 했다. 까다로운 이웃을 만나면 아예 구두로 권고를 듣기도 한다는데 운이 좋았는지 우리는 아직 그런 일을 당한 적은 없었다.

잔디가 너무 길게 자라면 이웃의 눈치를 봐야 하고 더 나아가서는 동네 규칙 위반으로 벌금을 무는 소동까지 피워야 하는 괴로운 일도 생기지만 사실은 그보다 더 실질적 고통을 치르게 된다. 제때에 깎아주면 잘려 나간 잔디가 적당히 짧아서 풀 사이사이로 들어가 썩으면서 거름이 되어주니 금상첨화이나, 길게 자란 잔디는 깎아 놓으면 잘린 잔디들이 덩어리진 채 이발된 잔디 위에 아무렇게나 널부러져 있게 된다.

그 덩어리들을 곧 치워주지 않으면 밑의 잔디는 햇빛에 가려 자라지 못하고 죽고 만다. 파아란 마당에 밤색 자국이 땜질한 것처럼 여기저기 생겨 며칠만에 얼룩 마당이 되는 것이다. 그 땜질 자리를 잘 고르고, 씨를 다시 심고, 짚을 살짝 덮어주어야 하는 골치 아픈 일을 막으려면 잘린 잔디를 따로 거둬주어야 하는 아주 귀찮은 일을 해야만 한다.

그런 경우에 대비해 웬만한 잔디 기계들은 아예 잘려난 잔디를 모으는 헝겊 가방을 부착하게 되어 있다. 아무리 그렇더라도 가방이 꽉 찰 때마다 비닐 쓰레기 봉지에 내용물을 비워가면서 잔디를 깎아야 하는 것은 아주 귀찮은 일이다. 또 이왕 모터가 돌아가고 있는 기계를 몇 번씩 껐다가 다시 켜야 하는 일 또한 그에 못지 않게 귀찮다.

미국에 대해 알게 된 두세가지 것들

게다가 우리 같이 동서남북으로 쭉 펼쳐진 마당의 경우에는 남쪽 끝에서 북쪽 끝까지 한두 번만 왔다 갔다 하면 벌써 가방이 꽉 차는 것이다. 그런 날은 나까지 나서서 그가 잘린 잔디를 비닐 봉지에 쏟아넣는 동안 봉지를 잡아주어야 하는데 둘이서 4～5시간씩 그 일을 되풀이하다보면 큰 겨울 이불 한 채만한 비닐 봉지가 15～16개씩 만들어진다.

한번은 하도 답답해서 내가 나서서 깎아 보려 했으나 잔디 기계가 워낙 무거워 내 힘으로는 마음대로 움직여지지 않았고 경사까지 져서 위험하기조차 했다. 남들처럼 동네 청소년들에게 맡기는 것도 생각해보고 잔디 깎아주는 회사에 맡기는 것도 생각해보았다. 하지만 잔디를 그렇게까지 길도록 내버려 두는 것은 어쩌다 가끔 생기는 일인데다 제 집 마당의 잔디도 스스로 못 깎으면서 사는 형편이라면 그런 집은 아예 포기하는 게 낫지 않겠느냐는 자존심을 내세워 우리는 가끔씩 땡볕 아래서 고행(?)을 감수했다.

일 주일에 한 번 오는 청소차가 올 날이 아직도 며칠 더 남게 되면 우리는 차가 올 때까지 매일 앞 마당에 나란히 줄지어 선 15～16개의 크고 검은 비닐 봉지에서 눈을 떼지 못했다. 속사정을 모르는 이웃들에게 '나는 이렇게 게으르고 미련한 사람이오'라고 말하는 것과 다름없었기 때문이다. 정기적으로 비가 알맞게 왔고 햇빛이 강렬했던 그 해 여름, 그는 70여 시간의 잔디 깎기와 70여 시간의 코골며 낮잠자기를 기록했다. 나 또한 40여 시간의 노동을 투자했다. 그렇게 한 여름을 보낸 남편은 드디어 잔디라면 몸서리를 치게 되었다.

가을이 되면서 잔디 깎는 회수가 점점 줄어들었다. 늦가을이 되자 이번에는 몇 그루 되지 않는 나무들의 낙엽을 긁어 모아서 역시 검

파랗게 물 오르는 잔디, 그 공포

고 큰 비닐봉지에 넣어야 하는 새 일이 생겼다. 며칠에 한 번씩 낙엽을 치워주지 않으면 역시 잔디가 햇빛에 가려 잘 못 자라다가 죽어버리기 때문이었다.

그래도 잔디를 깎을 때에는 위험해서 집안에만 있어야 했던 아이가 이 때는 밖에 나와 뛰어놀 수 있었다. 저도 아빠처럼 일하겠다며 제 키보다 훨씬 큰, 낙엽 긁는 갈쿠리를 자꾸 달라는 아이의 성화에 아동용 갈쿠리를 사 주었더니 아빠를 돕는다면서 힘들여 모아놓은 낙엽더미 속으로 뛰어 들어가 제 갈쿠리로 낙엽을 마구 헤쳐놓았다. 도와준다는 마음에서 비롯된 철모르는 아이의 행동에 아빠는 화도 못내고 웃어야 했다. 그러면 제 하는 일이 잘하는 일이라서 아빠가 기뻐하는 것이라 생각했는지 아이는 신이 나서 낙엽더미를 더 헤쳐놓았다.

아빠 혼자서라면 1시간이면 끝나는 일을 아빠와 아들은 둘이서 낙엽을 모으고 헤치고 하면서 2시간씩 걸려 끝냈다. 아, 그래도 더위에 허덕이지 않고 아이의 재롱도 보면서 2시간만 일하면 되니 땡볕 아래서 잔디 깎아 대는 일보다 얼마나 나은 일인가?

겨울이 되었다. 첫눈이 많이 왔다. 집이 언덕 위에 있어서 차고 길에 눈이 쌓이니 너무 미끄러워 차를 차고까지 몰고 들어갈 수가 없었다. 그가 두터운 옷과 장갑으로 완전무장을 하고 나섰고, 아이와 나도 덩달아 완전무장을 하고 나가 그가 눈을 치우는 동안 썰매를 타고 눈싸움을 하며 신나게 놀았다. 그도 가끔 부삽을 던지고 우리와 어울렸다. 코와 귀가 빨갛게 얼어 붙어도 몇 삽만 펐다 하면 온몸이 땀에 적기 시작하는 것을 경험한 그는 다음부터는 아예 스웨터 한 벌에 얇은 비옷만 입고 눈을 치우러 나갔다.

딴 집보다 유난히 긴 차고 앞길에 쌓인 눈을 1시간 반 정도 치우

미국에 대해 알게 된 두세가지 것들

고 나서 비옷을 벗으면 스웨터 위로 김이 모락모락 나곤 했다. 그래
도 이 동네야 겨울이 되어도 눈이 가끔씩만 오지 않는가? 또 가족들
과 놀면서 눈 치우는 일이야 더위에 허덕이며 잔디깎는 일에 비하면
신선놀음이 아닌가? 아, 겨울 몇 달 동안은 잔디를 전혀 깎지 않아도
되니 얼마나 신나는 일인가?

뒷마당이야 가끔 고기도 구워먹고 아이와 놀기도 하면서 자주 이
용하는 곳이니 그렇다 치더라도, 앞마당의 넓은 잔디는 주로 남 보이
기에 좋은 역할만 하는 것 같다. 집주인이 소모하는 수많은 시간, 힘
든 노동, 참을성의 결과인 아름다운 잔디는 이웃과 지나가는 사람들
의 눈만 시원하게 해줄 뿐이다. 비록 잘 모르는 이웃이긴 하지만.

늦은 오후가 되면 차 안에 그대로 앉은 채 원격 조정 버튼을 살짝
눌러 스르륵 올라가는 차고문 안으로 차를 몰고 쏘옥 들어가 버리는
이웃. 아침이면 또 차를 탄 채 스르륵 열리는 차고문을 나와 원격조
정 버튼을 누른 후 차고 문이 닫히는 것을 백미러로 확인하고는 길
양쪽에 깔끔하고 푸르게 펼쳐진 제 마당과 이웃 마당의 잔디를 만족
스럽게 바라보면서 물찬 제비처럼 동네를 빠져나가는 이웃.

마당이 큰 것을 알면서 집을 샀으니 주인이 철따라 제 마당을 거
두는 것은 당연지사라고 치자. 그렇게 얼굴조차 모르는 이웃일지라
도 그들에게 충족감을 더해 주니 '좋은 아침'과 '좋은 오후'에 한몫
을 하는 넓고 푸른 앞마당을 예쁘게 봐 주자.

그러나 아무리 그래도 주택가의 넓은 잔디는 그렇게 간단히 넘어
가 주기에는 너무나 큰 문제점을 안고 있다.

키가 크고 잎이 무성하여 항상 새들이 앉아 지저귀는 푸르고 시원
한 나무들이 쭉쭉 뻗어 서 있고, 갓 이발을 하여 반듯한 잔디가 푸르
게 물이 오른 채 쫙 깔려 있으며, 구석마다 온갖 꽃들이 색색으로 만

파랗게 물 오르는 잔디, 그 공포

발하는 넓은 마당. 그 한가운데에 깨끗하게 단장된 집들이 질서정연
하게 들어 서 있는 동네.

이런 교외 주택가의 잔디에는 아주 특별한 경우를 제외하고는 한
줄기의 잡초도, 한 송이의 노란 들국화도 없어 골프장마저 연상케 한
다. 그러나 그런 인공적 아름다움을 자랑하는 이 잔디의 내면에는 결
코 아름답지 못한 그 진면목이 감추어져 있다.

그런 잔디를 가지려면 깎는 일만으로 되는 게 아니다. 1년에 4~5
번 정도 영양제와 잡초 제거제를 뿌려주어야 한다. 특히 잡초 제거제
에는 독성이 있어서 정원 관리에 익숙지 않은 대부분의 사람들은 잔
디 관리 회사에 그 일을 맡긴다.

우리집 같은 경우 적어도 1년에 300불 정도를 지불하면서 그들에
게 관리를 맡긴다. 그들은 한 번씩 왔다 갈 때마다 어린이들이 노는
그림 위에 검고 굵게 가로지르는 선이 그려져 있는 작은 깃발을 마
당에 꽂아놓고 간다. 비가 온 후까지 어린이들을 독성이 뿌려진 잔디
에 들어가지 못하게 하라는 표시이다. 집집마다 다른 날짜에 다른 회
사 사람들이 왔다 가더라도 오랫동안 비가 오지 않고 계속 마른 날
만 계속되면 온 동네는 화학약품 냄새로 꽉 찬다. 가뭄이 더 심해지
면 약품 가루가 날아다니는 것이 보일 정도다.

이 약품에 알레르기 반응을 일으켜서 가볍게는 재채기와 가려움
증, 심하게는 생명까지 위독해지는 사람들이 있다. 게다가 돈을 들여
가면서 퍼붓는 이 약품은 지질을 독성화하는 한편 잡초에 면역성까
지 길러주어 해를 더하면서 약품 사용량을 증가시킨다. 그럴수록 이
익이 더 남는 잔디 관리 회사 쪽에서는 신나는 일일 것이다. 그러나
이런 현상이 지구 생태계에 큰 변화를 가져온다는 사실은 따로 설명
하지 않더라도 누구든 짐작할 수 있다.

그뿐 아니다. 자동차 연료와 같은 기름을 쓰는 기름용 잔디기계가

미국에 대해 알게 된 두세가지 것들

1시간 돌면서 배출하는 일산화탄소는 일반 자동차가 11시간 움직이면서 배출하는 일산화탄소의 양과 같다고 한다. 현재 미국 가정에서 잔디에 쏟는 화학약품에 소모하는 돈이 1년에 수백 억 달러에 달한다는 사실을 고려해본다면 그 잔디를 깎으면서 배출되는 일산화탄소의 양 또한 얼마나 방대할지 짐작이 가고도 남는다.

지금 전세계에는 바로 당대의 생명을 보존키 위해 어느 때보다도 적극적으로 자연환경에 관심을 쏟는다. 우리 가족도 그런 사람들 중 하나라 자부하면서 쓰레기를 종류별로 모아 버리고 자연환경 보호 모임에 지원금도 보내고 있다. 또 공원에 쓰레기를 버렸다고, 돈벌기에 눈이 어두운 대기업체가 돈 좀 아끼려고 폐기물 관리법을 모른 척한다고 손가락질을 해댄다.
그런 우리가 벌써 4년째나 바로 제집 앞마당과 뒷마당에 독소가 들은 화학약품을 정기적으로 퍼붓고 있으니 이 얼마나 기막힌 웃지 못할 희극인가?

약을 덜 뿌렸더니 잡초들 극성으로 잔디들이 죽어갔고 예쁜 들국화가 여기저기 노랗게 피어 이웃의 눈치를 보게 되었다. 이웃들은 그 노란 점점이를 보는 순간 울타리가 쳐 있지 않은 자기네 마당으로 금방 자손을 뿌리내릴지도 모른다는 염려에 잠도 안 올 텐데….
마당만을 잘라 판다고 해도 살 사람이 없을 테고, 약을 안 뿌리자니 널찍하게 고속으로 퍼지는 잡초와 노란 들국화를 보면서 이웃들이 조용히 있지만은 않을 테고, 약을 뿌리자니 영 마음이 찜찜한 요즘 우리에게 딴 도시로 이사갈 일이 생겼다.
그 마당이 그렇게 건재하는 한 우리가 이사간다고 해서 지구 생태계에 무슨 변화가 생기는 것도 아니건만 우리는 지구를 죽이는 일에

파랗게 물 오르는 잔디, 그 공포

동조하는 직접적 책임감에서 당장 벗어나게 되었다는 사실로 얌체같이 신나했다.

며칠 전, 앞으로 살 집의 조건을 따지며 리스트를 만들었다. 그 1번은 다음과 같다.

〈마당이 아주 작은 집〉
· 화학약품을 쓰지 않고도 잔디를 관리할 수 있는 방안 모색할 것.
· 노란 들국화가 잔디 이곳저곳에 피는 것을 예쁘게 봐주는 이웃을 찾을 것.

❊ 이 글을 쓰고 난 몇 달 후 우리는 오래된 집으로 이사를 했다. 우리의 소원처럼 앞마당과 뒷마당이 작아 15분이면 잔디 깎는 일이 다 끝난다. 그리고 이웃 어느 집도 잔디에 화학약품을 쓰지 않으며 노란 들국화와 잡초를 예쁘게 봐준다. 마침 전기로 움직이는 잔디 깎는 기계가 나와 그것도 샀다. 그런데도 그가 아직까지 가끔 소파에서 코를 골며 잠에 빠지는 이유는 무엇일까?

미국에 대해 알게 된 두세가지 것들

‘John Doe’와 ‘홍길동’

 학부 유학 시절 미국 정치학을 들은 적이 있다. 그 교수는 명강의를 한다고 알려져 있었다. 첫 시간에 들어가니 40~50명의 미국 학생들이 교실을 꽉 메운 채 나란히 앉아 있었다. 나는 으레 그렇듯 맨 앞자리에 자리를 잡았다. 아무래도 앞에 앉아야 집중도 잘 되고 말도 잘 들리니까.

수업시간이 되자 마음 좋게 생긴 중년의 교수가 정시에 교실에 들어오더니 책상에 척 걸터앉았다. 첫 마디가, 교과서 내용은 중요한 것이지만 이미 씌어 있는 것이니 집에서 공부하라며 자기는 교과서 내용은 피하면서 강의를 하겠다는 것이다. 웬만한 교수들은 강의내용 전체가 대략 정리된 것 혹은 강의 속에 있는 주제들의 목차와 중요한 말 정도는 꼭 칠판에 적어주는데 그 교수는 그렇게 책상에 걸터앉아 일어설 줄도 모른 채 말, 말, 말로 다 하더니 칠판 여기저기에 서너 개의 짧은 단어 몇 개만 써놓은 채 강의를 끝냈다.

일 주일에 두 번 있는 2시간짜리 정치학 강의가 그렇게 시작되었다.

수업시간마다 맨 앞에 앉아서 부지런히 칠판을 베끼고 간간이 강의내용 중 중요하다고 생각되는 대목을 노트에 적어가며 강의를 듣는 것에 익숙해 있던 나는 맥이 쑥 빠졌다. 2시간 동안 노트한 짧은 단어들이 몇 줄도 되지 않았다.

강의내용이 중요한 것 같아 받아 적으려면 교수는 벌써 딴 말을 하고 있는 바람에 계속 다음 말을 놓치고 말았기 때문에 그냥 그렇게 앉아서 귀로 듣는 수밖에 없었다. 강의가 끝나고 나니 명강의는 명강의인 것 같았는데 머릿속에는 대의만 남았지 이런저런 내용들이 선명하게 기억되지 않았다. 앞으로 공부할 일이 한심했다.

그래서 두 번째 시간부터는 작은 녹음기를 가져가 강의를 녹음했는데 미국 학생들 중에도 녹음기를 들고 온 학생들이 서너 명 눈에 띄었다. 그 날부터는 녹음내용을 노트하느라 밤을 새우는 일이 종종 생겼다.

중간에 10분 쉬는 2시간짜리 강의내용을 테이프로 들으면서 노트하려니 적어도 7~8시간은 걸렸다. 미국사에 어둡고 미국문화에는 더욱 문외한인 외국인 입장이라 어떤 내용이 얼마만큼 중요한지 감이 잘 안 잡혀서 일단은 내용을 거의 다 베꼈다. 그런 다음 다시 읽으면서 알아두는 게 좋을 것 같은 부분은 색연필로 밑줄을 그었고, 아주 중요한 내용인 것 같은 부분은 다른 색연필로 테두리를 둘러놓기도 했다. 그러다보니 예습은커녕 복습만 간신히 하면서 다음 시간을 맞곤 했다.

셋째 시간이 되니 꼭 차던 강의실에 빈자리가 군데군데 눈에 띄었다. 녹음기를 들고 나타난 학생들의 숫자도 훨씬 많이 늘어났다. 학기가 시작된 1주내에 등록취소를 하면 등록금 전액을 반환해주고 2주내에 취소하면 40%를 반환해주었기 때문에 3주째가 되면 반 학생

미국에 대해 알게 된 두세가지 것들

의 윤곽이 대충 잡히는데, 3주째가 되니 약 20명만 남았고 그들 대부분은 녹음기를 들고 있었다(이런 경우는 극히 드물다). 나는 녹음해 놓은 것을 빠지지 않고 들으면서 열심히 노트에 옮기며 공부를 했다.

이제 공부에 매달릴 것이 확실한 학생들만 남다보니 강의가 끝나고 난 후에, 무슨 내용은 잘 이해 못했는데 너는 이해했느냐, 도대체 이 시험공부는 어떻게 하느냐는 등 얘기를 나누면서 몇몇 학생을 알고 지내게 되었다. 그들을 통해 그 교수가 시험점수에 아주 짠 사람이라는 것도 알게 되었고.

첫 시험이 다가오자 우리는 'Study Group(스터디 그룹)'을 만들어 서로 묻고 토론을 하면서 시험준비를 했다. 모두들 만만치 않게 공부하는 것 같았는데 첫 시험을 치른 우리 모두의 얼굴은 그다지 밝지 않았다.

여느 때처럼 녹음기를 책상머리에 놓고 녹음을 하면서 강의를 듣던 어느 날이었다. 'John Doe(잔 도)'라는 사람이 어찌어찌 했다고 하는데 내용으로 보아 그 'John Doe'라는 사람이 무슨 장군인 것 같기는 했으나 누군지 확실치 않았다. 나중에 녹음내용을 다시 들으면 누구인지 알게 되겠지 하며 지나쳤다.

하지만 집에 돌아와 녹음내용을 다 정리해 보아도 그 인물에 대한 윤곽이 도무지 잡히지 않았다. 교과서를 열심히 읽어보아도 그 이름은 나오지 않았다. 교과서 맨 뒤에 실려 있는 색인에서 찾아보아도 역시 없었다. 다른 학생들에게 물어보면 쉽게 알 수도 있었지만, 그만큼이나 노력을 들였는데도 밝혀지지 않는 이 미스테리 인물에 대해 생긴 오기가 그것을 허락지 않았다.

도서관에 가서 정치사 서적을 몇 권이나 뒤져봐도 이 인물에 대한 언급은 전혀 없었다. 그가 그렇게 알려져 있지 않은 인물이라면 교수가 그의 이름을 말했을 때 어떻게 학생 모두가 이해한다는 표정으로 앉아 있을 수 있었을까? 결국 교수에게 묻기로 했다.

다음 시간 강의가 끝난 후 테이블에서 내려서는 교수 앞으로 갔다. 'John Doe'를 알기 위해 여러 책을 뒤졌으나 그의 이름을 찾지 못했다고, 나도 할 만큼의 노력을 했다는 사실을 알린 후 그가 누구냐고 물었다.

갑자기 그가 큰소리로 웃어댔다. 그리고는 빨개진 얼굴이 가시지도 않은 채로 정색을 하면서 정말 미안하다고 정중히 사과했다. 나는 영문을 몰라 멍하니 서 있기만 했다. 심각한 얼굴을 한 그는 'John Doe'는 실제 인물이 아니라 막연하게 한 인물을 설정할 때 쓰는 가명이라고 친절히 설명해주었다. 그러면 그렇지! 나는 맥놓고 서서 헛헛하게 웃고 말았다.

내 책상에 펼쳐진 노트를 슬쩍 넘겨본 그가 노트를 잠깐 봐도 되겠냐고 물었다. 노트를 처음부터 끝까지 찬찬히 넘겨본 그가 이렇게 자세하게 정리된 노트는 처음 보았다며, 모두들 집에 가면 녹음내용을 한 번씩 더 듣기만 하는 줄 알았지 그렇게 노트에까지 열심히 정리하는 학생이 있는 줄은 몰랐다고 했다.

이 곳 말과 문화에 익숙지 않은 유학생이라 무엇이든 다 확실히 알고 넘어가야 하기 때문에 어쩔 수 없다며 그래도 'John Doe' 같은 단어에 부딪혀 한참 애먹는 경우가 있다는 내 대답에, 그는 존경하는 눈빛으로 나를 보더니 유학생이라 공부하기가 힘들 텐데 참 장하다면서 계속 열심히 공부라고 격려해준 후 교실을 나갔다.

그런 일이 있은 몇 주 후 은행에 갔다가, 책상과 유리 판 사이에 깔려 있는 은행서류 양식의 견본을 우연히 보게 되었다. 바로 거기에

미국에 대해 알게 된 두세가지 것들

'John Doe'가 있었다. 한국의 은행 서류 견본에 '홍길동'이라고 쓰여 있는 바로 그 자리에 'John Doe'라고 쓰여 있는 것이었다. 그러니까 그 '홍길동'이 미국에서는 'John Doe'였구나!

그렇게 많이 봤어도 한 번도 눈에 들어오지 않던 그 이름이 그런 사연을 남기고 난 다음에야 눈에 들어오게 된 것이었다. 갑자기 모든 것이 새롭게 보였다. 집에 오는 동안, 눈에 띄는 표지판이란 표지판은 빼지 않고 다 읽었다. 지금부터라도 주위의 모든 것들을 자세히 살펴보면서 기억해두면 언젠가는 다 써먹을 것 같은 생각이 들었던 것이다.

어디를 가도 표지판 따위를 열심히 읽는 지금의 버릇은 그 때부터 생긴 것 같다.

학기말 시험이 끝났다. 며칠 후 내 점수가 B인 것을 알게 되었다. 정말 열심히 공부했다고 생각했는데 B를 받아서 좀 섭섭했다. 그래도 시험지에 쓴 답을 생각해보면 공평한 점수를 받은 것 같아 억울하지는 않았다. 그동안 친해진 학생들과 모여서 종강파티를 하던 날, 우리 'Study Group'의 6명 중 2명만 B를 받고 나머지 모두는 C를 받은 것을 알았다. 그 교수 과목은 일단 C만 받아도 잘한 것이고, B를 받으면 파티를 해야 하며, A는 아주 없다는 소문이 있다는 말도 들었다. 나는 하늘을 찌를 듯이 신이 났다. 특히 외국인이었기에 모두 내게 축하를 아끼지 않았다.

실컷 놀고 나서 혼자 집으로 오는 도중 문득 의문이 솟았다.

'점수가 정말 내 답안만을 기초한 것이었을까?'

그가 아무리 공정하고 박하게 점수를 주는 교수로 유명하다고는 하지만 노트를 보면서 내게 보내던 그 존경의 눈빛이 자꾸 눈앞에 아른거리면서, 내가 받은 B 속에 꼭 동정 점수가 있는 것만 같은 찜

찜하면서도 푸근한 느낌이 들었다.

❋ 'John Doe'는 남성을 이를 때 쓰이고, 여성을 이르는 가명은 'Jane Doe'이다.

❋ 몇 년 후 영한 사전을 뒤적이다가 우연히 'John Doe'를 발견했다. '영국에서 원래 토지 점유 회복 소송에 쓰인 원고의 가상적 이름,' '(일반적으로 거래, 절차, 소송 따위의) 한쪽의 가상적 이름,' '범인(凡人)'이라는 해설이 있다.

아, 그 이름이 영한사전에 그렇게 얌전하게 써져 있는 것은 전혀 생각치 못하고 미국 정치사 서적만 열심히 뒤지고 있었으니….

미국에 대해 알게 된 두세가지 것들

국경 없는 가족애

유학 떠날 당시 TOFEL 시험에서 대학원 입학 허가 점수나 간신히 따놓았던 나는 영어회화라고는 간단한 말이나 나눌 정도밖에 못했다. 하지만 미국에서 1년 정도만 살면 영어회화쯤이야 유창하게 할 수 있을 것이라 믿었기 때문에 그것을 조금도 마음에 둔 적이 없었다.

유학했던 사람들을 만나 그 곳 생활에 대한 이런저런 얘기를 들어 보아도 생활 영어 배우기가 어렵더라고 말해주는 사람은 없었다. 그러나 학교에 도착한 첫 날, 첫 수업이 시작되기도 전에 나는 '미국 1년 거주 영어회화 보장'이 단지 망상에 불과한 것이었음을 깨달았다.

도착한 날 학생 아파트의 열쇠를 받고, 학교의 외국인 학생과에 입국을 알리고, 은행 구좌를 트고, 전화 신청을 하는 등 자질구레한 일들을 처리해야 했는데, 미국인들의 본토 발음 꼬부랑 영어를 알아 듣기가 쉽지 않았다. 신참인 내가 못 알아 들은 것이야 당연지사였지만 그 절차들을 도와주기 위해 동반했던 고참 유학생들도 잘 못 알아들는 것을 보면서 나는 깜짝 놀라지 않을 수 없었다. 그들은 사무 직원들이 업무상으로 하는 말도 확실하게 알아듣지 못했다.

미국에 온 지 몇 해씩이나 된 이들이 맥도널드에서 햄버거를 주문할 때 '감자튀김은 안 먹겠느냐?'는 전혀 기대에 없는 질문을 갑작스레 받자 무슨 소리인 줄 알아듣지 못해 엉겁결에 '예스' 하는 바람에 원하지도 않은 감자튀김이나 과자 따위를 제 돈을 내가면서 울며 겨자 먹기로 먹는 것이었다.

바로 그 날 밤 나는 미국에 사는 동안 전공 공부 외에 영어도 부지런히 익혀서 한국에 돌아갈 때는 영어를 보너스로 안고 갈 것이라고 다짐했다. 한국을 떠날 때는 전혀 예상치 못했던 각별한 다짐이었다. 도심지 학교라 학교 근처에는 살 만한 가정집이 거의 없어서 차를 살 때까지 기다렸다가 학교에서 십여 분 운전해야 하는 근교의 미국인 가정집에 들어가 방 하나를 빌렸다(대부분의 미국 도시들은 대중교통 수단이 활성화되어 있지 않아 자가용이 발과 다름 없다).

아래층에는 거실, 식당, 부엌이 있고, 위층에는 침실 3개가 있는 아담한 윈스톤이라는 가정의 2층집이었다. 주인 여자 비키는 당시 내가 다니던 대학교에서 비서일을 하면서 빠듯한 월급으로 간신히 두 아이와 함께 생활하는 독신이었다. 내게 방을 빌려준 것도 동네에서는 흔치 않았던 일로, 단지 집안 살림에 보탬이 되기 때문이었다.

나는 아들 에드워드가 쓰던 방을 쓰게 되었다. 침대와 책상만으로도 꽉 차는 아주 작은 방이었다. 제 방을 빼앗긴 에드워드는 미닫이 문을 닫으면 둘로 갈라지는 안방의 한쪽을 쓰게 된 것을 투덜거리기는 했으나 동양 여자 대학생이 한집에 살게 되었다는 사실로 흥분해 있는 것 같았다.

비키는 30대 후반의 독일인으로, 독일에서 미국 남자와 결혼한 후

미국에 대해 알게 된 두세가지 것들

미국으로 이민와서 아이 둘을 낳고 이혼을 하였다. 당시는 딸 친구의 아빠와 내연의 관계를 유지하면서 강한 생활력으로 가정을 꾸려나가고 있었다.

딸 제인은 고등학교 1학년이었고 에드워드는 중학교 1학년이었다. 아이들은 심성은 착했으나 천방지축일 때가 많았다. 고등학생이지만 아직 철없는 아이처럼 행동할 때가 많은 제인은 가게에서 아이새도우 등 자질구레한 물건들을 훔쳐와서 가족과 친구들에게 자기의 좀도둑 실력을 자랑하기도 했다. 내가 입주하기 바로 전에는 엄마를 때려 병원에 입원시킨 경력도 있다고 했다.

미소년 에드워드는 가끔씩 한밤중에 제 엄마 몰래 집을 빠져나가 동네 골프장 같은 곳에서 친구들과 실컷 술을 마시고는 잔뜩 취해서 쥐도 새도 모르게 집에 들어 오곤 했다. 두 아이는 골초였다. 물론 제 엄마가 보지 않는 데서만 줄 담배를 피웠다. 나는 미국에는 사는 것이 제 멋대로라더니 정말 그렇구나 하며 모든 미국 가정이 그렇게 산다고 믿으면서 그들과 함께 생활하기 시작했다.

우리는 식사준비, 청소, 시장보기 등의 집안일을 한 가족처럼 나누어 하기로 했다. 친척이나 친구가 많지 않았으며 방을 빌려주기도 처음이었던 이 가족은 내게 호기심을 가지고 아주 친절히 대해 주었다.

소탈한 비키와는 물론 수줍어 하면서도 붙임성 있는, 야생마 같은 아이들과도 곧 가까워졌다. 이 남매들은 나를 언니나 누나처럼 대하면서 그들의 사생활을 솔직하게 보여주었다. 나는 그들의 엄마보다 그들을 더 잘 알게 되었으며 곧 언니나 누나처럼 다독여주면서 바른 생활을 위한 충고도 서슴지 않게 되었다. 가끔 비키로부터 그들의 비밀을 지켜주어야 했기 때문에 마음이 불편할 때도 없지 않았다.

이사한 다음날 아침 모두 함께 식사를 할 때였다. 나는 의자에 앉기 전에 냉장고에서 우유를 꺼내 유리컵에 부었다. 내가 앉기만을 기다리고 있던 그들 모두는 갑자기 하던 말을 멈추고 나를 지켜보았다. 뭔가 이상하다는 생각이 들었지만 딱히 뭐라 할 말이 없었다.

식사가 시작되었다. 내가 우유잔을 들고 우유를 마시기 시작하자 그들은 깜짝 놀란 듯 눈을 크게 뜨고 입을 벌린 채 내가 우유를 다 마실 때까지 지켜보았다. 이번에는 그냥 넘어갈 수 없어서 냅킨으로 입가의 우유를 닦아내며 무슨 일이냐고 물었다.

비키가 머뭇거리면서 네가 지금 마시는 게 무엇인지 아느냐고 물었다. 물론 우유라고 했다. 그녀는 고개를 절레절레 흔들면서 그것은 우유가 아니라 커피에 넣는 크림이라고 했다.

당장 냉장고에서 우유를 꺼내 포장종이에 적힌 글을 읽어보았다. 'Half and Half(해프 앤드 해프)'라고 쓴 큰 글씨 위에 'homogenized and pasteurized(균질, 살균이 되었음)'라고만 조그맣게 쓰여 있었지, 정말 'milk(우유)'라는 단어는 포장 4면 어디에도 눈에 띄지 않았다. 'Half and Half'란 '우유와 우유 위에 뜨는 크림이 반반씩 섞여 있음'이란 뜻으로 주로 커피에 넣는 크림으로 쓰이는 상품인데, 나는 막연히 우유 회사의 이름인 줄만 알고 있었던 것이다.

맙소사! 미국에 온 후 어제까지 1년 반 동안을 우유인 줄 알고 매일 벌컥벌컥 마셨던 것이 커피에 넣는 크림이었다니! 나중에 확인해보니 영한 사전에도 '우유와 크림을 혼합한 음료'라고 멀쩡히 나와 있었다.

확인도 하지 않고 그렇게 믿을 수밖에 없었던 것은, 처음 왔을 때 고참 학생들이 시장에 데려가 장을 함께 봐주면서 자기네들은 먹고 싶은 음식도 잘 못 먹는 유학생들이라 우유만큼은 무조건 제일 비싼 걸로 마셔서 영양을 보충한다며 내게도 강력히 추천해 준 우유였기 때문이다. 집에 돌아와 그것을 마시면서 아주 고소하고 진한 맛이 나는 것이 우유는 역시 미제구나 했는데… 지난 1년여 동안 잠도 잘

미국에 대해 알게 된 두세가지 것들

못 자고 밥도 잘 못 먹는데 어째서 살이 안 빠지는가 했더니….

며칠 후 에드워드의 친구들이 놀러왔다. 동양인이 하나도 없던 동네의 아이들은 나를 보고 아주 재미있어 했다. 에드워드가 나를 소개시켜 주면서 내 나이를 맞추어보라고 하자 아이들은 내가 제 또래의 여자 아이인 줄 알고 눈을 반짝거리며 열네 살쯤 되는 것 같다고 했다. 에드워드는 신이 나서 아니라며 다시 맞춰보라고 했다. 그러자 한 살 더 올려서 열다섯 살이라고 했다.

그렇게 한 살씩 올리며 주거니 받거니 하다가 스무 살까지 올라가게 되자 아이들은 더 이상 올릴 수가 없다고 버텼다. 결국 스물여덟이라고 하자 기절 초풍을 하였다. 아이들은 영 못 미더워하면서도 그제야 나를 어른으로 대하기 시작했다.

크리스마스 때가 되어 유학생들과 교포 학생들을 집에 불러 파티를 했다. 가족의 일원으로 참석한 에드워드는 한 교포 여학생을 보고는 한눈에 홀딱 반해 버렸다. 그는 그 여학생 옆만 졸졸 따라다니면서 아주 황홀해 했다. 용기를 내어 그녀에게 말을 건 그가 얘기를 나누다가 "너 몇 살이니?" 하고 물었다. 그녀는 쪼그만한 게 숙녀의 나이는 왜 물어 하는 표정으로 "스무 살" 했다. 에드워드는 어쩔 줄 몰라 하더니 잠시 후 조용히 제 방으로 올라가 버렸다.

그는 아주 애띠게 생겼던 그녀가 파티에 참석한 사람의 딸로, 나이는 열 살쯤 되겠거니 지레 짐작하고 있었던 것이다. 중학생 에드워드는 그 후 연상의 여인을 그리는 상사병으로 우울했다. 이처럼 동양인을 잘 모르는 서양인들에게는 동양인의 나이가 아주 어려운 수수께끼인 것 같다.

한국에 있을 때 체구가 작고 곱게 칠순을 넘기신 은사 한 분이 폭소를 터뜨리시며 해주신 얘기가 있다. 미국행 비행기를 탔는데 옆 자리에 앉은 미국 사람이 너는 열 살 정도나 되느냐고 묻더라는 것이었다.

에드워드의 상사병은 다행히도 며칠만에 치유되었다.

이렇게 시작된 그들과의 생활은 1년 반 후에 내가 다시 학교 캠퍼스로 돌아갈 때까지 끊임없이 얘깃거리를 만들어주었다. 전산학이 전공이라 학년이 높아지면서 컴퓨터와 살다시피해야 했는데, 집에 컴퓨터나 모니터가 없어 학교 전산실에서 한밤중까지 공부하는 날들이 많아졌다.

그렇게 새벽운전을 하고 다니다보니 15분 정도밖에 안 되는 거리인데도 운전대만 붙들면 두 눈이 사르르 감기는 고질적인 버릇이 생겨 차사고를 낼 뻔한 적이 한두 번이 아니었다. 특히 눈오는 날에는 말 그대로 죽을 뻔한 적도 몇 번 있었다.

새벽에 들어와 자고 낮에 일어나 학교를 가는 바람에 식구들과 얼굴 마주치는 시간조차 거의 없게 되자 미국인과 함께 생활하며 영어를 배운다는 애초의 입주목적도 빛좋은 개살구가 되어 버렸다. 결국 다시 학교 캠퍼스로 돌아갈 결정을 하게 되었다.

그 밖에도 몇 가지 다른 이유가 또 있었다. 심한 말다툼을 밥먹듯이 하던 이들 가족간의 싸움이 양으로나, 질로나 그 도가 점점 심해져 견디기 힘들 정도가 되어 버린 것이었다. 내가 처음 입주할 당시에는 조심을 했겠지만 그네들 생활 속에서 내 존재가 점점 친숙해지자 본연의 모습이 그대로 드러나기 시작한 것이다.

어쩌다 집에서 공부할 작정을 한 날이나 쉬는 날이 되어 집에 있다보면 아이들이 크게 틀어놓은 라디오 소리와 서로에게 찢어지듯 질러대는 목청소리들이 아침 눈을 뜨면서부터 저녁 잠자리에 들 때까지 계속되었다. 가족간의 몸싸움이 연출되는 경우도 가끔 생기곤 했다.

방 하나를 빌려 사는 것이었지만 한솥밥을 먹는 처지인지라 아주

미국에 대해 알게 된 두세가지 것들

모른 척할 수도 없었고 그렇다고 또 대놓고 참견하기도 그렇고 하여
나로선 여간 불편한 것이 아니었다. 날이 갈수록 나는 그 소음과 불
편한 입장에 더더욱 민감해졌다.

그 무렵 학교 일에 묶여서 식사준비는커녕 함께 식사조차 하기가
힘들어지자 미안한 마음도 들기 시작했는데 시장보기에 문제가 생겼
다. 우리는 대개 토요일 오전에 함께 시장을 보았다. 나는 주로 야채,
우유, 치즈의 명목으로 그에 맞는 돈을 내놓았고 그 외의 찬거리는
비키가 부담했다.

어느 날 그녀는 내게 할 얘기가 있다며 조심스럽게 말을 건넸다.
내 부담의 식비가 내가 먹는 것에 비해 너무 작다는 것이었다. 당시
나는 나대로 잠자는 것 빼고는 집에 거의 붙어 있지 않아 음식도 대
개 밖에서 사먹고 다녔기 때문에 내쪽에서 식비를 그만큼이나 부담
하는 것이 불공평하다는 생각이 들기 시작했지만, 그까짓 것 큰 돈도
아니고 한 식구처럼 살면서 그런 따위를 따지는 게 너무 야박한 것
같아 그 생각들을 마음에만 넣고 다니던 중이었다.

당시 아이들은 한참 성장하는 나이여서 식욕이 좋았는데 이 식구
들은 생활에 여유가 없었기 때문에 먹고 싶은 것을 다 사 먹지 못하
는 형편이었다. 그런데도 비키는 아이들이 음식을 먹을 때마다 먹는
것을 너무 밝힌다며 잔소리를 하곤 했다. 그러다보니 아이들은 먹는
데 대고 잔소리하는 엄마가 없을 때 부지런히 먹고는 입을 싹 닦았
는데, 집을 많이 비우는 엄마는 먹성 좋은 아이들이 먹어 없앤 것을
내가 다 먹어 치운 것으로 생각하는 것 같았다.

이왕 말이 나왔으니 나도 내 입장을 솔직하게 밝히고 싶었지만 그
런 상황들을 일일이 얘기하기도 구차스럽고 또 그런다고 깨끗하게
밝혀지는 일도 아닌지라 그냥 입을 다물고만 있었다. 치사하게 먹는
것이 문제가 된 데다 그 내막이 워낙 비밀스러워(?) 의견과 느낌을

일치시키지 못하다보니, 비키와 나와의 관계는 물론 나의 발설을 두려워 하게 된 아이들과 나의 관계까지도 서먹서먹해지고 말았다.

그동안 쌓은 정으로 그 집을 나온다는 말이 차마 입에 떨어지지 않아 명목상의 이유를 찾느라 고심하고 있던 차에, 비서 수입으로는 생활이 빠듯하여 미용원이라도 차릴 계획으로 저녁에 손톱미용 기술학교를 다니던 비키가 미용학교를 졸업하면 곧 북캐롤라이나의 애슈빌로 이사를 갈 계획이라 집을 팔아야겠으니 방을 비워달라고 했다. 그렇게 해서 서먹서먹하나마 명목상으로는 별 감정대립 없이 그 집을 나오게 되었다.

삼 년 후 결혼을 하게 되면서 시댁의 증조 이모님을 뵈러 남캐롤라이나를 가게 되었다. 북캐롤라이나를 지나면서 애슈빌에서 하룻밤을 묵게 되었다. 문득 그 집을 나온 후 거의 연락을 나누지 않았던 그들이 이 도시에 산다는 생각이 났다. 혹시 하는 생각으로 전화국에 그들의 전화번호를 문의했다. 비키의 전화번호를 알아낼 수 있었다. 혹 동명이인은 아닐까 하며 설레는 마음으로 전화를 해보았다.

'Hello(여보세요)' 하는 첫 마디에 나는 벌써 그녀가 내가 아는 비키임을 알 수 있었다. 눈물이 날 지경으로 반가웠다. 그녀도 몹시 반가워하며 당장 뛰어올 듯 보고 싶어했다. 그러나 이미 밤 늦은 시각이었고 그녀가 사는 곳도 우리 숙소와 두세 시간 떨어져 있을 뿐더러, 우리 일행은 다음날 새벽에 떠나야 했기 때문에 그저 전화 한 통화로 만족해야 했다.

그녀는 소원대로 손톱미용원을 차려 재미를 보고 있고 고등학교 공부도 지겨운데 대학교는 왜 가냐고 하던 제인은 나중에 공부에 재미를 붙여 이제는 어엿한 대학생이 되어 좋은 대학에 다니고 있다고 했다. 에드워드도 고등학생이 되어 제 생활에 열심이며 엄마 일도 많

미국에 대해 알게 된 두세가지 것들

이 도와준다고 했다. 나사가 빠진 것 같이 뭔가가 불안했던 이 가족이 모두 건강하고 각자 생활에 만족하면서 지내고 있다는 소식은 나를 무척 기쁘게 했다.

윈스톤 가족과 살게 된 것은 영어를 배우고자 했기 때문이었다. 그렇다면 그 기간 동안 과연 영어를 얼마나 배웠을까? 차분히 같이 앉아 대화를 나누었던 시간보다는 주로 식사시간 등을 이용해 매일 짬짬이 얘기할 정도의 생활만 같이 했지만, 생활용품과 그에 따른 용어, 음식과 관계된 말 등 주로 생활 속에서 귀로 배우는 단어들을 대충 익힐 수 있었다. 또 알고는 있지만 내 말이 되어서 나오지는 않았던 일반 어휘들을 내 것처럼 느낄 수 있게도 되었다. 그러나 무엇보다도 외국인과 대화할 때 밑도 끝도 없이 솟아나는 두려움이 없어지게 되어 못하는 영어나마 서슴지 않고 말을 꺼낼 수 있게 된 것이 가장 큰 소득이라 볼 수 있겠다.

좋은 발음으로 유창하게 말하기만 하면 영어회화를 잘 하는 것이라 여겼던 내 생각이 아주 어리석었음을 깨닫게도 되었다. 어느 나라 말이라든 그 나라 말을 제대로 하려면 문법, 단어, 관용어 등 말 자체에 대한 지식도 중요하지만 문화, 역사, 정치, 경제, 예술 등 그 나라를 이루는 요소에 대한 지식이 없이는 전혀 불가능하다. 그런 전반적인 지식이 없으면 그 나라 사람들과 제대로 대화하기가 어렵기 때문이다. 그뿐 아니라 사람들이 관심을 갖고 얘기하는 그날그날의 주제를 포착하지 못하면 무슨 말이 오가는지 알 수 없기 때문에 매일 돌아가는 정보에도 밝아야 대화에 자연스럽게 낄 수 있게 된다.

이는 미국인과 결혼하여 미국 속에 깊이 잠겨 사는 요즈음에도 절실히 느끼는 바이다.

영어회화의 수준을 그만큼(?) 높일 수 있기도 했지만 사실 그들은

국경 없는 가족애

내게 더 중요한 것들을 가르쳐주었다. 학교 강의시간에는 전혀 배울 수 없었던 미국 문화의 일부였다. 물론 윈스톤 가족과 살기 전에도 미국 친구들과 어울려 다니면서 미국을 조금씩 엿볼 수는 있었지만 그것은 거의 대학생들과 그들의 생활에 국한된 것이었다.

윈스톤 가족과의 생활이 내게는 아직도 미국 생활 초기였던 만큼 그들을 통해 보는 미국은 새롭기만 했다. 가끔 비키가 나가는 몇몇 모임에 따라가 기자, 교사, 개인 사업가, 비서 등 각종 직업을 지닌 그녀 친구들과 얘기를 나누면서 잠깐씩이나마 미국 성인들의 생활상을 엿볼 수 있었다. 또 제인과 에드워드, 그들의 친구들과 어울리면서 일부 청소년들의 생활상도 대충 곁눈질했다. 가끔 그들의 숙제를 도와주면서 중고등학교의 교육방법과 그 수준도 좀 알게 되었다.

비키는 내게 독일식 수제비(?)와 양배추 요리 등 음식점 메뉴에는 없는 토박이 서양음식 만드는 법을 가르쳐주었고 독일여자들의 강인한 생활력도 보여주었다. 나 역시 그들이 그렇게나 좋아하던 불고기와 잡채 만드는 법을 가르쳐주었다. 또 한국 친구들을 소개하기도 했고, 한국의 관습과 예절 등을 얘기하면서 한국 문화를 느낄 수 있게 해주었다. 공부에 허덕이며 다람쥐 쳇바퀴 돌듯 굴곡 없이 살기 쉬웠을 유학생활 속에서 별다른 노력이나 시간의 투자 없이 한 외국인 가족과 자연스럽게 문화와 정을 서로 나누었던 것은 내게 참으로 값진 경험이었다.

나중에 독신의 독일여성이 망나니 같은 아이들과 함께 꾸려가고 있었던 그 가정이 조금도 미국을 대표하는 가정이 아니었음을 알게 되었다. 그러나 아주 특이하게 살아가던 그들이었지만, 그들은 분명히 내 영어회화에 도움이 되었고 미국인들과 그 문화를 편하게 대할 수 있는 배짱을 갖게 해주었다. 가끔 혼자 생각해보며 문득 웃음을

미국에 대해 알게 된 두세가지 것들

터뜨리기도 하고 또 우울해지기도 하는 수많은 추억거리도 남겨주었
다. 그들은 또 문화에 따라 약간씩 틀린 습관을 지니긴 했어도 사람
사는 모양은 어느 인종을 막론하고 똑같다는 것, 머리로만 이해하던
것을 피부로 느끼게 해주었다.

이것은 나 혼자만의 배움이 아니었으리라. 그들도 이제는 '한국'이
라는 단어를 듣게 되면 무심히 넘어갈 수 없을 것이다. 동양인이라고
는 말 한마디는커녕 얼굴도 가까이 볼 기회가 없었다는 그들도 동양
인도 그들과 다를 것이 없다는 것을 피부로 배웠을 것이다. 이제 동
양인을 보면 자기들이 먼저 말을 걸지도 모른다.

잠깐이나마 외국인들과 한 지붕 밑에 살며 서로의 문화를 배우고
가르치는 가운데 국경 없는 가족애를 나누었던 경험은, 내 유학생활
은 물론 내 인생 전체를 통해서도 빠뜨릴 수 없는 아름다운 시간으
로 남게 되었다. 혹 나와 같은 경험을 한 사람들 중에는 좋지 않은
추억을 갖게 되었다는 이도 있을지 모르겠다. 그러나 그런 경험일지
라도 나름대로 세계와 그 속의 사람들을 보는 눈을 넓혀주었음을 부
정할 수 없으리라.

인류는 지금도 세계 곳곳에서 인종문제로 시련을 겪는다. 가정내
에서는 불화를, 사회 안에서는 인간 불평등을, 국가끼리는 전쟁을 일
으키며…. 그런 뉴스를 접할 때면 나는 가끔 이런 생각을 한다. 짧은
기간이나마 외국인 가정에서(학교 기숙사에서 외국 학생과 방을 나눠
쓰는 것과는 많이 다른 것 같다) 생활해보는 것이야말로 인종간의 몰
이해를 부수고 세계를 평화로 이끌어가는 한 지름길일지도 모른다고.

요즘은 학생뿐만 아니라 일반인도 단독 혹은 가족단위로 외국여행
을 하면서 민박을 이용할 수 있는 프로그램이 있다고 한다. 이왕 해
외여행을 할 것이라면 그런 프로그램을 이용하여 자녀교육이나 경제
적으로, 또 세계평화적으로도 이득을 보면 어떨까?

How Much? = 얼마치?

 영어의 억양이 중요하다는 것은 이미 모두가 알고 있는 사실이다. 그런데도 새삼스럽게 다시 들먹이는 이유는 미국에 살면서 경험해보니 또 한 번 강조한다 해도 무리가 아닐 정도로 정말 중요하다는 것이 피부로 느껴졌기 때문이다. 그리고 혼자 알고 있기에는 너무 아깝고 재미있는, 이와 관련된 얘기를 함께 나누고 싶기 때문이다.

30대 후반에 미국으로 이민와서 이제는 60대가 된 어떤 한국 교포가 있다. 초등학교 이상의 교육을 받지 않았던 그녀는 영어를 전혀 할 줄 몰랐다. 그런데도 그녀는 이민 초기부터 비상한 재주를 발휘하여 한국말을 전혀 모르는 미국인들과 한국말로 대화를 하곤 했다. 예를 들어, 가게에서 물건값을 물을 때 한국말로 "얼마치?"라고 물으면 한국말이라곤 들어본 적도 없던 미국인들이 "That's one dollar(1불입니다)"라며 되묻는 법도 없이 대답했던 것이다. 그 재주의 묘법은 억양에 있었다. "얼마치?"에 "How much?"의 악센트를 그대로 적용

미국에 대해 알게 된 두세가지 것들

시킨 것이었다. ‘How(하우)’의 발음이 짧고 약하니까 ‘얼마치’의 ‘얼’을 짧고 약하게 발음하였고, ‘much(마치)’는 길고 강하니까 ‘얼마치’에 ‘마치’를 길고 강하게 발음하였다. 게다가 우연하게도 ‘much’와 ‘마치’의 발음이 거의 비슷하였고 값을 물어볼 것이 뻔한 상황이라 미국인들의 귀에는 “How much?”로 들렸던 것이다. 얼마나 기발한 ‘Konglish(한국식 영어)’인가? ‘Konglish’하면 우리 한국 사람들이 한국 문법에다 영어 단어를 대충 끼워 맞추면서 쓰는 영어쯤으로 생각했는데 바로 이렇게 영어 단어를 전혀 몰라도 되는, 훨씬 쉬운 ‘Konglish’도 있었던 것이다.

유머 감각과 눈치가 빠르고 성격이 활달한 그 사람은 30여 년을 살면서 배운 영어와 그런 식의 재치로 만들어진 ‘Konglish’를 바탕으로 자기만 쓸 수 있는 특유의 ‘Broken English(잘못된 영어)’를 정립하여 단단한 영어실력을 쌓기에 이르렀다. 현재 그녀는 주유소와 자동차 정비소를 경영하는 남편을 도우느라 가끔 차에 기름도 넣고 돈도 받으면서 미국 손님들을 상대하는데, 항상 웃는 얼굴로 손님들과 끊임없이 대화를 나눈다. 옆에서 듣다보면 나는 도대체 무슨 말인지 전혀 모르겠건만 같이 얘기하는 미국인들은 아주 잘 알아들으면서 긴 얘기를 재미있게 나눈다. 나는 결국 그 미국인의 영어를 들으면서 대충 무슨 얘기를 나누는지 알게 된다. 아무리 미국에서 30년을 살았다 해도 영어의 기초가 없으면 긴 말들은 알아듣기가 그리 쉽지 않을 텐데 그녀는 또 어찌도 그렇게 숨 넘어가게 길고 빠른 ‘빠다 영어’도 잘 알아듣는지…. 내게는 아직도 불가사의한 일이다.

한국에서는 정규 영어교육을 전혀 받지 않았으나 미국인 남편과 살면서 배운 덕에 앞서 말한 사람보다 훨씬 문법도 맞고 발음도 유

How much? = 얼마치?

창한 영어를 하는 사람들도 있다. 그들의 발음은 완벽에 가깝다. 한
국에서 최고대학을 나와 미국에서 전문직을 갖고 수십 년을 산 사람
들조차 전혀 따라가기 힘들 정도로 기막힌 본토 냄새가 난다. 어느 날
그런 몇몇 사람들과 얘기를 나누던 중이었다. 누가 이런 말을 했다.

"집에서 '자냐'를 만들었는데 아이들이 어찌나 좋아하는지 그 큰
그릇에 만든 '자냐'를 두 아이가 앉아서 몽땅 먹어버리데요."

'자냐'가 뭔지는 몰라도 그렇게 맛있는 것이라면 나도 배워서 먹
성 좋은 우리 아이에게 좀 만들어줘야겠다는 생각에 그것을 어떻게
만드느냐고 물어보려는데 다른 사람이 금세 그 말을 받았다.

"그래요, 우리 아이들도 '자냐'를 얼마나 잘 먹는지 몰라요."

곧 이어 '자냐'의 칼로리가 얼마라는 등 한참 '자냐' 얘기를 하다
가 말머리를 딴 데로 옮기는 바람에 나는 물어볼 순간을 놓치고 말
았다. 나중에 물어봐야겠다고 생각했던 나는 깜빡 잊은 채 그들과 헤
어졌다. 며칠 후 '자냐'에 대한 기억이 나서 전화로나마 요리법을 물
어야겠다는 생각에 전화기를 들었다. 당시 '자냐'에 대해 말할 때 누
군가가 들어가는 재료 몇 가지를 말했는데 그것이 무엇이었더라 생
각하면서 번호를 누르다가 나는 문득 떠오르는 생각에 전화기를 도
로 내려놓고 무릎을 치며 혼자 폭소를 터뜨렸다.

그 '자냐'라는 것이 바로 우리도 자주 만들어 먹는 'Lasagna(라자
냐)'였던 것이다. 스파게티 국수와 똑같은 반죽을 얇게 밀어서 10cm
정도의 너비로 자른 넓은 국수(?) 사이사이에 치즈, 토마토 케첩, 달
걀 등을 넣어 오븐에 구운 이태리 음식으로 미국인들이 즐겨 먹는
음식의 하나였다. 'Lasagna'의 'la(라)'는 아주 짧게 입 안에서만 발음
하고, 'sa(쟈)'는 길고 강하게 발음하며, 'g'는 묵음이고, 'na(냐)'는
짧게 그리고 보통의 억양으로 발음한다. 그 단어가 무엇인지 모르면

미국에 대해 알게 된 두세가지 것들

서 신경쓰지 않고 듣는 사람의 귀와 어떤 알파벳으로 된 단어인 줄 모르면서 듣는 사람의 귀에는 'Sagna(자냐)'로만 들리기가 십상인 단어였다.

한때 미국에 살았던 나의 조카도 4살 때쯤 이와 같은 예로 촌극을 빚은 적이 있다. '바나나'를 자꾸 '내나'라고 발음하길래 제 엄마와 내가 '바'를 앞에 발음해주라고 하니, 탁아소의 자기 선생님이 '내나'라 한다고 했으니 그렇게 발음해야 한다는 것이었다. 그것이 아니라며 'Banana(바나나)'라고 써주면서 고쳐주려고 하니 선생님과 자기를 못 믿는다고 분해하며 닭똥 같은 눈물을 흘리면서 엉엉 울기까지 하는 것이었다. 사실 발음상으로 보면 조카의 주장이 아주 틀리는 것은 아니었다. 미국인들은 'Banana'를 '버내나'라고 발음하는데 'La-sagna'의 경우와 똑같은 식으로 발음하기 때문에 거의 '내나'로 들린다. 후에 내 조카뿐만 아니라 많은 어린아이들이 '내나'라고 발음하는 것을 보았다. 지금 세 살짜리인 내 아이도 '내나'라고 박박 우기고 있다.

'Aladdin(알라딘)' 'Cassette(카세트)' 등 그런 식으로 발음되는 단어들은 얼마든지 있다. 그래도 아이들이야 처음 말 배울 때만 그렇지 일단 나이를 먹고 학교에 들어가면 단어를 쓸 줄 알게 되면서 자기도 모르는 사이에 교정하게 되니까 전혀 문제가 없다. 문제는 나처럼 영어를 눈으로 먼저 배운 사람에게 있는 것이다. 눈으로 익혀진 발음은 여간해서는 교정이 쉽지 않은 고질적 문제를 안고 있다. 눈으로 배웠다 하더라도 제대로 배웠으면야 문제가 없겠지만, 모음과 자음의 발음도 안 좋은데다 한국말을 하듯 억양은 쏙 뺀 채 그냥 '바 - 나 - 나' '알 - 라 - 딘' '카 - 세 - 트'로 읽으니 문제가 좀 심한 것이다. 그것도 서른이 다 되도록 그렇게 알고만 살았으니 도대체 구제불능

How much? = 얼마치?

이다. 일단 정확한 발음을 알고 나면 머릿속으로는 완벽한 발음을 구사하는데 그 놈의 혀가 막무가내인 것이다.

'Olympic(올림픽)'도 그렇다. 1988년 고국에서 국민들이 올림픽을 앞두고 매일 시청 앞 날짜판의 숫자를 바꾸며 신나게 날짜를 카운트 다운하는 동안, 이국의 동포들은 올림픽을 자랑하려다가 사람들이 무슨 소리를 하는지 못 알아들어서 자존심 상하던 날의 숫자를 카운트 업(?) 하고 있었다. '올 - 림 - 픽'이라고 하니까 도대체 무슨 소리인가 하는 표정들을 짓고 있었기 때문이다. 보통 'Olympic Games(올림픽 게임즈)'라고 하는 말을 그냥 'Olympic'이라고 말한데다 그 발음조차 확실치 않았던 것이다. 'Olympic' 역시 앞의 단어들처럼 발음해야 했다. 몇 번씩 얼굴 붉히는 일을 당해도 그 이튿날 말할 때면 무의식중에 또 '올 - 림 - 픽'이 툭 튀어 나왔다. 올림픽 전에야 그렇게 자존심 상한 날이 많았지만 끝났을 때 쯤 되어서는 적어도 'Olympic'이란 발음만큼은 완벽의 경지를 이룰 수 있었던 동포들이 적지 않았으리라.

한때, 우리 발음은 또 그렇다 치더라도 일본, 중국, 중동, 불란서, 독일 친구들의 영어 발음이야말로 정말 한심하다고 생각한 적이 있었다. 한국인들의 발음은 아무리 나빠도 무슨 말인지 금방 알아듣겠는데 같은 정도의 회화 실력이라도 그들의 발음은 훨씬 알아듣기 힘들었기 때문이다. 하루는 각국의 외국인을 가르치는 대학 부속 영어 학원 선생에게 같은 정도의 회화 실력이라면 어느 나라 사람의 발음이 제일 알아듣기 힘드냐고 물었다. 그는 망설임 없이 한국인이라 했다. 적어도 한국인은 아닐 것이라는 생각에 자신있게 질문했던 나는 깜짝 놀라지 않을 수 없었다. 이런저런 얘기를 나누며 이유를 찾던 우리는 '억양'이 바로 그 원인이라는 결론을 맺었다.

미국에 대해 알게 된 두세가지 것들

유럽인의 영어는 억양과 관련지으면서 생각할 필요까지도 없다. 유럽의 각 나라 말은 발음만 조금씩 다를 뿐 영어에 사용되는 단어들을 그대로 사용하는 경우가 많으며 문화와 역사도 미국과 멀지 않아 그들의 귀에는 유럽인의 영어가 낯설지 않기 때문이다. 그러나 동양인의 영어는 이와 달라 억양이 상당히 중요한 역할을 한다. 중국인과 일본인은 이런 면에서 한국인보다 강점을 보인다. 중국말에는 사성(四聲)이라는 억양이 있으며 일본말도 한국말보다는 억양이 훨씬 센 편인데, 그런 모국어의 습관이 영어를 할 때에까지 섞여나와 그럴 듯하게 어울어지기 때문이다. 그러나 한국인은 대개 억양이 거의 없는 밋밋한 톤의 서울말을 쓰기 때문에 눈으로 배운 발음에다 그 밋밋한 톤을 섞어서 영어를 한다. 그래서 그 미국인에게는 한국인의 발음이 제일 어설프게 들렸던 것이다. 이미 우리식 영어 발음에 익숙해져 있는 내 귀에야 한국 사람들의 발음이 제일 자연스럽게 들렸을 수밖에… 그런 생각은 꿈에도 못한 채 그 외국인 친구들과 얘기를 할 때면 공연히 자신감이 생겨서 더 떠들었으니….

같은 한국 사람이긴 해도 경상도 사람들은 그나마 사투리 덕을 보는 것 같다. 한국 사람들끼리는 일반적으로 경상도 사람들의 영어 발음이 좋지 않다고 말하는데 경상도 사람들, 그것도 사투리가 심한 사람들의 영어를 듣는 미국 사람들의 생각은 전혀 그렇지 않은가 보다. 역시 학교를 다닐 때였다. 교정에서 미국 친구와 얘기를 나누고 있는데, 지나가던 경상도 학생 하나가 우리의 대화에 끼게 되었다. 당시 그는 영어 발음이 나쁘다고 한국 학생들로부터 노골적으로 놀림을 받던 학생이었다. 우리들이 그의 영어발음을 놀린다는 것을 전혀 모르고 있던 그 미국인은 그와 몇 마디 나누더니 대뜸 그의 발음이 다른 한국 학생들에 비해 훨씬 좋다며 칭찬을 아끼지 않는 것이었다.

How much? = 얼마치?

서울 사람들의 밋밋한 영어보다는 높낮이가 심해서 마치 싸움하는 것처럼 들리기도 하는 경상도 억양이 섞인 영어가 훨씬 더 그럴듯하게 들렸나 보다. 그런 줄도 모르고 남들이 그를 놀릴 때마다 나도 열심히 한몫 거들었는데…. 뭐 묻은 개가 뻔뻔스럽게 뭐 묻은 개를 흉본 꼴이었다.

미국에 대해 알게 된 두세가지 것들

한국 유학생, 커닝 도사라는 누명이 웬말인가?

언어와 풍속이 다른 나라에서 산다는 것은 흥미있는 일이기는·하지만 뭘 모르고 사는 것은 아닌가 싶어 긴장되고 답답할 때도 있다. 아무 의도 없이 남을 상하게도 하고 내가 다치기도 하는 경우가 생기기 때문이다. 그래서 우리 교포들은 무엇이든 몰랐다가 알게 되면 언젠가는 다 쓸모가 있을 것 같아 부지런히 주워담기도 한다. 대할 기회가 별로 주어지지 않는 정보에 대한 조언이라면 더욱 그렇다.

물론 누가 미리 조언을 해주었다 해도 상황파악을 잘 못해서 그 조언을 적절하게 이용하지 못할 때가 있는가 하면, 때로는 누가 미리 간단하게 언질만 해주었더라면 본인도 모르게 평생 죄목(?)을 등에 달고 다니는 악몽 같은 일을 막을 수 있는 경우도 있다. 유학생활을 마감하고도 한참 시간이 흐른 후에야 그것도 아주 우연하게 알게 된 한국 유학생의 '커닝사건'이 바로 그런 예다.

나는 지금도 유학시절의 미국 교수나 조교들을 만나 진땀을 흘리며 내 결백을 주장하는 꿈을 가끔 꾼다. 내 말이 안 들리는 척 한결

같이 외면하고 마는 그들에게 헛주먹질하다가 눈이 떠지면, 기겁하여 이미 침대 밖으로 튀어나가 선 채 자기가 뭘 어쨌길래 오밤중에 자다 말고 주먹질이냐며 투덜거리는 남편이 어렴풋이 눈에 들어올 때도 있다.

대학마다 다르고 학생 개개인마다 다르겠으나 내가 다니던 학교의 한국 유학생(대부분 대학원생)들은 대개 자기들끼리만 어울렸다. 결혼한 사람들은 거의 같은 빌딩에 살면서 가족 단위로 함께 어울렸고, 결혼하지 않은 사람들은 대충 마음 맞는 사람끼리 한 아파트에서 자취하며 생활을 함께 했다(기숙사가 없었음).

대부분 공대생들이라 듣는 과목들이 비슷비슷했다. 그래서 시험공부와 숙제도 같이 하면서 서로 도움을 주고받았다. 선배들도 제법 있었기 때문에 후배들은 그들이 물려준 시험문제와 답안을 일급 서류처럼 귀중하게 모시고 참고하면서 대를 물렸다.

그 문제와 답안은 한국인이 아닌 학생들에게는 철저히 비밀에 부쳐지고 있었다. 물론 비밀을 지키자고 굳이 의식적으로 약속한 것은 아니었다. 단지 외국인들과 경쟁해야 하는 상황이었기 때문에, 자기네는 자기들끼리 해결할 테니까 우리 한국인들도 우리끼리 해결하자는 민족적 일체감이 무의식적으로 작용하여 입을 다물게 했던 것 같다. 아무튼 그런 'Study Group(스터디 그룹)'은 나를 포함한 일부 한국 유학생들에게 적지 않은 도움을 주었다.

나중에 나는 같은 과에서 강의 조교와 연구 조교를 한 적이 있는 미국인 선배와 결혼한 후 그 학교를 떠났다. 그 후 3~4년이 흐른 어느 날 그와 나는 우연히 외국인 학생들에 대한 얘기를 하게 되었다. 우리가 다니던 학교의 외국 학생들에 대한 얘기를 하던 중 그는 내게 아주 깜짝 놀랄 얘기를 들려주었다. 한국 학생이 많았던 과에서 강

미국에 대해 알게 된 두세가지 것들

의 조교를 하던 그의 미국 친구들 사이에서는 한국 학생들이 'cheat-ing(한국에서 '커닝'을 뜻하는 미국식 표현)'의 전문가들로 알려져 있었다는 것이다.

대개는 몇 사람씩 그룹을 지어서 어느 집에 수저가 몇 벌 있는 것까지도 서로 환하게 알고 지낼 정도로 가깝게 지냈던 한국 학생들이었기 때문에 누가 커닝으로 문제를 일으켰다면 금방 소문났을 터이고, 그런 일이라면 정보에 무뎠던 나같은 사람의 귀에까지도 들려왔겠건만 나는 당시 그런 일이 있다는 얘기를 들은 기억이 전혀 없었다.

나 역시 그 유학생들 중의 하나였기 때문에 흥분을 하며 그 근거가 무엇이었냐고 따져물었다. 그의 대답인즉, 한국 학생들의 숙제 답안은 거의 모두 똑같았고 시험공부를 할 때도 지난 해의 시험문제와 답안을 갖고 했기 때문이라는 것이었다. 나는 한국 대학에서는 학생들이 숙제도 같이 하고 가끔씩 사려깊은 선배들로부터 지난 시험문제와 답안을 얻어 시험공부를 하지만 누구도 그것을 'cheating'이라고 손가락질하는 사람은 없다고 해명하면서 억울함을 표명했다.

미국 대학은 한국 대학처럼 각 학년에 맞춰서 미리 짜여진 시간표를 주질 않는다. 전공 과목들과 그 과목들을 들어야 할 시기만 대충 정해주고 각자의 능력과 시간에 맞춰 개개인이 시간표를 짜게 한다. 그래서 시리즈 형식의 과목이 아니라면 한 강의시간에 전 학년이 섞여 앉는 경우가 적지 않다.

학교에 따라 다르겠지만 내가 다니던 학교처럼 도시 한가운데에 있는 학교의 미국 학생들 중에는 이미 직장을 갖고 있는 학생들도 많고 아르바이트를 하는 학생들도 많다. 시간에 쫓기는 그들은 대개 강의 시작 바로 전에 교실에 들어와 강의가 끝나면 곧 제 갈길로 가버린다.

한국 유학생, 커닝 도사라는 누명이 웬말인가?

그래서 그들은 한국처럼 선배, 후배, 동기 등에 대한 관념이 거의 없다. 누가 언제 같은 과를 졸업했는지를 거의 모르고 또 알려고도 하지 않는다. 그런 그들이라 지난 시험문제와 답안을 손에 넣는다는 생각 따위는 애초에 해볼 수가 없다. 숙제도 공부도 혼자서 한다. 가끔 안면 있는 몇몇 학생들끼리나 혹은 교수가 권해서 만들어지는 '스터디 그룹'이 있기는 하지만 숙제의 연구는 같이 할지라도 답은 각각 제가 알아서 쓰는 것이다.

그들은 학생 모두가 그런 식으로 공부한다고 믿는다. 아마도 그런 상황이 많은 사람의 의견으로 만들어진 공동의 숙제 답안과 지난 시험문제로 공부하는 것을 부정하고 부도덕한 일로 여기게 만든 것 같다.

그렇다고 해서 그것이 학교 규칙에 'cheating'이라고 성문화되어 있는 것은 아니었다. 다만 교수와 학생들간에 무언으로써 부도덕한 것이라 인정되고 있었던 것이다. 그래서 미국인 조교들은 한국 학생들의 숙제를 채점하다가 그 유사성을 발견할 때도, 그들이 도서관에 함께 앉아서 지난 시험문제와 답안으로 공부하는 장면을 목격할 때도 어떤 처벌을 가할 수가 없어 께씸해 하기만 했다.

외국 문화에 대한 이해가 부족하기도 했고 문제의 한국 학생들과 이 문제를 터놓고 얘기해보지도 못했던 그들은, 우리 스스로도 그것이 부도덕한 짓인 줄은 알지만 좋은 성적을 위해서라면 뭣을 못하겠느냐는 생각으로 그런 짓을 한다고 믿고 있었다.

이런 사실을 모르는 대부분의 한국 유학생은 자랑스럽게 졸업하여 미국에서 혹은 한국으로 돌아가 교수나 유명 연구실, 대회사의 간부 등이 되었다. 평생을 이방인으로서 살아야 한다는 현실 때문에 이런 문제에 누구보다도 민감하게 된 때문인지, 나는 가끔씩 그 때의 미국인 교수와 조교들이 우연히 어느 학회에서 유명인이 되어 있는 그 한국 유학생들을 만나게 되는 경우를 상상해 본다.

그 한국인이 자기를 존경하는 많은 사람들 앞에서 힘들여 끝낸 연구를 자랑스럽고 진지하게 강연하고 있을 때, 그 미국인들이 강의실 한가운데에 앉아 그에게 조소 섞인 미소를 보내는 장면에 이르면 온몸에 진땀이 난다. 모르는 게 약이라니까 그 유명 한국인이야 자신의 노력이 바탕이 된 그 명석함을 빛내기만 하면 그만일지도 모르겠다. 하지만 전후 사정을 안다면 어느 멀쩡한 한국인이 무지로 인해 빚어진 등 뒤의 손가락질을 감수하고 싶겠는가?

남편과 얘기하는 동안 나는 한국 유학생의 일로 국한시키기보다는 외국 유학생의 범주로 확대시켜서 보는 것이 더 공평하다는 생각이 들었다. 당시는 자연스러운 풍경이라 여겨 신경쓰면서 보지 않았지만 곰곰히 생각해보니 중국, 인도, 독일 학생들도 끼리끼리 모여서 공부하는 것을 본 것이 기억났기 때문이었다. 외국에서 만나 함께 공부하는 동족의 입장이라면 어느 나라에서 왔든지 그런 분위기가 조성되는 것은 당연하지 않겠는가? 왜 유독 한국학생들만 'cheating' 한다는 말을 들었는지 이해가 되지 않았다.

그의 말은 다른 나라 학생들의 숙제 답안은 각자 개성이 있었다는 것이다. 그러니까 문제는 함께 숙제를 연구했다는 데에 잘못이 있는 것이 아니라 숙제의 답안이 똑같아 학생 개개인의 창조력이 전혀 무시되어 있었다는 것이다.

나의 이런 경험이 미국 전 대학을 대표한다고 볼 수는 없다. 그러나 누구라도 유학을 계획하고 있다면 자기가 가는 학교의 분위기는 어떤지 한번쯤은 확인하고 넘어가는 것이 현명한 일일 듯싶다.

또 하나 조심해야 할 일은 논문을 쓰면서 남의 말을 인용하는 경

한국 유학생, 커닝 도사라는 누명이 웬말인가?

우다. 한국도 이제는 'copyright(저작권)'에 대한 인식이 높아져 논문
은 물론 일반 잡지 기사의 경우에도 발췌 부분의 출처를 밝힌다. 미
국에서의 'copyright'은 더욱 예민한 것 같다. 단 한 줄의 글을 인용
하면서 실수로 그 출처를 밝히지 않은 한 박사 지망생이 최우수 장
학생에서 퇴학생이라는 법정 판결을 받기까지 했다니까.

　인용하고자 하는 것이 이미 활자화된 글에서 발췌하는 것이라면
누구든 생각할 것도 없이 발췌 원본을 밝힌다. 그러나 만약 그 의견
이라는 것이 점심식사 도중 상대에게서 구두로 '나는 이렇게 생각한
다' 정도의 형태로 들은 것일 경우에는 특별한 의도없이 그 이름을
밝히지 않는 실수를 저지르기 쉽다.

　증인이 없다면 물적 증거도 없으니 법정으로까지 끌고갈 문제가
되지는 않겠지만, 스스로의 자존심을 지키기 위해서나, 범위가 좁은
자기 분야의 학계내에서 괜스레 꺼림칙하게 지내지 않으려면 그런
실수를 저질러서는 안 되겠다. 나는 실제로 학자간에 이런 문제로 신
경전을 벌이는 것을 몇 번이나 본 적이 있다. 제3자를 통해 구두로
들었던 것이라도 반드시 그 창안자의 이름을 밝혀주는 것이 옳은 것
이다.

　이 밖에도 아직 내가 파악하지 못하고 있고, 또 앞으로도 결코 알
지 못하고 지나칠 '미국식 커닝'이 얼마나 많을까를 생각하면 소름
이 끼치도록 한심하다. 꼭 '미국식 커닝'뿐이겠는가? '미국식'이라는
말이 앞에 붙음에 따라 우리의 가치관과 행동이 잘못 받아들여질 수
밖에 없는 것들이 또 얼마나 많겠는가? 도대체 나는 그것들을 얼마
만큼이나 많이 파악하고 있으며 앞으로 또 얼마만큼이나 더 파악하
면서 살 수 있을 것인가?

　그래서인지 나는 한국을 알고 싶어하는 미국인들에게는 인자해지

미국에 대해 알게 된 두세가지 것들

려고 노력한다. 상대가 내 기분을 상하게 하는 일이 생기면 감정을 누르고 곧 내 나름대로 해석한 상황 설명을 해준다. 그러다보면 우리라면 전혀 그런 식으로 이해해 볼 수 없었던 두 문화의 일면을 배우게 된다.

그리고 나는 기회가 있을 때마다 그들에게 지겹도록 소상하게 우리의 문화를 얘기해준다. 행여 그 대화 속에서 그들이 이해했다고 생각했던 한국이 진짜 한국이 아니었음을 눈뜨게 해주지 않을까 하는 바람과 안쓰러움으로. 또 두 문화를 비교하게 되는 그 대화 속에서 우연히라도 미국에 대한 나의 무지도 밝혀지지 않을까 하는 바람으로. 만약 그렇게 밝혀진다면 그동안 무지하게 행동했던 과거의 나를 상대가 늦게나마 이해해주거나 지적해주는 일도 생기지 않을까 하는 이기심으로도.

한국 유학생, 커닝 도사라는 누명이 웬말인가?

〈서편제〉와 문화외교

미국에는 일반 영화관은 말할 것도 없고 비주류 영화관과 대학내 그룹에서 정기적·비정기적으로 보여주는 영화 프로그램들이 아주 많다. 그런 비주류 영화관에서는 외국 영화도 많이 보여주는데, 그 대부분이 우수작품들로 본국에서 이미 상영된 것이 많으며 본국에서는 상영금지된 영화도 더러 있다. 국적을 보자면 유럽 영화가 대부분이지만 남미, 일본, 중국, 인도 영화도 서서히 그 숫자가 늘어가고 있는 중이다. 이 영화들은 대개 상업영화라기보다는 소규모 문화영화나 실험영화로 예술성에 더 치중하고 있다. 대개가 평범한 인물들의 있을 수 있는 이야기를 솔직한 현실 속에서 진솔하게 끌어간다. 미국에서 보게 되는 이런 영화들은 그 나라 교민들의 향수를 달래주기도 하지만, 자기 나라의 영화가 미국에서까지 당당하게 상영된다는 사실로 그 소수민족들의 사기를 북돋우기도 한다. 뿐만 아니라 본국 문화의 우수성은 물론 그 치부까지도 숨김없이 드러내는 이 영화들은 그 문화의 진면목을 보고자 하는 외국인들에게 더없이 중요한 매개체가 되어준다. 그런 면에서 주류건, 비주류건

미국에 대해 알게 된 두세가지 것들

미국 영화관 근처에 한국 영화가 얼씬도 하지 않는다는 사실은 참 안타까운 일이 아닐 수 없다.

1993년 7월 초 미시간 주립대학에서는 이민 역사상 가장 컸을 '한국제'가 벌어졌다. 미국, 한국은 물론 그 외의 나라에서 온 강사의 수만도 2백 여 명이라 했으니 총 참가인원은 말할 것도 없었다. 마침 행사에 참석하는 한 한국 교수를 오하이오 주에서 그 곳까지 안내하게 되었다. 4시간 운전을 해서 도착해보니 마침 그 날 저녁 <서편제>를 상영한다고 했다. 학교 극장에서 교민들을 상대로 보여주는 것이었지만, 미국 극장에서 한국 영화를 본다는 사실이 믿어지지 않았다. 영화를 감독한 임권택 씨와 주인공, 또 그 외의 이름난 영화 관계자들이 무대에 올라와 영화 상영을 축하한 후 본 영화가 시작되었다. 극장은 오래된 건물이라 냉방시설이 전혀 안 되어 있었다. 좌석은 물론이거니와 양 통로까지 더 설 자리 없이 메우고 있던 2천 여 명의 교민들은 뜨거운 7월의 공기를 더욱 뜨겁게 달궈내고 있었다. 문이란 문은 다 열어놓은 덕분에 미시간의 모기들도 우리와 함께 '한국인 축제'를 맘껏 즐겼다.

비록 모기에 뜯기는 가운데 온몸을 벅벅 긁어가며 영화를 보았어도, 그 자리의 교민들은 모두 특별한 감동을 안고 영화를 보았다. 영화 자체의 질은 차치하고라도, 미국 극장에서 수많은 동족과 함께 한국 영화를 보고 있다는 사실만으로도 그 감동은 상당한 것이었다. 미국 한복판의 큰 극장 대형 화면을 통해 우리 민족의 정(情)과 한(限)이 듬뿍 담긴 판소리를 뼈에 사무치도록 시원스럽게 들어가면서 그 애절한 판소리 뒷얘기의 한 장에 빠져드는 동안, 한민족으로서의 일체감을 느끼지 않은 교포는 없었으리라. 화려하게 펼쳐지는 교포위문 연예공연에서 느끼는 일체감과는 또 다른 끈끈한 감동이 우리의

<서편제>와 문화외교

가슴을 싸하게 훑었다.

영화 자체만으로도 감동적이었던 <서편제>를 혼자 보자니 오하이오 주 데이튼, 우리 동네의 동포들이 생각났다. 집에 돌아오자마자 식품점(미 중소도시에서는 한국식품점에서 한국 비디오 테이프를 취급한다)에 가서 <서편제> 비디오 테이프가 없냐고 물었더니, 제사 지내는 데 대한 비디오냐고 되물었다. 아직 식품점에까지 보급되지 않았다면 한국 영사관에서라도 빌려와 우리끼리라도 볼 수 있을 것 같아 한인회에 건의해 보았지만 실행되지 않았다. 나는 괜히 혼자 답답해서 한국에 다녀온다는 사람만 만나면 <서편제>만큼은 꼭 보고 오라고 당부하면서 무료로 영화 선전을 하고 다녔다. 우연하게도 그해 겨울 갑작스레 고국을 다녀오게 되어 서울에 갔더니 <서편제>가 아직 극장에서 상영되고 있었다. 마치 옛친구를 만난 듯한 반가운 마음을 안고 영화를 다시 보러갔다. 한국 극장에서 한국에 사는 진짜배기 고향사람(?)들과 함께 영화를 다시 본다는 사실이 그렇게 감격스러울 수 없었다. 영화는 여전히 애달프게 아름다웠다. 그러나 돌아서는 내 발걸음은 왠지 '갈 지(之)'자를 그려내고 있었다. 모르는 사람들끼리였지만 함께 진한 민족적 일체감을 느끼며 감격에 차서 보았던 지난번의 그런 감동이 눈꼽만치도 느껴지지 않았던 것이다. 그날 함께 본 관객들은 서울 땅에서 살고 있는 사람들로, 조국에 대한 향수를 느낄 이유가 전혀 없는 '동포'들이었던 것이다. 미국에서 함께 영화를 보았던 사람들은 모두 고향을 떠나서 사는 '교포'들이었기 때문에 함께 있기만 해도 온몸으로 조국에 대한 향수를 나눌 수 있었나 보다. 나는 고향 땅에 와서야 내가 이방인이 되어버렸다는 사실을 깨달을 수 있었다.

미국에 대해 알게 된 두세가지 것들

　그 이듬해인 94년 늦여름, 여느 때처럼 비주류 영화관의 안내지를 보는데 10월 달 안내에 <Why Has Bodhi-Dahrma Left for the East?>라는 제목이 눈에 띄었다. 이 <달마는 왜 동쪽으로 갔는가?>는 그 해 봄 L.A.에 갔다가 비디오 테이프로 보면서 영상에 매료되었던 영화였다. 큰 화면으로 봤으면 하는 아쉬움을 갖고 있던 영화였기 때문에 그렇게 반가울 수가 없었다. 큰 화면으로 볼 수 있게 되었다는 사실도 그랬지만, 주류고, 비주류고간에 미국 영화관에서 한국 영화를 보여준다는 사실에 더더욱 흥분되었다. 안내지는 ≪*New York Times*(뉴욕 타임즈)≫지에 실린 스테픈 홀든(Stephen Holden)의 평을 다음과 같이 인용했다.

　　"황홀한 아름다움…… 주술적…… 수많은 환상적 장면들…….

　그 안내지를 본 며칠 후 우리 가족은 그 곳에서 1시간 떨어진 신시내티로 이사를 가게 되었다. 그래도 그 기회를 놓칠 수는 없어 그날 장거리를 운전하여 영화를 보러 갔다. 좌석은 3백 여 석이지만 특별한 경우를 제외하고는 보통 십여 석 정도만 메워지는 비주류 극장인데도 그 날은 사람들이 제법 많았다. 뉴에이지 냄새가 물씬 풍기는 사람들이 많았다. 그들은 남녀불문하고 아주 소박한 옷차림에 달랑거리는 귀걸이를 달고 긴 생머리를 질끈 동여매어 등 뒤로 길게 늘어뜨리고 있었다. 입과 입을 통해 영상의 우수성이 알려지기도 한 영화이기도 했지만, 자연근본사상, 동양철학의 음양사상, 불교의 윤회사상 등이 한데 어우러져 발달되고 있는 뉴에이지 흐름이 미 전역을 휩쓸고 있는 때에 상영되는 불교 영화이기 때문에 더욱 사람들의 관심을 끌게 된 것이 아닌가 하는 생각이 들었다. 재미있는 것은, 한국으로 치자면 'X세대'쯤으로 보이는, 동양적인 것과는 거리가 멀어보

<서편제>와 문화외교

이는 젊은이들도 제법 많이 온 것이었다. 화장품보다는 코걸이, 눈썹
걸이, 입술걸이 등으로 얼굴을 장식하고 노란 머리를 까맣게 혹은 파
랗게 물들인 채 군화보다 더 투박한 검은 구두를 신었으며, 무릎, 넙
적다리, 엉덩이에 커다랗게 구명 뚫린 청바지에다 쇠고리가 주렁주
렁 달린 까만 가죽잠바를 입은 그들이 동방의 불교적 화두를 영상화
한 이 영화를 어떻게 보고갈지 참 궁금했다.

　일찍 도착했기 때문에 두 번째 상영을 기다리느라 로비에서 서성
거리다가, 첫 상영을 본 몇몇 사람들과 얘기를 나누게 되었다. 정신
세계와 자연세계를 추구하면서 동양철학과 종교에 깊은 관심을 갖고
온 이들은, 우리 민족의 정신세계나 관습에 대해서는 아무런 사전지
식이 없었다. 우리 관습을 모른다면 적어도 몇 부분의 상징적 의미를
이해 못했을 것이고, 그랬다면 영화를 수박 겉핥기식으로 볼 게 뻔할
것이라는 우려에, 그 해 여름에 보았던 기억을 되살려 영화에서 드러
난 우리의 일반적 사고와 습관을 설명해주었다. 예를 들어, 영화 속
에 나오는 '소'를 그냥 '소'로 보기보다는 조상, 영혼 등의 이미지로
볼 수도 있으며, 빠진 이를 지붕 위로 던지는 것은 그 영화 속에서만
볼 수 있는 특별한 상징적 행위가 아니라 우리의 일반 관습이라는
것 등이었다. 이들은 고개를 크게 끄떡이며 그 정도의 설명만으로도
영화감상이 다르게 되었다며 아주 고마워 했다. 그 날은 졸지에 한국
영화감상 전문가나 된 것처럼 두 번째 영화를 마치고 나서도 똑같은
강연(?)을 감히 되풀이하게 되었다.

　두어 달 후, 새로 이사온 동네의 비주류 영화관 안내지에서
<Why Has Bodhi-Dahrma…>을 또 한 번 읽게 되었다. 하지만 나
중에 상영이 취소되는 바람에 보지는 못했다. 관객이 많지 않아서 수

미국에 대해 알게 된 두세가지 것들

지타산이 안 맞는지 주인이 자주 바뀌는 영화관이었는데, 그 때도 다시 새주인을 맞게 되어 스케줄이 바뀌는 바람에 상영이 취소된 것이었다. 그래도 그 주의(전국일 가능성이 많지만 확인해보지 못했음) 비주류 영화관에서 한국 영화가 순회의 형식으로 상영되려 했다는 사실만으로도 흐뭇했다. 한국 영화가 이 영화를 계기로 미 전역에 상륙하여 단단히 뿌리내릴 수 있도록 그 질에 더욱 힘쓰고, 정부도 이를 본격적으로 지원하면 좋겠다는 생각이 들었다.

지난 봄에 한국보다 한국 상품들이 더 많다는 L.A.를 또 갔다. 미국 친구들에게 작은 화면이나마 한국 영상영화의 우수함을 보여주겠다는 생각에 <달마는 …>의 영어 자막 비디오 테이프를 찾아보았다. 영어 자막과 함께 상영된 일이 있었으니 어딘가에 그 테이프가 있을 것으로 믿었는데, 내가 가본 한국 비디오 전문점들에는 없었다. 대사가 그렇게 많지 않아 영어자막이 없더라도 영화를 대충 감상할 수 있을 것 같아 영어자막이 없는 비디오라도 달라고 했지만 그것도 없었다. 영화가 오래 되어서 이젠 취급 안 한다는 것이었다. 그렇게 많은 비디오를 취급하면서 비주류나마 미국인 관객을 상대로 미국 극장에서 상영되었던 단 한 편(내가 알기엔)의 한국 영화를 기록상으로나마 한 카피쯤 남겨둘 수는 없었을까? 혹시나 싶어서 <서편제>를 찾아보았으나 그것도 마찬가지였다.

그러는 나를 보며 어떤 사람이 아무리 영화가 잘 되었다 해도 그렇지, 하필이면 왜 우리가 어렵게 사는 모습을 미국 사람들에게 보여주려 하느냐며 못마땅해 했다. 한국도 세계 경제에 한몫을 단단히 하는 나라가 되었고 많은 한국인들이 똑똑한 동양인으로 인정받으면서 미국 각 분야에서 활약하고 있는 이 때에, 이제는 우리 교포들도 소

<서편제>와 문화외교

시민적 사고 속에 살아야 할 이유가 없는 것 같다. 해외 유명 매스컴에서 격찬받을 만큼 그 예술성을 인정받은 작품을 두고 가난한 사람들이 사는 모습이 나오니까 나라 망신이라고 감춘다면 구더기 무서워 장 못 담그는 격이 아닐까?

경제발전을 보이는 큰 도시의 빌딩, 관광지역의 화려함, 대규모 민속행사 등만을 보이는 각국의 갖가지 홍보물에 식상해 있는 요즘의 많은 미국인들은 외국 문화의 진솔함을 보고 싶어한다. 인종이나 민족은 달라도 인간적 일체감이 느껴지는 그 나라의 고유한 문화를 보고 싶어하고, 민족감정이 푹 배인 그 땅의 풋풋한 흙냄새를 맡고 싶어한다. 그 문화를 직접 가서 볼 사정이 못 되면 매개체를 통해서라도 보거나 듣고 싶어한다. 해외에 자국 문화를 소개할 때, 눈과 귀를 만족시켜주는 비디오 테이프만큼 아주 적절한 매개체도 없다. 문화 소개를 다큐멘터리 형식으로 하는 것도 좋지만, 흥미있는 이야기 속에 넣어서 보이면 일반인으로부터 더 큰 호응을 받을 것이다. 그 민족의 깊은 숨결이 들어간다면 더 적격일 테고. 현재 한국 정부도 대사관이나 영사관을 통해 외국인들에게 우리 문화를 비디오 테이프로 홍보하고 있기는 하다. 하지만 공식적 홍보를 목적한 것들이라서 진솔함은커녕 딱딱한 인공 문화를 전달하는 느낌이 아주 짙다.

대도시건, 소도시건 미국 각 도시의 시립도서관에는 세계 각국의 영화 비디오 테이프들이 소장되어 있다. 유럽, 남미는 물론 중동, 일본, 중국, 대만, 홍콩, 인도 등의 영화들도 많다. 대출 상황이 활발한 이 영화들은 미국내에서 상영되지 않은 작품들도 많다. 특히 일본 영화는 흑백영화 시대부터 현재의 영화까지 수없이 진열되어 있다. 세계 강대국과 어깨를 겨룰 만큼 국력이 강한데다 벌써 오래 전부터 세계적 명감독들을 배출해온 나라이긴 하지만, 이웃 나라의 영화는

미국에 대해 알게 된 두세가지 것들

그렇게 많은데 우리 영화는 왜 단 한 편도 눈에 띄지 않는 것일까? (아마도 L.A., 뉴욕, 시카고 등 한국 사회가 큰 대도시 도서관에는 있을지 모르겠다) 도서관에 비치되는 영화는 대개 도서관측에서 직접 사들인다. 미국 도서관이 우리 영화의 구입을 미처 생각지 못하고 있다면 우리 정부나 개인이 기증하면 어떨까? 도서관에 비치해두는 영화는 아무래도 미국인들을 위한 것이니까 영어 자막이 있어야 의미가 있을 것이다. 많은 돈을 들여서 없는 자막을 새로 만드는 작업이야 어렵겠지만, <달마는…> 같이 이미 영어자막이 있는 영화를 기증하는 일은 그다지 어렵지도 않을 텐데…. 이런 매개체가 푸대접을 받으면서는 올림픽을 몇 번씩 주최한다 해도 수박 겉핥기 문화만 보여줄 수밖에 없기 때문에 타국민으로로부터 우리 문화에 대한 진정한 관심을 끌어내는 일은 쉽지 않을 것이다.

    95년 봄, 한국 문화체육부는 '우리 문화의 세계화'라는 이름으로 홍보활동을 시작했다. 이에 1차로 전통 음악 CD 53개와 한국에 대한 전반적 정보가 입력되어 있는 CD ROM 하나를 미국의 50개 지역에 배포했다. 교민들에게는 물론 우리 음악을 알고자 하는 외국인들에게도 아주 반가운 일이 아닐 수 없다. 오하이오 주에서는 운좋게도 우리 신시내티가 선정되어 그 CD들을 받게 되었다. 한국인은 물론 외국인에게도 한국 음악을 알릴 수 있는 가장 효율적인 방법을 찾던 끝에 그 CD들은 시립도서관에 기증되었다. 문화체육부는 2차로 비디오 테이프들을 보내주겠다고 했다. 부디 우리 문화를 너무 반지르르하게만 소개하는 테이프만 보내지 말고, 원시적인 부분까지도 속속들이 보여주는 진솔한 기록영화나 문화영화 같은 것도 당당하게 함께 보내주었으면 좋겠다.

<서편제>와 문화외교

국제결혼

"어떻게 미국사람과 결혼하게 됐습니까?"
처음 만나는 사람들이 많이 던지는 질문이다.
"결혼하겠다고 작정해 놓고보니 미국사람이더군요."

거짓말 같겠지만 사실이 그랬다. 연애시절 두 사람의 조상과 국적이 다르다는 것을 구체적으로 의식한 적이 전혀 없었다. 결혼을 약속한 후 그를 부모님께 소개할 때가 되어서야 참 이 사람이 미국사람이었지 하는 생각이 들었다. 그 때부터 부모님이 반대하시면 어쩌나 염려하기 시작했던 것이다. 그 때서야 우리는 국제결혼의 장점과 단점을 점검하면서 문화의 차이에서 비롯될 상황들도 이모저모 예상해 보았다. 다행히도 부모님은 결혼을 쉽게 승낙해주셨다. 반 년 후 결혼식장의 주인공이 된 우리는 양부모님과 친지들 앞에 서서 문화의 차이 때문에 어려운 일이 생길지라도 사랑과 이해심으로 극복해 나가자고 굳게 다짐하였다.

결혼 5주년을 맞는 지금 우리는 결혼 전에 예상해 보았던 장점과

미국에 대해 알게 된 두세가지 것들

단점들이 무지에서 비롯된 관념적 발상에 불과했다는 것을 배웠다. 문화의 차이로 빚어지는 마찰이야 서로 가르치고 이해시키면 된다고 믿었던 생각 자체가 문제의 초점에서 완전히 벗어난 막연한 발상이었다는 것을 깨달은 것이다.

개인의 사고와 행동은 그들이 접하면서 자란 문화, 가풍, 개인적 경험과 지식에서 비롯된 가치관, 성격 등이 각각 그 성분을 분석하기 어렵게 어우러지면서 구성된다. 그래서 문화가 다른 두 사람이 함께 생활하면서 빚게 되는 마찰을 요것은 문화적 차이의 문제, 조것은 가치관 차이의 문제라고 언제나 두부 자르듯 깨끗하게 선을 그으면서 분류할 수는 없었다.

그렇다고 해서 단순히 문화적 차이로 생긴 충돌이 전혀 없었다는 것은 아니다. 그런 일들은 주로 결혼 초에 많이 있었다. 하나의 문화를 대변하는 것으로 볼 수 있는 예절, 감정 표현법 등에서 비롯된 것들이었다. 결혼 전에 대충 예상할 수 있었던 부딪힘들이었으며, 그래서 결혼 전에 다짐했던 것처럼 몇 번의 시행착오와 대화를 통해 곧 이해하면서 넘어갈 수 있는 일들이었다.

그 한 예로, 우리의 '큰절'이 그를 난감하게 만든 경우가 있었다. 미국에서 치른 결혼식 때 폐백을 하지 않아서, 그는 물론 나까지도 전혀 생각해본 적이 없던 큰절이 고국으로 신혼여행을 가서 문제가 된 것이었다. 큰절의 동작은 서양인들에게는 스스로의 인권을 포기한다는 모욕적 몸짓과 다름없다. 두 다리를 벌리고 우뚝 선 사람의 다리 사이를 기어나가는 동작과 같다고나 할까?

공항을 나와 친정집에 들어서자마자, 나는 오랜만에 뵈면 으레 그랬듯이 부모님께 큰절을 받으시라고 했다. 함께 큰절을 드리자며 그에게 눈짓을 보내다보니, 큰절이 무엇인지 몰라 어리둥절해 있는 미

국인이 옆에 서 있는 것이 아닌가! 절을 받자고 앉아 계신 부모님 앞
에 서서 나는 재빨리 그에게 큰절의 의미를 설명해주고 절하는 법을
대충 가르쳐준 다음 어서 절을 드리자고 했다. 얼굴이 벌겋게 달아오
른 그가 넙죽 엎드려 공손하고 멋있게 큰절을 끝냈다. 부모님은 맏사
위의 큰절을 받으시며 우리 미국 사위는 절도 잘 한다며 대단히 흡
족해 하셨다.

　그 날 밤, 그는 일생일대 처음으로 인간적 모멸감을 느꼈다며 투
덜거렸다. 너무나 갑작스럽게 당한 일인데다가 장인어른과 장모님
앞이었기 때문에 단지 한 나라의 예절일 따름이라는 생각으로 솟구
치는 모멸감을 꾹꾹 눌러가며 큰절을 했다는 것이었다. 왜 좀 미리
말해주지 않았느냐고 내게 따지던 그는 '하기야 미리 알았더라면 안
한다고 했을 텐데 뭐' 하며 혼잣말로 중얼거렸다.

　나로서는 해줄 말이 없었다. 나 역시 한국의 예절이기 때문에 해
야 한다는 말밖에 무슨 말을 더 할 수 있었겠는가? 그 사실을 너무나
잘 알고 있던 그는 그 날 밤 더이상 투덜거리지 않았다. 그는 자타가
이성적이라고 공인해주는 자신이 이 상황을 명쾌하게 받아들이지 못
한다는 스스로의 문제까지 끌어안고 끙끙거리면서 한국에서의 첫 밤
을 보냈다. 그렇지 않아도 시간차 때문에 잠을 이루기 힘들었던 그
날 밤, 나 역시 그가 밤새 뒤척이는 통에 거의 뜬눈으로 밤을 새웠다.

　한국에 머문 2주 동안 우리는 간간이 이 문제를 들먹이면서 계속
신경전을 벌였다. 떠나기 바로 전 날 내게는 숙부와 숙모나 다름없는
아버님 친구 부부께서 우리를 보러 오셨다. 아무 것도 모르시는 부모
님은 그 분들도 부모님과 다름없으니 큰절을 드리라고 하셨다.

　내일 공항으로 나서기 전에 부모님께 다시 큰절을 무사하게 올리
려면 오늘 밤 그를 확실히 설득해야 한다는 생각에서 하루종일 벗어

미국에 대해 알게 된 두세가지 것들

나지 못했던 나는 아뿔싸 여기서 이렇게 당하는구나 싶었다. 그의 입장에서는 부모님은커녕 처음 본 사람들이니 설상가상이 아니었겠는가? 우리는 엉겹결에 그 분들 앞에 세워졌다. 하도 난감하여 그의 눈길을 피한 채 절할 것처럼 방바닥만 내려다보며 이 일을 어쩌지 하며 서 있는데, 그가 먼저 손을 척 이마에 갖다 대고 넙죽 엎드리는 것이 아닌가? 나는 그 순간을 놓칠세라 엉겹결에 그를 따라 큰절을 끝냈다. 절을 끝낸 그는 나를 보며 시원하게 씩 웃어보였다.

그 날 밤 그는 2주 동안 한국에서 생활을 하고 나니 큰절의 의미를 가슴깊이 받아들일 수 있게 되었다며 너무 속좁게 행동했던 자기를 용서하라면서 내게 사과까지 했다. 그리고 다음날 그는 장인어른과 장모님께 진심에서 우러나오는 '큰절'을 드리면서 아쉬운 마음으로 미국을 향했다.

이처럼 단순히 문화의 차이로 빚어진 상황들은 금세 소화해낼 수 있었다. 그러나 단지 문화의 차이 때문이라고 상황 설명을 해주며 이성적으로 이해하기를 바랐지만, 오랫동안 서로의 입장을 받아들이지 못해 애를 쓴 경우가 훨씬 많았다. 그 당시에는 잘 몰랐으나 나중에 생각해보니, 겉으로는 단순히 문화의 차이 때문인 것처럼 보이지만 사실은 각자의 가치관 차이 때문에 생긴 일들이었다.

아이를 낳았을 때가 바로 그런 경우였다. 한국에서는 딸이 아이를 해산하게 되면 으레 친정 어머니가 해산 후의 뒷바라지를 맡는다. 어머니들은 출가한 딸은 물론 새 손주까지 혼자 독차지하면서 오랜만에 다시 엄마 노릇을 하는 기쁨과 자랑스러움으로 그 힘든 일들을 웃으면서 해내신다. 나의 친정 어머니께서도 큰딸의 첫 아이를 받으실 기대를 잔뜩 안고 조산이라도 할까 염려하여 일찌감치 서울에서 날아오셨다. 남편은 그런 장모가 여간 고맙지 않았다. 그러나 그것은 순전히 자기 나름대로 생각했던 장모의 역할에 대한 고마움이었다.

우리는 분만 예정일을 몇 달 앞두고 임신한 부부들을 위한 'La-maze(라마즈)' 교육를 받았다. 남편이 진통에서 분만 때까지 아내 옆에 있으면서 아내가 정신적·육체적으로 덜 힘들게 도와줄 수 있는 방법을 배우는 것으로 부부가 함께 수강하는 교육이었다. 총 8시간짜리 강의로 일 주일에 한 번씩 갔다. 어쨌든 분만에 도움이 된다니까 하는 막연한 생각을 안고 가는 나와는 달리, 그는 아주 진지하게 강의에 임하면서 노트 정리도 열심히 했다.

어느 날 아침 어머님이 한 달 후에 도착하실 것이라며 전화를 주셨다. 그 날 저녁 '라마즈' 강의가 있었다. 진통이 시작됐을 때 필요한 조치 따위를 배우는 강의 도중, 아이를 받는 사람이 어머님이 아니라 남편이라는 생각이 들면서 정신이 번쩍 들었다. 그즈음 나는 배가 점점 더 불러가고 있었고 또 열심히 '라마즈' 강의를 듣는 그를 지켜보면서도 아이를 낳는다는 사실이 현실처럼 느껴지지 않아 막연하기만 했다. 그런데 진통을 줄일 수 있다는 자세를 연습한답시고 그와 함께 바닥에 비스듬히 누워 부른 배와 베개를 앞뒤로 끼고 있던 중 갑자기 분만의 현장이 구체적인 그림이 되어 가깝게 다가왔던 것이다. 그리고 그 그림 속에는 그가 아이를 받고 있었다.

가슴이 덜컥 내려 앉았다. 나의 어머니는 자식이 다섯이나 되어도 한 번도 당신이 직접 손주를 받아 볼 기회가 없으셨다. 속마음으로는 이번 기회를 절호의 찬스로 여기고 7천 마일을 멀다 않고 날아오시는 것일 텐데 어떻게 그런 어머님께 아이는 당신 사위가 받을 테니 당신은 저쪽에서 기다리세요 하고 말씀을 드린단 말인가? 너무도 답답하여 아이받는 시늉을 하는 그에게 뚱딴지처럼 묻고 말았다.

"아이는 누가 받지?"

그는 분만의 장소란 부부가 사랑을 나눈 결과가 물리적으로 적나

미국에 대해 알게 된 두세가지 것들

라하게 드러나는 곳이기 때문에 분만 때에도 사랑을 나누던 때와 마찬가지로 부부만의 프라이버시가 있어야 한다고 간단명료하게 말했다. 의사와 간호원이 동참하는 것은 어쩔 수 없다고 덧붙였다. 그는 또 새 생명이 처음으로 세상에 몸을 드러내는 순간 아비가 제 분신을 제 손으로 받아내는 행위는 부자로서 맺어진 그 연(緣)을 경건하게 축하하는 행위라고 했다. 아비가 어미와 연결된 자식의 탯줄을 자르는 바로 그 순간부터 아비의 영원한 책임이 시작되는, 상징적이고 싱스러운 의식이라고도 했다. 짝이 되어 모든 것을 함께 나누기로 한 부부인데 평생의 반려자가 그 고통을, 그것도 둘이 만들어 놓은 일의 뒷처리를 혼자 겪게끔 놔두는 사람들을 조금도 이해할 수 없다고도 했다.

그의 말은 조금도 이치에 어긋나지 않았다. 내 어찌 그 말을 감히 부인할 수 있었을까? 가족에 대한 철저한 책임감을 열변할 때는 너무도 감동한 나머지 눈물까지 흘렸는데…. 그러나 어머님을 섭섭하게 한다는 것이 영 마음에 걸려 넌지시 내가 겪는 상황을 그에게 설명하지 않을 수 없었다. 내 말을 듣고난 그는 참석하지 못할 사정이라면 어쩔 수 없겠지만 자기는 이 분만의식(?)을 그렇게 쉽게 망가뜨릴 수 없다고 했다. 그는 아무리 관습이 그렇다 하더라도 어머님이 오신 후 우리의 생각을 말씀드린다면 개방적인 분이라서 충분히 이해해주실 것이니 걱정말자며 오히려 나를 설득하려 했다. 그러나 나로서는 그런 말씀을 드린다는 것만으로도 불효를 저지르는 것만 같았다. 그 의견의 차이가 문화의 차이 때문이라고 쉽게 생각했던 나는 시간만 나면 설득작전을 벌였다. 그는 조금도 물러서지 않았다. 우리는 어머님이 오실 때까지 가끔씩 그렇게 실랑이를 벌였다.

예정일을 한 달 반 남겨놓고 드디어 어머님이 아기 배내옷, 장난감, 이불, 미역 등을 꾹꾹 눌러 싼 이민가방 바퀴를 힘겹게 굴리시며 공항에 도착하셨다. 짐을 푸시면서 아기용품 이것저것을 꺼내시는 어머님은 너무도 즐거우신 듯했다. 며칠 후 '라마즈' 강의를 들으려 집을 나서면서 어머님께 그 강의에 대한 설명을 해드렸다. 어머님은 어찌 남편을 분만실까지 들여보내 그 해괴한 장면을 적나라하게 보일 수 있냐며 말도 안 되는 소리라고 하셨다. 나중에 후회하지 말고 그것만큼은 못하게 하라며 충고까지 하셨다. 전통과 경험으로 확고한 당신의 그 생각과 기대를 바꾼다는 것은 아무래도 불가능해 보였다.

결국 나는 어머님이 여생 동안 지니고 사실지도 모를 '섭섭함'을 모르는 체하기보다는 또 한 번의 기회가 주어질지도 모를 남편의 '희망'을 꺾기로 작정했다. 그래서 한국인의 관습 운운하면서 남편에게 포기해달라고 단도직입적으로 부탁했다. 그는 미국에서도 남편이 분만실에 들어가기 시작한 것이 얼마 되지 않아 아직도 분만실 들어가기를 꺼리는 미국 아빠들이 제법 있다면서, 그것은 한국인만의 관습이기보다는 어쩌면 세계적 관습이라고 했다. 자기가 원하는 방법은 순전히 자기 개인의 생각이라면서 정 그렇다면 둘째 아이는 어머님이 받으시도록 하자고 했다. 아마도 그로서는 그것도 대단한 제안이었으리라. 그러나 어머님의 여생 속에 자식으로부터 받은 섭섭함 혹은 배신감을 남기는 오점을 찍지 않겠다는 각오가 단단했던 나는 거기서 그냥 물러서지 않고 계속 버텼다. 그도 막무가내였다. 오히려 어머님께 빨리 말씀드려 일찌감치 마음의 준비를 시켜드리자고 보챘다.

웬만한 일은 솔선해서 양보해주는 사람이었기에 더욱 섭섭하고 답답했다. 아니 어쩌면 내가 진정 답답했던 사람은 그가 아니라 나 자신이었는지도 모른다. 속으로는 그의 소원에 동감하면서 겉으로는 그렇게 하지 말자고 억지를 쓰는 나 자신의 비겁함에 대한 섭섭함이

미국에 대해 알게 된 두세가지 것들

라고나 할까? 자식의 의견과 권리는 전혀 무시된 채 무조건 '효(孝)'
를 다해야 한다는 우리의 관습에 묶여, 제 분신을 뜻있게 거두고자
하는 아비의 소원을 묵살하는 내 행위에 대한 울분일 수도 있었다.
만약 설명을 드린다면 우리를 충분히 이해하시고 동조해주실 수도
있는 어머님인데도, 만에 하나 동조는커녕 섭섭해 하실까 두려워 쉬
쉬하는 유아적 모녀관에서 벗어나지 못한 내 미성숙에 대한 자괴감
이었는지도. 어머님은 한 지붕 밑에서 우리가 이런 문제로 고심하는
줄을 전혀 모르고 계셨다. 그렇게 하루하루를 미루다가 아무 진전 없
이 분만 예정일 하루 전 날이 되고 말았다.

'라마즈'의 마지막 과정인 병원 견학을 마친 후 우리는 어머님의
양해 아래 우리 일생의 마지막이 될 '2인 가족' 데이트를 했다. 식당
에서 식사를 거의 마쳐갈 때쯤 진통이 오기 시작했다. 곧 집으로 돌
아왔으나 밤이 될 때까지 진통 간격이 불규칙하자 어머님은 진짜 진
통이 아니라면서 느긋하게 잠자리에 드셨다. 곧 5분 간격으로 진통
이 오기 시작해서 병원에 전화를 걸었더니 당장 오라고 했다. 그는
미리 준비해 놓은 목록을 점검하면서 대충 싸놓은 가방을 마저 쌌다.

매일 식사준비, 청소 등을 해주시느라 피곤하셨던 어머님은 그 때
이미 코까지 골며 주무시는 중이셨다. 그가 어머님을 깨웠다. 우리는
곤한 잠에서 막 깨어나 얼떨떨해 하시는 어머님을 집에 그냥 남겨둔
채 허둥지둥 우리끼리 집을 나와 버렸다. 오랫동안 우리를 힘들게 했
던 문제가 경황이 없는 와중에 그렇게 풀려나가고 있었다. 어떻게 해
서든 막아보려고 했던 '불효'쪽으로 일이 풀려나가고 있었지만 반죽
음이 되도록 아팠던 당시의 나는 그런 것을 생각할 염두조차 없었다.

병원에 도착한 후 곧 분만실로 들어간 나는 '라마즈'를 통해 숙련
(?)된 그의 솜씨 덕분에 편한 자세 속에서 그가 맞춰주는 호흡을 크
게 들이쉬고 내쉬며 진통을 견뎌나갔다. 할일이 없어진 의사와 간호

국제결혼

사가 분만실 한 켠에 앉아 커피를 마시고 노닥거리면서 매일 당신들 같은 부부만 오면 좋겠다고 말할 정도로 우리는 우리끼리 아이를 낳고 있었다. 새벽에 그는 소원대로 부부의 프라이버시가 최대한으로 허용된 상태에서 자기 손으로 아이를 받았고, 자기 손으로 탯줄을 끊었다.

아이 받는 의식(?)이 끝나는 즉시 그는 어머님께 전화하여 만사가 잘 끝났다고 보고를 드렸다. 나는 그렇지 못했는데, 그는 그 밤 내내 어머님을 생각하고 있었던 모양이다. 이른 아침에 어머님이 시어머님과 함께 밥과 미역국을 들고 병원으로 오셨다. 어머님은 식지 않게 겹겹으로 싼 음식 그릇을 내 앞에 가지런히 놓으셨다.

내가 먹기 시작하는 것을 확인하신 어머님은 내 옆에 누인 아기의 얼굴을 다시 한 번 자세히 들여다보시더니 아기의 옷을 풀어 온몸을 발가락까지 조심스럽게 살피시고난 다음 빙그레 웃으시면서 다시 옷을 입히셨다. 아무래도 이상하게 생각되어 왜 그러시느냐고 여쭈니 아이의 몸이 완벽히 정상인가를 점검해보신 것이라 하셨다. 내 자식이었지만 내 생각은 거기까지 미치지 못했는데 하는 생각이 들며 그제서야 어젯밤 분만실에서 어머님을 따돌렸다는 생각이 들었다. 당신이 주도해야 할 장면에서 완전히 따돌림을 당한 채 말도 안 통하는 객지의 빈 집에 혼자 앉아 서늘한 가슴을 안고 긴 밤을 지내셨을 어머님의 심정이 가슴에 와 닿았다. 갓난아기는 추우면 안 된다고 온몸을 이불로 싸서 꽁꽁 싸돌리시는 어머님의 하얀 머리카락이 무심치 않게 눈에 띄었다. 나는 목이 메어 밥을 넘길 수가 없었다.

부지런히 먹어두라는 어머님의 성화 속에 식사를 마치자, 힘을 잔뜩 썼으니 이제 잠이나 실컷 자두라며 나를 침대에 누이셨다. 그리고는 찬바람 들면 평생 고생한다며 이불을 꼭꼭 덮어주셨다. 잠결에 팔과 등을 쓰다듬어 주시는 어머님의 손길을 가끔 느낄 수 있었다.

미국에 대해 알게 된 두세가지 것들

그 때를 생각하면 나는 지금도 가슴이 저리다. 아버님마저 오랫동안 멀리 혼자 계시게 한 채 7천 마일 길도 멀다 않고 오신 이유를 너무나 빤히 알면서, 막상 분만 시간이 되어서는 어머님을 혼자 집에 두고 저희끼리 병원으로 쫓아가 저희끼리 아이를 낳은 몹쓸 딸을 생각하면…. 내색은 전혀 안 하셨지만, 그 날 밤 내내 어머님의 마음도 내 몸 못지 않게 고통스러우셨으리라.

그 후 4년 동안 자기도 부모가 되어 자식을 키워본 남편은 본인이 아이를 직접 받은 일은 지금 생각해도 참 잘한 일이지만, 당시 제 욕심만 생각했지 장모님 심경은 전혀 헤아려드리질 못했다며 용서해달라는 간곡한 편지를 띄워야겠다고 입버릇처럼 말한다.

부부가 함께 아이를 낳는 미국인의 숫자가 한국인 쪽보다 많기는 하지만, 그의 말처럼 아직도 미국에는 분만실에 함께 들어가는 것을 어렵게 생각하는 미국 아빠들이 적지 않다. 그리고 아직까지는 주위 미국인들 중에서 남편처럼 분만 과정을 심각하게 생각하며 실천에 옮긴 사람을 본 적이 없다. 오히려 그런 사람도 있구나 하며 놀라는 기색을 보이는 사람이 많았다. 아기 낳는 관습에 대한 두 문화의 차이 때문으로만 여겼던 우리의 마찰은 분만을 우리보다 개방적으로 다루는 미국인들 중에서도 유별나게 독특했던 남편의 개인적 가치관에서 비롯된 그런 부딪힘이었다.

"영어를 아무리 잘 한다 해도 자기 나라 말처럼 할 수는 없을 텐데 매일 함께 생활하면서 의사소통에 어려움은 없습니까?"

두 번째로 많이 물어오는 질문이다.

"사랑하는 사람들은 말보다는 몸짓, 표정, 눈빛 등으로 대화하는 것 아닙니까?"

이것이 내 답이다.

여기서 '의사소통의 어려움'이란 단순히 언어에만 한정될 수도 있고, 문화를 포함한 상태를 말할 수도 있겠다. 문화에 대해서는 이미 언급했기 때문에 여기서는 단순히 '언어'라는 의미로만 해석해 보겠다.

말 속에 뜻을 전혀 모르는 단어가 하나 있다면 누구라도 그 말을 순간적으로 완벽하게 이해할 수는 없다. 사람들은 앞의 말을 그런 뜻으로 물은 게 아닐 것이다. 그런 뜻으로 물었다면 그건 영어를 외국어로 쓰는 내게 모르는 영어 단어가 없냐고 묻는 말과 같을 테니까. 미국에서 성장한 사람들도 모르는 영어 단어가 많다는데, 하물며 나 같은 사람이야 오죽할까?

나같이 한국에서 성장한 사람이 미국의 역사와 정서가 담긴 영어 단어와 그 용법들을 순간순간마다 완벽하게 이해하면서 산다고 말한다면 그건 새빨간 거짓말일 것이다. 그런데도, 의사소통이 안 되어서 힘든 적은 없었다고 하는 내 말은 거짓이 아니다. 그것은 물론 내가 영어를 완벽하게 잘 해서도 아니고, 한국말을 배우는 그가 한국말을 잘 해서도 아니다.

우리 부부는 상대가 쓴 단어나 문장이 잘 이해되지 않으면 그냥 넘어가질 않는다. 서로 물어보거나 사전을 찾으며 대충이라도 알고 넘어간다. 그렇게라도 이해하고 넘어가니까 이해되지 않던 잠시의 순간들이 어렵다고 느껴지지 않는 것 같다. 순간이나마 답답함을 느끼겠지만, 모르던 것을 곧 알게 된 만족감 때문에 전혀 그것을 못 느끼며 지나치는 것인지도 모르겠다.

그래도 '고소하다' 같은 말의 의미 전달은 결코 쉽지가 않다. 남편은 그 말에 대한 설명을 처음 들었을 때, 그런 게 있나보다 하며 눈을 멍하게 뜨고 고개를 끄덕였다. 그후 기회 있을 때마다 참기름을 찍어 먹던 그는 이제 '고소한 맛'이 어떤 맛인지 확실히 안다. 우리

미국에 대해 알게 된 두세가지 것들

민족, 특히 여성을 대표하는 말의 하나인 '한(恨)'이라는 말도 마찬가지다. 그는 이제 고개가 절로 끄덕여질 만큼 '한'을 아주 그럴 듯하게 묘사해낸다. 아무리 그렇다 해도 그가 그런 말들 속에 있는 우리 정서의 깊이를 완벽하게 다 이해한다는 것은 어쩌면 영원히 불가능한 일일지도 모른다(아주 불가능하다는 얘기는 아니다). 그렇다 해도 할 수 없다. 사랑을 앞세워 국적을 가리지 않고 합쳐진 이 마당에, 그만큼이나 서로의 말을 이해하려고 노력하면 되었지 그 이상을 어찌 더 바랄 수 있단 말인가? 그래도 불평을 한다면 그건 너무 무책임한 배우자의 모습일 것이다.

부부 사이에 쓰이는 언어는 사실 표현수단의 일부에 불과하다. 앞의 내 대답은 다음과 같은 일화에서 비롯되었다. 결혼한 후 몇 개월이 지난 어느 날 나는 영어로 말할 때 문장의 끝을 깨끗하게 끝내지 않는, 전에 없던 이상한 버릇이 생긴 것을 깨달았다. 남편에게 말을 했더니, 문장을 다 끝내지 않는 것은 물론 문법도 날이 갈수록 더 헷갈리는 걸 느끼는 중이지만 자존심 상할까봐 입을 다물고 있었다며 놀려대는 것이었다. 결혼하여 둘이 함께 살면 내 영어 실력도 남부럽지 않게 되리라고 자타가 믿었던 사실이 실현되기는커녕 오히려 반대가 되어가고 있었던 것이다. 나름대로 이유를 분석해본 결과, 우리는 다음과 같은 결론에 도달했다. 그가 이제 남편이 되었다고 해서 나는 더이상 문법에 신경쓰지 않고 입에서 나오는 대로 말했던 것이다. 게다가 같은 학교, 같은 과를 다니고, 같은 사무실에서 일하면서 거의 24시간을 같이 생활하다보니 내가 무슨 말을 하려고 하면 그가 이미 내 말하고자 하는 바를 알아채고 내 말이 끝나기도 전에 대답하곤 했던 것이다. 아마도 국적을 막론하고 함께 생활하는 시간이 긴 부부는 다 경험하는 바일 것이다.

다행히도 그런 과도기가 지났는지 이제 그는 지금의 내 영어가 결혼 전보다는 좀 낫다고 해준다. 아직도 내 영어가 그의 영어에 비길 바가 아니고 그의 한국어가 나의 한국어에 비할 바는 아니지만, 우리는 아무 불편 없이 다른 부부들처럼 서로에게 하고픈 말을 다 하면서 산다. 때론 여느 부부처럼 욕지거리도 한다.

더 나아가 '수다 떨기'가 우리의 공동 취미생활 중의 하나일 정도다. 저녁에 아이가 잠들고 나면 한 시간만 얘기하자고 해놓고도 한밤중이 되도록 수다를 떤다. 그래도 할 말을 다 마치지 못해 내일을 위해서라도 자두자며 아쉬움을 안고 잠자리에 드는 날이 거의 매일일 정도다. 요즘 들어서야 이 '수다 떨기'가 단순한 취미생활만이 아니라는 생각이 든다. 일종의 필수요건으로서 두 문화의 차이를 좁히기 위해 처음부터 자연발생적으로 시작된 것은 아니었을까? 살아온 문화가 달라도 함께 살기로 약속한 우리가 동질감을 넓히고 궁금증을 벗겨내기 위해 개발해야 했던 결혼생활의 한 부분이었던 것 같다. '대화를 이해하기 위한 대화'라고나 할까?

사실 나는 아직도 부족한 영어실력 때문에 애통해 하는 때가 많다. 하지만 그것은 단지 영어가 모국어가 아니어서 생기는, 미국 사회에서 외국인으로서 갖게 되는 내 개인의 문제이지 결혼생활과는 전혀 별개의 문제이다. 남편이 미국 사람이라는 사실은 오히려 그 애통함의 희석제 역할을 해주는 때가 많다. 결혼생활을 통해 그에게서 배우는 영어 어휘와 미국에 대한 지식이 서서히 애통함을 느낄 만한 요인들을 없애주기 때문이다. 게다가 마침 그도 한국어를 배우느라 고생하는 터라 내 언어적 장애를 이해하면서 위로와 격려를 해주기 때문이기도 하다.

"음식이 서로 안 맞을 텐데 식사하기가 힘들지는 않으세요?"
세 번째로 잘 듣는 질문이다. 팔자인지 천생연분인지 그는 불고기

미국에 대해 알게 된 두세가지 것들

와 잡채는 물론 김치, 육개장, 마늘쫑까지도 찾아가며 먹을 만큼 한국 음식과 매운 음식을 좋아한다. 생선회를 먹어도 간장에 겨자를 잔뜩 섞어넣어 코가 찡한 것은 물론 눈물까지 짜놓는 희열을 느껴야만 잘 먹었다고 하는 것이다.

우리 한국인들은 고추장과 김치를 먹으면서 마치 매운 음식 먹는데에 세계적 특허를 낸 민족인 양 자부심이 대단하다. 그래서 어쩌다 서양인들이 매운 고추장과 김치를 먹는 것을 보면 깜짝 놀란다. 사실 매운 음식을 좋아하는 미국인들도 많은데 말이다. 나의 친정 부모 역시, 안 그래도 매운 비빔냉면에 고추장을 두어 숟갈 척 더 얹어 비빈 다음 땀을 뻘뻘 흘리며 먹고 있는 미국 사위를 보고는 깜짝 놀라신다. 작년에 보고 깜짝 놀라셨으면서도 언제 보았느냐는 듯이 금년에도 또 깜짝 놀라시는 것이다. 내년에도 또 놀라실 것이다.

매운 음식이라면 그를 따라갈 수가 없지만, 역시 팔자인지 천생연분인지 나도 미국 음식이라면 냄새가 어지간히 독한 블루치즈는 물론 우유가공 식품에 절여놓은 날 생선까지도 제법 맛을 알면서 먹을 정도로 서양 음식을 좋아하는 편이다.

우리 아이는 또 어찌 되었는지 미국 음식도 아주 잘 먹고, 제 아빠는 물론 제 엄마도 안 먹는 멸치 볶음까지 해달라고 엄마를 볶을 정도로 한국 음식도 좋아한다. 그래서 우리 식구는 다행히 어떤 국제결혼 가족처럼 한 상에 꼭 2개국 음식이 있어야 하는 불편함은 없다. 혹 2개국 음식이 동시에 밥상에 오르기라도 하면 각자 쥔 포크와 젓가락이 양국간의 음식을 바쁘게 오가는 형편이다.

오래 전에 한 한국 친구의 어머니가 결혼은 동요를 같이 부를 수 있는 사람과 해야 한다고 하셨다. 최소한 어린 시절만큼은 같은 문화권에서 자란 사람과 결혼을 해야 결혼생활이 무난할 것이라는, 경험에서 비롯된 말씀이었을 것이다.

성공적 결혼을 변수가 둘인 형이상학적 일차방정식(? : X+ Y+3
=20)쯤으로 본다면 어떨까? 알고도 모르는 게 사람 속이라니까 사
람을 변수 X와 Y로 본다면, '성공'이란 답(20)을 만드는 그 쌍의 값
은 여러 모양일 수 있다. 그러나 그 값은 두 변수의 밀접한 상관관계
에서만 비롯된다.

변수 둘이 동일한 문화권에서 성장했다는 사실이 그 값을 구하는
데 큰 도움이 된다는 것은 누구도 부인할 수 없을 것이다. 두 변수의
공통 분모가 같다는 정도의 힌트를 제공해주는 것과 같을 테니까. 변
수의 정체가 밝혀질수록 그 계산이 점점 수월해질 수 있으니까 충분
히 공감이 가는 말씀이기는 하다.

그러나 서로 다른 분모를 지닌 두 인간 변수라 해도 나름대로 고
유한 상관관계를 개발하면서 방정식의 답을 만족시키는 고유한 값을
찾아낼 수도 있는 것이다. 어쩌면 오히려 기대 이상으로 얻어진 훌륭
한 형이상학적 계산법으로 보다 정확하고 아름다운 값을 얻을 수도
있을 것이다. 그런 가능성을 무조건 배제하는 것은 인간에게 주어진
형이상학적 권리와 의무를 무조건 포기하는 것과 같다. 정확한 값을
얻는다는 보장도 없으면서 '안전'을 기해 애초부터 변수에 고정관념
같은 조건을 달아놓는다고 하여 지혜롭다고만 볼 수는 없는 것이다.

게다가 지구촌은 벌써 오래전부터 다분화되기 시작했다. 우리 단
일민족의 문화조차 사회계층별로 제각기 발달되어 온 지 오래다. 그
것도 옛날처럼 천천히 발달하는 것이 아니라 초고속으로 발달한다.
그런 요즘 같은 시대에 같은 대한민국 안에서 살았다고 해서 같은
문화권에서 성장했다고 장담할 수 있을까?

문화와 언어가 다른 부부라고 하여 그렇지 않은 부부보다 결혼생

미국에 대해 알게 된 두세가지 것들

활이 더 힘들다는 말은 미신이다. 결혼이란 어느 부부에게나 똑같이, 개성이 다른 두 사람이 만나 둘에게 주어진 여백에 각자 지닌 고유한 색채를 섞어가며 하나의 그림을 만들어내는 것일 뿐이다.

배우자가 외국인이건 아니건 사랑으로 묶인 두 사람이 그려나가는 이 그림은 대개 작게는 습관과 취미의 차이, 크게는 성격, 가치관, 관심사 등의 차이에서 생기는 크고 작은 충격(충돌)으로 시작된다. 어느 정도 시간이 흐르면, 상대가 이만큼만 내 것을 인정해준다면 나도 적당히 만족하겠다는 직징선의 위치를 합의하게 되는 시기가 온다. 가끔 어느 한쪽으로 너무 치우치는 경우도 있지만, 대개는 그 적정선을 지키며 살다 점점 길들여지게 된다. 습관, 취미, 성격, 가치관, 관심사, 이 모든 것들이 알게 모르게 그 선에 걸맞게 고쳐지게 되는 것이다.

그런 결혼생활에서 무엇이 가장 중요한 비중을 차지하는가는 사람마다 다르다. 서로의 정신적·사회적 성장을 끊임없이 격려하는 사랑과 인간적 존경심, 숨기고픈 내 자아의 어두운 부분을 보여주어도 부끄러움을 느끼지 않을 수 있는 신뢰감, 함께 즐기는 취미생활이 주는 공감대, 혹 취미생활을 함께 나누지 못하는 경우라면 상대의 취미생활에 대한 이해, 이런 것들이 결혼의 핵심 요소들인 것 같다. 적어도 이런 요소들이 갖춰진 결혼이라면, 두 사람이 지닌 문화의 상이함은 오히려 그 부부가 만들어내는 삶의 폭을 더욱 넓히는 무한한 가능성을 끌어낼 수도 있을 것이다.

국내결혼(?)을 한 어느 동네 한인회 회장이 국제결혼한 사람들에게 한 마디 하는 것을 들은 적이 있다. 자기는 동족과 결혼했을 뿐만 아니라 남자인데도 문화가 다른 이국에서 사는 것이 쉽지 않은데, 특히 여성들은 외국에서 외국 사람과 외국어로 살아가야 하니 얼마나 어렵겠느냐며 대견스럽다고 했다. 그는 또 2백 년 짧은 역사를 지닌 미국인들이 5천 년의 자랑스러운 역사를 지닌 한국인과 결혼함으로써 이제 대한민국의 역사에 편입된 것이니, 우리들이 배우자에게 우리의 문화를 열심히 가르쳐 그들을 우리 쪽으로 흡수해야 한다고 했다.

국제결혼한 한국인들은 가끔씩 같은 동포들로부터 그런 얘기들을 듣는다. 그러나 주위를 돌아보면 국제결혼한 남녀 교포 대부분이 국내결혼한 교포들보다 더 쉽게 미국 문화에 적응, 융화하며 사는 것 같아 보인다. 미국인 배우자로부터 많은 정보를 얻고 배우자의 친척들과 접할 기회를 많이 가지면서 미국 문화의 구석구석을 직접 경험하기 때문이다. 더욱이 여성들은 미국 문화의 'Lady First(레이디 퍼스트)'적 관습을 즐겨가면서.

외국에서 소수민족으로 살아야 하는 사람들은 가끔씩이나마 민족적 긍지와 자부심을 확인해야 할 필요가 있다. 자신의 뿌리인 자기 민족과 역사를 되돌아보면서 스스로의 존재를 확인하고 전 인류적 시야를 넓혀간다. 그러나 자칫 그릇된 역사 이해로 인해 자기 민족의 우월성만을 고집하는 우리 스스로의 모습을 발견할 때면 씁쓸하지 않을 수 없다.

외국에서 그것도 외국인과 살아가는 삶은 내 소견과 생활의 범주를 확실히 넓혀주는 것 같다. 김치와 청국장을 올려놓은 밥상 위에 개밥같이 보이는 서양요리와 냄새 지독한 치즈도 함께 놓고 먹다보니(음식처럼 민족적인 것은 없는 것 같다), 내 집에 깃든 두 문화 말고 또 다른 문화에 대한 호기심까지도 발동하는 것이다.

그래서 우리 식탁에는 우리와 다르게 생긴 사람들이 자주 합석을 한다. 우리의 음식과 그들의 음식을 놓고 마주앉아 그네들에게 내 나

미국에 대해 알게 된 두세가지 것들

라 역사, 문화, 생활을 애기해준다. 그네들로부터는 그네들의 애기를 듣는다. 내 혼이 운명적으로 들어앉게 된 '한국인'과 한국 역사의 연대기 속에 눈, 귀, 마음 등을 통해 직접 보고 들으며 배운 타문화를 첨가하고 싶다. 그래서 나를 안고 있는 세계와 인류 전체를 보다 넓고 깊게 또 직접·간접적으로 만지고 이해하며 살고 싶다.

나는 가정이란 작은 울타리 속에나마 동서양의 문화를 담아놓고 생활할 수 있게 된 내 운명에 감사한다. 또 나와 내 배우자 사이에서 태어난 작은 열매 하나를 거두면서 두 문화를 양식으로 먹일 수 있음에 감사한다. 반은 미국, 반은 타국이라 해서 붙여진 'Half(반)'라는 별명의 혼혈보다는 온전한 한국 하나와 온전한 미국 하나를 소유한 'Double(둘)'의 혼혈로 성장할 수 있도록 최선을 다하고 싶다.

나는 또 바벨탑이 하늘에까지 닿는 것을 거부하신 창세기 11장의 '여호와'께도 감사한다. 하나님의 영역인 '하늘'을 넘본 건방진 '노아 자손의 족속들'을 벌하시느라, 한 가지 언어를 '혼잡케 하여 그들로 하여 서로 알아듣지 못하게' 함으로써 '거기서 그들을 온 지면에 흩으신' '여호와'의 그 저주가 없었다면 내 어찌 이런 행운을 맞을 수 있었겠는가.

국제결혼

'You'와 '너'

한국교포 1세의 대부분은, 자녀들이 자기들에게 'You'라고 지칭할 때 상당한 거부감을 느낀다고 한다. 특히 의견충돌이 생겼을 때, 그들이 영어로 따지고 대들면서 "You…, you…" 할 때는 감정을 억누르기조차 힘들다고 한다. 안 그래도 버르장머리 없이 어른 말에 대꾸하면서 따지고 대들어 화가 끓어오르는데, '엄마'와 '아빠'를 의미하는 'Mom(엄마)'과 'Dad(아빠)'는 놔두고 '너'를 의미하는 'You'를 쓰기 때문에 더욱 진정하기 힘들다는 것이다. 그럴 때면 오로지 자식들의 교육과 미래를 위해 조국을 떠나와 언어장애와 소수민족으로서의 서러움을 참아가며 열심히 살아온 세월이 그렇게 허무하게 느껴질 수 없다고 한다.

그러나 'You'의 어원을 따져보면 그같은 감정은 전혀 근거 없는 데서 비롯된 것이다. 고대영어의 2인칭에는 'You'와 'Thou'가 있었는데, 'You'는 우리말로 '당신'이란 존대와 복수의 의미였고, 'Thou'는 '너'라는 하대의 의미였다. 그러던 것이 현대영어에 이르러 'You'

미국에 대해 알게 된 두세가지 것들

만 2인칭으로 선택되어 사용되고 있는 것이다. 따라서 엄격하게 말하자면 'You'는 '당신'으로 번역되어야 한다. 어린이가 어른에게 말할 때는 물론, 어른이 어린이에게 말할 때조차도. 이런 배경은 잘 몰랐지만, 우리는 이미 중고등학교 시절 영어시간에 'You'를 '당신'으로 번역하라고 배운 적이 있다. 그런데도 우리는 지금 기분과 편리에 따라 어떤 경우는 '당신'으로, 어떤 경우는 '너'로 번역하면서 불공평한 상황을 빚어내고 있는 것이다.

격이 없는 동사를 쓰는 언어에서는 주어의 격이 존대형이면 문장 전체가 존대형일 수밖에 없다. 그런 의미에서, 'You'를 주격으로 많이 쓰는 영어에 존댓말과 하댓말이 없다거나, 혹은 하댓말만 있다고 믿는 우리의 통념은 올바르지 않다. 'You'의 쓰임새로 보아, 영어는 거의 존댓말이라고 봐야 하니까. 더 나아가 현재형 질문의 조동사 자리에 과거 조동사를 쓰면 존댓말이 된다는 해석도 사실은 단순한 존대형을 만들기 위한 것이 아니라, 이미 존대인 문장의 격을 더 높여서 고급 존대형을 만드는 것으로 봐야 할 것이다. 어쨌든 영어는 남녀노소 관계없이 누구에게나 평등하게 존대형으로만 쓰인다고 보는 게 옳다.

영어권 나라의 자녀교육은 자녀들을 유아기 때부터 부모와 동등한 위치를 갖는 인격체로 대하고, 부모와 자식간을 종적관계보다는 횡적관계로 유지하는 가운데 이루어진다. 누구에게나 똑같은 격을 쓰는 그들의 언어체계가 이 교육관과 필연적 관계를 갖고 있는 것은 아닐까 하는 생각이 든다. 한국에서 어린이들의 지위를 높이고자 애썼던 방정환 선생이 '어린이'라는 말을 만들면서 그들에게 존댓말을 해야 한다고 주장했던 것도 생각을 지배하는 말의 엄청난 힘을 믿었

'You'와 '너'

기 때문이라는 생각과 함께…. 우리 조상들이 일찌감치 방정환 선생
의 조언을 받아들였더라면 재미교포 1세들이 타국에서 이런 일로 분
에 떨 이유가 전혀 없었을 텐데…. 어쨌든 우리 부모들이 자녀들에게
‘너’라는 의미로 쓰다보니 자식들로부터 ‘You’라고 불리면 곧바로
‘너’로 해석되어 신세한탄까지 하게 되는 것도 무리는 아니나, 그럴
때마다 미국에서는 꼬마아이들도 대통령을 면전에서 ‘You’라고 부
른다는 사실을 상기한다면 그 분함이 다소는 가시지 않을까 싶다.

어린이에게 반말을 하는 것이 우리 문화니까 어린이를 지칭할 때
‘너’라고 번역하는 것이야 충분히 이해가 간다. 그러나 ‘당신’이라고
번역하면 한국식으로도 훨씬 자연스럽고 부드러울 텐테도 굳이 ‘너’
라고 번역하는 사람들이 있어 옆에서 듣기에 좀 껄끄러운 경우가 종
종 있다. 예를 들면, 어떤 미국인이 초면인 한국인과 정중한 대화를
한다.

“Do you like this?”

“No, I don’t like it. Do you like it?”

좀더 대화를 나눈 후, 그 둘은 헤어진다. 그 한국인이 다른 한국친
구를 만나 한국말로 그 미국인과 만났던 일을 얘기해준다.

“걔가 ‘너 이거 좋아하니?’ 하고 묻더라. 그래서 ‘나는 그거 안 좋
아, 그럼 너는 이거 좋아하니?’하고 물었지.”

처음 만난 한국인들끼리라면 분명히 “댁(혹은 선생님, 형)은 이것
을 좋아하세요?”라 할 것이고, 미국인들끼리라도 처음 만난 사람한
테 무턱대고 하대를 하지는 않을 것이다(만약 영어에 하대가 있다 하
더라도. 한국말로 대화를 한다면 더욱 그렇겠고). 그러나 우리들 중
에는 앞의 예처럼 번역해서 대화의 분위기를 영 다르게 전하는 사람
이 제법 많다.

미국에 대해 알게 된 두세가지 것들

내용만 이해하면 됐지, 뭘 그리 따지냐고 할지도 모르겠다. 그렇기는 하다. 그러나 미국에 사는 한국 사람들의 말버릇을 전체적으로 잘 살펴보면, 그렇게 간단히 지나치기에는 고질적으로 특이한 면이 있다. '미국 사람들'이란 말보다는 '미국놈들', '애네들', '걔네들'이란 말이 자주 사용되고, '한국분'이란 말은 늘상 들어도 '미국분'은 한 번도 들어본 적도 해본 적도 없으며(이것은 미국인인 내 남편의 주장인데, 잘 생각해보니 나 역시 해본 적이 없다), '저기 미국 할머니 오신다'보다는 '저기 미국 할머니 온다'라고 말하는 버릇이 있다는 것 등이다. 종적(縱的)인 냄새가 물씬 나는 이런 말버릇은 단일 한민족에 뿌리를 내린 우리의 무의식적 우월감이나 자존심과 일맥상통하고 있는 것은 아닐까? 나라 안 곳곳에서 세계화를 외치고 있고, 나라 안 팎으로 한국말을 배우는 외국인들이 늘어나고 있는 이 시점에, 그런 버릇은 이제 고쳐야 할 때가 아닌가 싶다.

✿ 'You'가 상대에 존경을 표시하기 위해 'Thou' 대신 단수형으로 사용되는 현상은 중세영어(11~15세기) 초기에 시작되었다. 'Thou' 는 점점 사용의 폭이 좁아져서 친지, 아동, 사회적으로 열등한 사람들, 신(神)의 의미로만 쓰이게 되었다(신을 'Thou'라고 부르게 된 것은 신을 무시해서가 아니라 신과 인간 사이의 거리감을 없애기 위한 의도에서 비롯된 것이다). 'Thou'는 19세기에 이르러서는 거의 사용되지 않게 되며, 20세기 현재에는 성경, 찬송가, 기도문, 시 등에만 사용되고 있다.

미국인의 호칭습관

많은 영어전문가와 참고서들이 미국 사람들은 성과 이름을
같이 불러주면 불리는 쪽에서 거리감을 느껴 섭섭해 하니
나이의 고하를 막론하고 홑이름만으로 불러주라고 한다. 그
래서 우리는 미국인들을 만나게 되면 어색하더라도 초면부터 열심히
홑이름으로 불러준다. 사실 대개의 경우 그렇게 하면 무난하다. 그러
나 항상 무난한 것은 아니어서 전혀 의도하지 않은 무례한 경우를
빚어낼 수도 있으니 조심해야 한다. 나는 그런 경우를 당해 떨떠름했
다는 외국인들의 불평을 들은 적이 적지 않다. 한국에 머물고 있던
한 독일인의 글에서도 한국 사람들이 초면부터 자기 홑이름을 마구
불러대어 기분 나쁠 때가 많았다고 읽은 적이 있다. 어떤 미국대학
교수는 자기 강의를 듣는 한국 유학생이 개인적으로 찾아와 상담을
하는데 자기의 홑이름으로 불러가면서 얘기를 해서 기분이 언짢았다
는 말을 하기도 했다.

우리말의 2인칭에는 '당신' '너' '자네' 등이 있다. 그러나 '당신'

미국에 대해 알게 된 두세가지 것들

은 대화중 자연스럽게 쓰기 어색한 단어이고, '너'와 '자네'는 하대
에만 사용되는 단어여서 광범위하게 사용할 수 있는 공식적 2인칭은
없다. 그래서 우리는 남녀노소, 직위, 상대와의 관계에 따라 직장에
서는 직함으로, 일반적으로는 '선생님' '사모님' '댁' '자기' '거기'
'Mr. X(미스터 누구)' 'Mrs. X(미세스 누구)' 'Miss X(미스 누구)' 등
상황에 따라 적당하게 맞춰 쓸 수 있는 2인칭을 수없이 많이 개발하
여 쓴다. 그런데도 아직도 대화중에 상대에 대해 적절한 호칭을 찾지
못해 난감해 하는 때가 많다. 그러다보니 우리들은 몸짓 혹은 상대에
적절할 것 같은 간접적 호칭으로 어물쩡 상대의 주의를 끄는 기술에
익숙하다.

미국인은 우리와는 완전히 반대로 어떤 호칭을 쓰든지 되도록이면
한 번이라도 더 상대의 호칭을 말 속에 넣는다. 잘 모르는 사람에게
조차 이름을 기억할 정도의 호감이 있다는 것을 보이면서 거리감을
좁히고자 한다. 이름이나 알맞는 호칭을 일단 알게 되면 습관적으로
말 속에 그 호칭을 넣어주는데, 특히 'How are you, Mary?(안녕하세
요, 메리)' 'Hello, Mr. Brown?(안녕하세요, 브라운)' 같은 인삿말을
할 때 더욱 그렇다. 이런 인삿법은 대인관계에서 빼놓을 수 없는 아
주 중요한 습관으로, 직원들에게 이름을 잘 기억하는 법에 대해 특별
강의를 하는 기업체가 있을 정도다. 그러나 '안녕하세요?' 하고 마는
습관이 몸에 밴 우리로서는 의식적으로 노력하지 않는 이상 실천하
기 쉽지 않은 제스처다. 나를 만나면 항상 'Hi, Bo-Kyung(안녕하세
요, 보경)' 해주던 이름만 서로 알고 지내는 몇몇이 있었다. 아무 생
각 없이 우리식 대로 그저 'How are you?'라고만 응수했더니 나중에
는 그들 역시 'How are you?' 하고 마는 것이었다. 너무 미안한 생각
이 들어서 이번엔 내가 의식적으로 열심히 이름을 붙이면서 인사했

다. 그랬더니 그들도 다시 내 이름을 붙이면서 인사를 해주는 것이었
다.

우리들이 2인칭 때문에 여러 가지로 애를 먹는 데 반해, 영어에는
남녀노소 구별 없이 광범위하게 쓸 수 있는 'you'라는 2인칭이 있어
서 대화중 상대를 칭할 때는 미국식이 편하다. 많은 사람들이 우리
말 속에 'you'를 빌려 쓰는 것은 그런 이유 때문일 것이다(주로 동년
배나 아랫사람에게 쓰지만). 거기다가 처음 만나면서부터 아무에게
나 홑이름을 쓰라니 우리 같이 호칭에 어려움을 겪는 사람들에게는
아주 편리한 호칭법이 아닐 수 없다. 그래서 미국인들을 만나 호칭을
써야 할 경우 '홑이름 호칭'만큼은 철저하게 지켜주게 되는 것일까?
어쨌든 문제는 그런 보편적 정보를 확실하게 믿는 데서 야기된다.

미국 사람들은 대개 처음 만날 때 자기를 소개하면서 홑이름만 말
하거나 성과 이름을 함께 말한다. 홑이름만 말해주는 경우야 신경 쓸
것도 없이 처음부터 그렇게 불러주면 된다. 성과 이름을 말해주는 경
우 어떤 이들은 홑이름만으로 불러달라고 부언한다. 그렇게 말하지
않는 경우라도 대부분 그냥 홑이름만 불러주면 되지만 경우에 따라
눈치껏 호칭을 선택하지 않으면 손해보는 일이 생기는 수도 있다. 예
를 들어 회사간의 회의, 취업 인터뷰 등 공적으로 사람을 만나는 경
우이다. 동업을 추진하거나 사원을 뽑기 위해 사람을 처음 만났을 때
양해도 안 했는데 초면부터 홑이름을 부르면서 제 편한 대로 행동하
는 사람보다는, 홑이름으로 불러달라고 할 때까지는 'Mrs.' 'Miss'
'Ms.' 'Mr.' 'Dr.' 등을 써서 상대의 인격이나 사회적 위치를 존중할
줄 아는 신중한 태도의 첫인상을 남기는 사람에게 호감을 더 갖게 되
는 것은 어느 나라 사람이고 마찬가지일 것이다. 대개의 경우처럼 상
대의 제안으로 결국은 홑이름만을 부르면서 헤어지게 될지라도.

미국에 대해 알게 된 두세가지 것들

‘Mrs.’ ‘Miss’의 이용에 대해서는 더 자세히 알고 넘어갈 세태적 양상이 있다. 요즘은 큰 단체에서 오는 홍보용 편지들을 읽어보면 ‘Mrs.’와 ‘Miss’대신 ‘Ms.’를 쓴 것이 대부분이다. 남성의 경우는 결혼을 했건 안 했건 ‘Mr.’ 하나만 쓰면서 여성에게는 두 종류의 호칭을 두어 결혼 여부를 확실히 밝히게 만든 관습에 본격적으로 반발하는 페미니스트들에 의해 생긴 단어가 바로 이 ‘Ms.’이다. 남성의 총칭인 ‘Mr.’처럼 여성의 총칭으로 생겨난 ‘Ms.’는 이제 ‘Mrs.’와 ‘Miss’를 선호하는 보수적인 사람들마저도 껄끄러운 감정 없이 선선히 받아들이는 무난한 단어로 대중화되었다. 그러니 우리도 이런 호칭을 쓸 일이 생기면 어쩌다 활동적 페미니스트를 만나 공연히 알게 모르게 눈치받지 말고 ‘Ms.’를 써서 나중에 찜찜할 일이 없도록 하는 게 좋을 듯싶다.

학교 주위에서의 여성의 호칭은 아주 재미있는 현상을 보인다. 대개의 공사립 초등학교와 중고등학교에서는 학생들이 여자 선생님이나 친구의 엄마를 부를 때는 물론 선생님과 엄마들간에도 서로 ‘Mrs. 누구’라고 부른다. 학교내에서야 교육기관이라는 특수성 때문에 선생님과 엄마들의 품위를 살리고자 공식적으로 그렇게 쓰이지만, 요즘엔 ‘Mrs. 누구’ 하면 시대에 뒤떨어져 꼭 막히고 답답한 아줌마나 할머니를 연상하는 사람들이 많아졌다. 그래서 학교 밖에서는 점점 쓰이지 않고 있는 형편이다. 84세의 우리 옆집 할머니나, 42세의 그 옆집 아줌마도 여섯 살짜리 우리 아이에게 ‘Bertha(벌따)’ ‘Perrie(페리)’라고 불러달라고 할 정도니까. 쬐끄만 녀석이 ‘Bertha!’ ‘Perrie!’ 하면서 어른들의 이름을 마구 부르며 마당을 뛰어다니는 것을 보노라면 유교사상 속에서 ‘장유유서’를 확실하게 배웠던 나는 아무래도 마음이 불편하다. 그래서 ‘Aunt(아줌마)’를 이름 앞에 꼭 붙여서 부

르라고 했는데 또 잊어먹었냐고 아이의 머리를 쥐어박으면, 자기네
들은 그렇게 불리는게 더 좋은데 왜 애를 못 살게 구느냐며 가재미
눈을 한 채 째려보며 웃는다. 어쨌든 이런 풍조는 남자, 여자를 막론
한 페미니즘, 자연운동, 인권운동, 극단적 보수주의 배척운동 등에
동조하는 진보적 계층에서 더욱 확실하게 나타난다. 그래서인지 그
런 사람들로 구성된 사립학교에서는 선생님과 엄마들간에는 물론 학
생들이 선생님이나 친구 엄마를 부를 때조차 홑이름이 쓰인다. 그들
간에 오가는 공적 편지에도 'Ms.'란 말은 찾아볼 수 없다. 요즘은 이
렇게 사용하는 여성 호칭만으로도 사람들의 생활철학을 대충 짐작해
볼 수 있다.

대학교에서 학생이 교수에게 쓰는 호칭은 남녀를 막론하고 'Dr.
X'이다(물론 박사학위 소지자의 경우이다). 그러나 역시 상황에 따라
다른 경우도 있다. 내 남편의 대학시절 지도 교수의 이름은 로버트
그랜트(Robert Grant)이다. 학부학생으로 그의 강의를 듣던 시절에야
남편은 그를 당연히 'Dr. Grant'라고 불렀다. 대학원에 들어가 그의
특별한 배려를 받으면서 가깝게 지내게 되자 그 호칭은 너무 딱딱한
것이 되어 버렸다. 미국에서의 호칭습관이 아무리 개방적이라고는 하
지만 아직 십대였을 때 만나 줄곧 'Dr. Grant'라고 불러온 그를 어느
날 갑자기 'Robert'라고 부르기는 어색한 일이어서 남편은 다른 방법
을 찾아야 했다. 그후 십 년이 흘러 학계에서 동지로서 함께 일한 지
도 한참이나 된 지금까지 남편은 한 번도 호칭을 써서 그를 불러본
적이 없다. 이 미국인도 호칭을 쓰지 않으면서도 어물쩡 상대의 주의
를 끌 수 있는 한국인의 기막힌 재주를 나름대로 터득했던 것이다.

재미있는 것은 내가 쓰는 그 지도 교수의 호칭이다. 남편을 통해

미국에 대해 알게 된 두세가지 것들

그를 처음 만났을 때 나는 같은 학교, 같은 과 학생이었다. 그는 자기를 'Robert'라고 소개했다. 같은 과라도 분야가 틀려 그의 강의를 들은 적은 없었지만 그는 엄연히 우리 과의 교수였고 나는 학생이었는지라 나는 그를 'Dr. Grant'라 불렀다. 그는 펄쩍뛰며 자기를 'Robert'라 부르라고 했다. 아무리 그래도 이 동방예의지국의 학생은 남편도 함부로 못 부르는 중년의 유명 교수 이름을 마구 불러댈 수 없었다. 몇 번 같은 주의를 듣다가 나 역시 이미 익숙해 있던 '어물쩡 호칭법' 기술을 유감 없이 발휘하기에 이르렀다. 한 5년여를 그렇게 지내던 어느 날 3~4m 앞에 서 있는 그를 불러야 할 일이 생겼다. 사람들 속에서 앞만 보고 있었기 때문에 '어물쩡 호칭법'으로는 도저히 그를 돌려세울 수가 없었다. 나는 어쩔 수 없이 'Dr. Grant!'라고 소리를 질렀다. 내 앞에 선 그는 어처구니 없는 얼굴로 나를 똑바로 보면서 목소리를 가다듬더니 이제는 'Robert'라고 할 때가 되지 않았느냐고 했다. 공식적 호칭을 쓴 것이 아주 섭섭한 얼굴임이 확연했다. 그 때부터 나는 내키지는 않아도 그를 'Robert'라 불러주기로 작정했다. 그러던 것이 이젠 그를 만나면, 나도 모르게 안 그래도 될 경우까지도 그의 이름을 말 속에 넣어가며 얘기하게끔 되었다. 남편은 아직도 그 '어물쩡 호칭법'에서 벗어나지 못하고 있지만.

미국인들과 지켜야 할 호칭의 예의는 그렇다치더라도 우리들끼리는 또 우리 나름대로의 호칭 예절이 있다. 그래서 아무리 미국에 오래 산 사람들도 한국 사람들끼리는 우리대로의 호칭 예절에 따른다. 예를 들면 동년이나 연하의 사람들에게는 '씨,' 연상의 사람들에게는 '선생님,' 의사나 박사학위 소지자에게는 '박사' 등을 성 앞에 붙여 부른다. 그리고 여성들은 미국식을 따라 남편의 성 앞에 'Mrs.'를 붙여 부른다. 이런 우리식대로의 예절은 우리끼리 모였을 때에는 '어물

미국인의 호칭습관

쩡 호칭법'과 더불어 자연스럽게 쓰이는데, 한국인들과 미국인들이 함께 모인 자리에서는 아주 부자연스럽게 쓰여 그냥 웃어넘기기에는 안타까운 묘한 상황을 벌인다.

언젠가 서로 대충 알고 지내는 한국인 의사들과 공학 박사들 그리고 미국인 공학 박사들이 모인 자리에 참석한 적이 있었다. 한 상에 둥그렇게 모여앉아 영어로 얘기를 나누고 있었다. 그 자리에 있던 미국인들은, 자기들끼리는 서로 'Dr. X'라고 부르다가 미국인들을 부를 때는 홑이름을 확실하게 쓰는 한국인들로 인해 어리둥절해지기 시작했다. 그들 의사와 박사 부인들이 자기 남편들을 부르면서 'Dr. X!'라고 하는 것까지 보게 되자, 미국인들은 자기들끼리 눈동자를 사방팔방으로 굴려가면서 실소를 짓기에 이르렀다. 하긴 자기 남편을 말하면서 '우리 김박사님은…' 하는 부인들이 생각보다 많아 한국인끼리도 수근거리는 형편이니까. 그 자리에서 터놓고 얘기할 만한 일이 아니었던 이 호칭에 관한 사건은 나중에 미국인들끼리만의 화제가 되고 말았다.

아무래도 'Dr.' 'Mr.' 'Mrs.' 등은 미국에서도 아직 공식적 경칭으로 쓰이고 있기 때문에, 한 자리에 앉아서 자기네끼리는 경칭을 쓰고 미국인들에게는 홑이름을 썼던 그 날의 한국인들의 호칭 사용은 미국인들에게 미묘한 모멸감을 불러일으켰던 것이다. 그 미국인들 중 평소에 사람 좋기로 알려져 있고 남의 말도 잘 안 하던 몇 사람들까지도 단지 의사이기에 박사라고 불리는 것일 뿐 박사 학위도 없는 사람들이 진짜 박사 학위 소지자 앞에서 그러는 것이 가소로웠다는 농담을 하면서 빈정거릴 정도였다. 결국 나중에 설명을 듣고 우리의 호칭 습관을 이해할 수 있게 되었지만, 그들은 당시 느꼈던 소외감을

미국에 대해 알게 된 두세가지 것들

완전히 떨쳐버리지는 못하는 것 같았다. 한국인과 우정을 쌓고 싶은 미국인들이 그런 자리에 가서 배경을 모른 채 그런 식으로 소외감을 느끼는 것을 보면 안타깝기 그지 없으면서, 또 한편으로는 의문을 갖게 된다. 20년 이상 전문직을 갖고 미국에 산 사람들이라면 그런 분위기를 아주 못 느끼는 것도 아닐 텐데, 그런 자리에서라면 주특기인 '어물쩡 호칭법'을 우리끼리 쓸 만도 한데 왜 굳이 직함을 밝히는 호칭만을 골라쓰는 것일까?

미국인의 호칭습관

낙하산 아이들

 중학교도 들어가기 전부터 대학 입시 준비를 한다고 깜깜한 새벽부터 집을 나서는 우리 청소년들. 세 끼 밥도 제때에 못 먹으면서 학교, 특별 활동, 과외 등에 시달리다가 오밤중에야 집에 들어오는 그들. 그런데도 아직 그 날 할 공부가 남은 것만 같아 밤잠조차 마음놓고 못 자는 그들이다. 그렇게 공부해서 웬만큼 가고 싶은 대학이라도 간다는 보장만 있다면야 그래도 해 볼 가치가 있겠거늘, 그런 보장도 확실치 않은 것이 우리네 현실이다.

그래서 경제력 있는 부모들은 자녀들만이라도 미국으로 짐싸 보내기에 이르렀다. 어차피 대학은 미국 유학을 시키려 했는데, 다니지도 않을 대학 시험을 준비시킨답시고 괜히 한국에서 아이를 잡을 필요는 없다는 결론을 가까스로 내린 부모들. 아직 어려서 혀가 굳지 않을 때 보내면 영어만큼은 확실하게 배울 터이니 나중에 국제적 활동무대에서 뒤처지지 않겠지 하는 생각으로 그렇게 결정한 부모들. 그 밖에도 또 많은 이유들이 있으리라.

그러다보니 현재 미국 전역에는 조국과 부모로부터 떨어져 사는 한국 중고등학생이 부지기수가 되었다. 처음에는 거리상 한국과 제일 가깝고 또 가까운 친척이 있다는 이유로 대개 캘리포니아로 갔다. 학교에 한국 학생들이 많다보니 자연히 저희끼리 몰려다니고 그 바람에 영어 배울 기회가 거의 없어서 부모들은 이제 되도록 한국 사람이 많지 않은 주 쪽으로 자녀들을 보낸다.

편법을 써서 입국하여 학교에 적을 둔다거나 공부는 안 하고 놀기만 하기 때문에 미 대사관에서 규제를 심하게 한다는 소리가 있기는 하지만, 그것은 일부 학생에 대한 얘기로 조건이 되고 마음만 먹으면 미국 학교 입학은 아직도 쉽다. 한국 중고등학생들은 거의 사립 학교를 통하여 정식으로 입국하고 대개는 공부에도 전력을 하고 있기 때문이다.

경제가 자꾸 불안해지는 미국 입장에서 보면 일반 사립 대학 등록금 이상의 학비를 지불하면서 자기네들 고급 사립 중고등학교를 살려주는 어린 외국 학생들의 입국은 오히려 고맙기만 하다. 그들을 방문하는 가족들이 가끔 미국에 와서 소비하는 달러의 양 또한 적지 않으니까.

사실 요즘 들어 가까운 친척을 통해 이민 혹은 방문 형식으로 미국에 온 후 그들 집에 기거하면서 공짜로 공립 중고등학교를 다니는 식의 편법을 쓰는 학생들의 숫자가 늘어나고 있기는 하다. 그 수가 아직 눈에 띌 정도는 아니지만, 만약 계속 더 늘어난다면 그 때는 문제가 될 성싶다. 미국정부에 단 한 번도 세금을 안 낸 연로한 이민자들에게도 연금을 주는 현재의 이민자 연금 혜택을 취소하자는 등, 이민법을 과감히 수정하고 있는 미국인들의 시야에서 더이상은 벗어나지 못하게 될 것이기 때문이다.

대만에서도 이와 똑같은 현상이 일어나고 있다고 한다. 그래서 현재 특히 캘리포니아의 사립 중고등학교에는 한국과 대만 학생들의 수가 상당하다. 그들 중에는 기숙사에 들어가 사는 학생들도 많지만 기숙사 비용까지 낼 형편은 안 되어 몇 명이 아파트 하나를 빌려서 함께 자취하면서 사는 학생들도 많다고 한다. 오죽하면 미국인들까지 '낙하산 아이들(Parachute Kids)'이란 별명을 붙여주었을까? 부모가 같이 와서 방 하나를 잡아주거나 기숙사에 넣어주고는 낙하산을 떨어뜨리듯 아이들만 뚝 떨어뜨려 놓고 간다고 해서 붙여진 말이다.

전에 우리가 살았던 동네에 한 한국인 가족이 살고 있었다. 어느 날 그 집에 중학교 3학년생 조카가 한국에서 와 함께 살기 시작했다. 방문비자로 입국하여 그냥 그렇게 주저앉은 것이다. 그는 마침 좋다고 알려진 그 동네의 공립학교에 입학했다.

중학교 3학년 정도면 여자건 남자건 축구, 야구, 농구 따위의 운동과 음악활동, 친구교제 등으로 방과 후에도 매일 정신 없이 바쁘게 지낸다. 그러나 그는 학교가 끝나면 혼자 부리나케 집으로 돌아와 집 밖으로는 전혀 나가지 않는 것 같았다. 가끔 농구대가 설치되어 있는 앞마당에서 혼자 농구공을 던지면서 뛰거나 잔디를 깎는 게 고작인 것 같았다. 가을이 지나고 겨울이 되어 날씨가 추워지자 그의 모습은 전혀 눈에 띄지 않았다.

어느 날 폭설 경보가 내려 동네의 모든 학교와 사무실이 다 문을 닫은 덕분에 온 식구가 모두 집에 묶여 있는데 역시 폭설 때문에 학교를 못 간 그 학생이 전화를 걸어왔다. 중요한 일이 있는데 한 20분 정도 되는 곳까지 차를 태워다줄 수 없느냐는 것이었다. 모든 학교가 문을 닫은 이 마당에(일 년에 한두 번 있을까 말까한 일이다) 운이 없으면 차가 다치는 것은 물론 목숨까지 왔다갔다할 판이라 다음에 날이 좋을 때 부탁하면 꼭 들어주겠다며 거절했다.

미국에 대해 알게 된 두세가지 것들

그가 우리 동네에 와서 살게 된 지가 거의 1년이 되었지만 우리는 그동안 그의 이모네 집 안팎에서 수인사만 몇 번 하면서 지냈다. 그래서 내게 그런 부탁을 하는 것이 쉽지는 않았을 것이며 학교까지 문을 닫은 폭설 지경에 부탁했을 정도라면 보통 중요하고 다급한 일이 아니었을 텐데 하는 생각에 나는 내내 그 일이 마음에 걸렸다.

한 달 후쯤 그 학생이 다시 운전을 부탁했다. 마침 시간이 있었고 지난 번 일에 대한 빚을 갚는 마음에서 쾌히 승낙했다. 그는 아주 고마워 하면서 차를 타더니 한국식품점으로 가달라고 했다. 모 한국 개그맨의 개인쇼와 모 청소년 쇼 비디오 테이프를 돌려주어야 한다는 것이었다(한국식품점에서는 전 주에 한국에서 상영한 TV 쇼 비디오 테이프를 빌려주기도 한다). 그 날이 새 테이프가 도착하는 날이기 때문에 그 날 꼭 가서 그 비디오 테이프를 가져와야 한다고 했다. 이모가 그 날은 갈 시간이 없으니 다음 날 가자고 했지만 자기는 하루도 기다릴 수가 없었기 때문에 결국 내게 부탁했다는 것이었다.
지난 번 폭설 때도 사실은 같은 이유로 운전을 부탁했다는 것이다. 세상에! 덩치가 커서 꼭 대학생 같아 보이는 그는 테이프를 가슴에 꼭 안은 채 행복한 얼굴로 "저는 이 테이프들이 없으면 못 살아요" 하였다.

한심하기도 했지만 안쓰러운 마음도 들어 그의 학교생활, 친구관계, 취미생활 등 이것저것을 물어보았다. 그의 미국생활은 다음과 같이 시작되었다. 미국에 와 학교에 다니기 시작한 지 이틀째 되던 날 복도에서 다음 시간을 기다리고 있는데 남녀 학생 한 쌍이 서로 껴안고 있는 것이 눈에 띄었다. 쬐끄만 것들이 여기가 어디라고 감히 하는 생각이 들며 눈에 불똥이 튀었다. 순간 자기도 모르는 사이에

낙하산 아이들

복도가 떠나가라고 소리를 버럭 질렀다. "야, 이 XXX들아, 여기가 어디라고 지랄들이야!" 아직 영어 한 마디를 편하게 하지 못했으니 물론 한국말이었다.

순간 시끌벅적하던 복도가 조용해지면서 모두 깜짝 놀란 얼굴로 그를 주시했다. 씩씩거리던 그 역시 스스로의 행동에 깜짝 놀라 얼굴을 붉힌 채 고개를 돌리고 말았다. 어색해서 어쩔 줄 모르는 반벙어리 새 외국인 학생의 괴성을 모두들 모른 체 해 주어 복도는 다시 시끌벅적한 원상으로 돌아왔다. 아무도 그가 왜 버럭 소리를 질렀는지, 또 무슨 소리를 질러댔는지 알지 못한 채 그 날이 갔다. 그리고 지금까지도 그 자신말고는 아무도 그 이유를 모르고 있다.

그는 반 년이 넘도록 학교에서 한 명의 친구도 사귀지 못했다. 학교가 끝나면 곧장 집으로 와 이모가 아직 직장에서 안 돌아온, 아무도 없는 틈을 타 한국 비디오를 보고 또 본다. 그래서 한국 비디오 테이프 없이는 살 수가 없다. 한국에 있는 친구들이 너무 보고 싶어 매일 편지를 주고받는다. 친구들의 편지가 없어도 살 수 없을 것 같다.

영어 배우기는 정말 힘들다. 말이 잘 안 되니 학교에서 보내는 시간은 아주 답답하기 이를 데 없다. 그렇지만 미국 학교가 한국 학교보다 훨씬 쉽고 자유로워 다시 한국 학교로 돌아가고 싶진 않다. 그래도 오매불망 한국에만 가고 싶다. 한국에서 미국 학교를 다닐 수는 없을까 하는 망상을 자주 해본다.

가끔 우리 가족에게 토종 한국 음식을 대접해주는 풋풋한 그의 이모는 나중에 그에 대해 다음과 같이 덧붙였다. 그는 한국에서 학교를 다녔을 때 항상 낙제선상을 맴돌고 있었다. 그래서 대학은 언감생심이었다. 경제력이 있던 그의 아버지는 미국 중고등학교는 공부가 쉽

미국에 대해 알게 된 두세가지 것들

다 하고 대학 입학도 한국처럼 어렵지 않으니 미국을 보내 대충 대학교나 마치게 한 다음 한국에 불러들여 나중에 자기 사업을 물려주면 되겠다는 생각을 하기에 이르렀다.

영어만큼은 확실하게 배워올 테니 이 다음에 물려 받은 사업에서 실패를 하더라도 어디 가서 영어라도 써먹으면서 제 밥벌이 못할까 하는 계산까지 하면서 부모들은 서둘러 방문 형식으로 그를 미국에 보냈다.

처음 와서 몇 달 동안은 부모 형제도 아닌 친구들에게 전화를 하여 전화비를 매달 500불 이상 올려놓았다(평상시 100불 이하). 그는 야단치는 이모에게 죽자고 달겨들었다. 몇 달을 그렇게 전화비를 놓고 싸움을 벌이다가 드디어 이모에게 뺨 몇 대를 불나게 맞은 다음부터는 국제전화를 덜 쓰기 시작했다.

반 년이 지났는데도 수업 시간에 그는 선생님이 무슨 말을 하는지 못 알아들어서 학교의 영어 선생님한테 개인 교습을 받기 시작했다. 그러나 선생님이 잘못된 영어를 가르친다고 우기면서 질문을 받아도 함구무언일 때가 많았다. 결국 성적이 좋지 않아 진급 여부의 문제를 놓고 이모까지 교장 선생님에게 불려다니게 되었다.

그의 부모에게 국제전화를 해서 여기 사정을 애기하지만 직접 보고 당하지 않는 그들이라 사태를 잘 이해하지 못한다. 그들과 전화할 때마다 조카 못난 것을 고자질을 하는 것만 같아 이모는 기분이 영 떨떠름하다. 저쪽도 노상 자식 흉만 들으니 상냥할 수가 없다. 자식 셋 모두가 제각기 알아서 공부하여 의대에 진학했기 때문에 쉽게 조카를 맡았던 이모는, 이모와 조카 사이는 물론 형제간의 의까지 상하는 것 같아 마음이 영 불편하다.

막내가 막 대학에 입학하여 아이들 모두가 집을 떠났기 때문에 이제 아이들 시중은 그만하고 내 하고픈 것을 하며 조용히 지내겠구나 했다가 조카를 맡게 된 것인데 일이 이 모양이 된 것이다. 이모는 저 아이나 나나 도대체 못할 짓을 하는구나 하는 생각에 늘 마음이 아프다.

정상적인 방법으로 학교에 입학한 것이 아니어서 몸을 사려야 했던 그는 한국에서는 부모가, 미국에서는 이모가 극구 만류하는데도 불구하고 도저히 참을 수 없다면서 첫 여름방학이 시작되자마자 훌쩍 한국으로 떠났다. 그에게는 다시 돌아오고 못 돌아오는 것 따위는 나중 문제였다.

여름방학이 끝나 다시 미국에 입국하려 했을 때 편법을 써서 미국 중학교를 다닌 것을 알게 된 미 대사관은 그의 입국을 막았다. 이제는 한국에서도 복학하기가 쉽지 않은 사정이었다. 1년 이상 한국 학교를 떠나 있었던데다가 교육제도가 틀려 개학 시기가 다르기 때문에 복학을 하면 2년을 허비한 셈이었다. 그렇지 않아도 공부를 따라가지 못해 미국으로 갔다가 미국에서도 낙제를 하네 마네 하는 판에 2년을 허비하면서까지 복학한다고 해도 공부를 따라갈 것이라는 보장도 없었다. 미 대사관에 계속 사정을 하는 동안 새 학기가 두서너 달 지나갔다. 이미 학기가 시작된 상태라 그 학기의 입학이 어려웠지만 이모는 백방으로 손을 써서 동네의 사립학교 입학허가서를 받아냈다. 그래서 그는 다시 이모집으로 왔다. 학교만 바뀐 채 모든 것이 다시 여름방학 이전으로 돌아왔다.

이 예는 일부 극단적인 예이다. 그러나 아직 영어가 서투른 상태에서 부모 곁을 떠나 혼자 새 문화 속에 살게 된 사춘기 소년 소녀들이 부딪혀야 하는 어려움의 일부를 엿볼 수 있기는 하다. 그런 어려움을 이기고자 나름대로 애를 쓰는데도 '너는 그래도 운이 좋아 미

미국에 대해 알게 된 두세가지 것들

국까지 와서 공부를 하는데 어째 그렇게 정신을 못 차리냐'고 야단 치는 부모들 앞에 주눅 들어 앉아 있는 그들을 생각하노라면 괜히 마음이 안쓰럽다.

그 후 이사와서 살게 된 중소도시 신시내티에서도 낙하산 아이들 을 제법 만난다. 친척 집에 머무는 학생들을 보니 역시 서로 좋지 않 은 감정들을 안은 채 그 집을 나온다. 그런 경험이 있는 이모들과 삼 촌들은, 한국에서 온 조카를 맡을지도 모르겠다는 다른 교포들에게 공연히 형제 사이까지 갈라가면서 조카들을 떠맡지 말라며 강력하게 조언한다.

오랜만에 만나는 부모와 자식간의 마찰에서 빚어지는 얘기들 또한 적지 않게 들려온다. 방학 동안 한국에 와서 지내게 된 고등학생 아 들이 하도 말을 안 들어 매를 들으려 하니, 아들이 전화기를 잡으면 니 아동학대죄로 경찰을 부르겠다고 오히려 협박을 하여 아버지가 그 자리에서 쓰러져 통곡하며 울었다는 등의 실화가 수없이 많다. 그 래서인지 요즘 아빠는 돈을 벌어야 하니 한국에, 엄마는 자녀들 가정 교육을 확실하게 해야 하니 미국에, 그렇게 사는 가정이 제법 눈에 띈다.

올여름 친척의 부탁으로 우리집에서 운전거리 2~3시간 정도에 있는 사립 중고등 기숙사 학교를 알아본 적이 있다. 5개 학교 중 한 국 학생이 없는 학교는 하나도 없었다. 교무직원들이 한국 주소인 '강남구 개포동' 혹은 한국 이름 등을 받아쓰면서도 다시 발음해달 라는 부탁도 없이 척척 잘 받아 썼다.

그 중에서도 원래 정원(定員)이 워낙 많아서인지 한국 학생이 아주 많다던 한 학교의 교장은, 한국 학생들이 너무 저희들끼리만 어울려

영어를 못 배우고 있어 일부러 헤쳐놓으려 하지만 어디 그런 일이
사람 마음대로 되느냐며 미안하다는 듯 말할 정도로 한국 부모의 마
음까지 잘 알고 있었다. 아직도 한적한 주로 알려져 있는 오하이오와
인디애나의 기숙사 학교들에까지 한국 학생들이 이렇게 점점이 떨어
져 사는 것을 보면 미 전역에서 공부하는 한국 중고등학생의 수가
가히 짐작이 간다.

미국에는 오래전에 와서 중고등학교를 마치고 지금은 결혼하여 자
리잡고 사는, 벌써 중년이 되어 있는 개척기(?) '낙하산 아이들'도 제
법 있다. 어렸을 때 가족과 함께 이민을 온 이른바 교포 1.5세와는
다른 사람들이다. 당시의 중고등학교 미국 유학은 대개 특기를 통해
서만 가능했기 때문에, 현재처럼 낙하산 아이들이 많지 않았다. 그래
서 유일한 한국 학생으로서 각 사립 기숙사 중고등학교를 다녔던 그
들 대부분은 타고난 인내심과 지구력으로 공부를 열심히 했고 경제
력도 있어서 좋은 대학과 대학원을 졸업했다.
부모와 친지는 아직도 한국에 살고 있지만 언어는 물론 문화적으
로 한국보다는 미국을 훨씬 편하게 느끼기 때문에 그들 대부분은 선
택의 여지 없이 미국에 자리를 잡았다(간혹 국내에 사는 사람들보다
더 한국적으로 사는 사람들도 있기는 하다). 공부한 특기가 청소년기
에나 할 수 있는 스포츠였던 사람들 중에는 대기업체의 간부도 있고,
특기가 음악이었던 사람들 중에는 유명한 음악인이 있는 등 대개 성
공한 경우들이다.
그들이 하는 영어는 물론 완벽에 가까울 정도고, 한국어는 중학교
수준에서 더 늘지 않아 웬만한 전문 서적은 잘 읽지 못한다. 음식은
한국 음식을 더 좋아하지만 한국 문화에 대한 이해는 많이 서툴다.
방학이 되어도 특기 연습 때문에 어쩌다 한 번씩만 한국을 다녀오기

때문이다. 가족과 친지의 울타리 속에서 매일을 보내며 설날이 오면 세뱃돈에 설레고 추석이 오면 추석빔에 잠 못 이루는 날들의 추억이 없어서인지, 우리의 민족정서가 깊숙이 배어 있는 말이나 관습에 대한 감이 어두운 것 같다.

그럼 미국 문화에는 밝으냐 하면 꼭 그렇지도 않다. 미국인들 나름대로 지니고 있는 은근한 정서는 물론 가정에서 구전으로 배우는 일반상식 같은 것에도 익숙지 못하다. 어릴 적부터 미국에서 살기는 했어도 그 문화에 익숙한 부모와 산 것이 아니라 학교의 보호와 규제 아래서 제 또래 미국 학생들과 어울려 사는 기숙사라는 별 세상에서 성장했기 때문인 것 같다. 그들의 정신적 국적은 어디일까?

이들은 대개 양쪽 어느 문화에서도 물 위에 뜬 기름 같아 보이기는 하지만(적어도 내게는) '사회현상적으로 미국적인 것'에는 누구보다도 익숙해 보인다. 예를 들어 성공의 척도라든가 '가족' '친구' 따위의 단어조차 지극히 정치적이고 경제적인 의미로 이해하는 것 같다.

그런 외부적 자기관리에 바빠서인지 내면적인 것에 대해서는 전혀 관심이 없는 것처럼 보인다. 내면적인 것까지 관리하며 살 정도로 한가하지 못했던 청소년기의 생활이 습관화되었기 때문일까? 아니 내면을 느끼는 감각을 일찌감치 스스로 마비시켜 버렸던 것은 아닐까? 아직 설익은 성장기 때부터 엄청난 기대 속에 자기의 모든 것을 스스로 관리해야 했고, 그 기대를 저버리지 않기 위해서는 우선 외양이 번듯해야 했던 그들이다. 온 정신을 기울여 외양을 가꾸어야 했기 때문에 내면의 존재를 아주 묵살함으로써 내면을 인식해야 하는 의무감에서 벗어나는, 무의식적 자기 보호법을 일찍이 터득한 것은 아니었을까?

앞의 개척기 '낙하산 아이들'이나 현재의 '낙하산 아이들'의 예는 결코 대표적이라거나 일반적인 예는 아니다. 그저 나 개인이 가까이서 지켜볼 수 있었던 예일 뿐이다. 더구나 그다지 긍정적으로 보이는 예는 아니어서 진한 연민이 느껴졌고, 그래서 주제넘게 그들의 성장 과정을 나름대로 분석해보았다. 일반적인 예는 아니었어도 실제 있었던 예들이었기 때문에 그들의 숫자가 자꾸만 불어나는 현상을 눈여겨 보면서 미국 어딘가에 이런 예가 또 있지는 않을까 하는 안타까운 우려가 생겼던 것이다.

지난 달 동부지역에 있는 다섯 개의 기숙사 사립 고등학교를 돌아볼 기회가 있었다. 그 곳에서 건강하고 밝게 공부하고 있는, 미국을 비롯한 세계 각국의 '낙하산 아이들'과 우리의 '낙하산 아이들' 일부를 만났다. 학교측에서는 외로워할 시간이 없도록 학생들을 공부, 운동, 취미활동으로 바쁘게 만든다고 했고, 그들은 그런 생활에 아주 만족하다고 했다.

호랑이를 잡으려면 호랑이 굴에 들어가야 한다는 말이 있다. 한국이 '세계화'되려면 한국인들이 되도록이면 많이 '세계' 속에 들어가 살아야 한다. 그 '세계'에 들어가서 활동하려면 '세계'의 문화를 알아야 하고, '세계'에서 쓰이는 언어를 유창하게 구사할 줄 알아야 하며, '세계' 속의 사람들과 연분이 있어야 한다. 한데 어울려 다니는 이들의 모습에서 하나가 된 '세계'를 엿볼 수 있었다. 결국 '세계'의 구조는 후광이 막강한 이 부유층 혹은 특권층 자녀들에 의해 설계될 것이며, 이 곳에서 만난 그들의 연분은 그 설계에 큰 영향력을 미칠 수도 있을 것이다. 그런 의미에서 보면 '낙하산 아이들'은 우리가 염원하는 '세계화'의 실질적 역군들일 수도 있다.

성숙하고 자신감 있는 표정을 지닌 우리의 '낙하산 아이들'과 대화를 나누는 동안 '세계화'된 한국의 밝은 미래가 그려지기도 했다. 모

미국에 대해 알게 된 두세가지 것들

두는 아니겠지만 그들 일부의 고독과 노력이 언젠가 우리의 상상을
불허할 만큼의 국가적 가치를 발휘할지도 모르겠다는 생각이 들었다.

　부모의 최종 결정 아래 낙하산을 타게 됨으로써 사회인으로 성장
하는 데 가장 기본이 되는 가정이라는 울타리가 인공적으로 무시된
상태에서 살아야 하는, 그것도 타국의 완전히 다른 문화 속에서 살아
야 하는 그들. 그들의 그런 국가적 가치의 가능성을 보아서라도 그
주위를 맴돌게 되는 우리 '교포'들이나마 그들의 성장에 조금이라도
보탬이 되어줄 일은 없을까?

생일파티와 R. S. V. P.

10년이 넘게 L.A. 근처에 살고 있는 한국인 친척 부부가 초등학교 2학년짜리 아들에게 생일파티를 해주기로 했다. 그들은 같은 학교에 다니는 미국인 친구 7명에게 초대장을 보냈다. 남들이 으레 그렇게 하듯 'R. S. V. P.'도 맨 밑에 써넣었다. 며칠 후 한 아이의 부모가 자기 아이는 참석할 수 없게 되었다고 미안하다며 'R. S. V. P.'에 답하는 전화를 주었다. 매일 아침 저녁으로 마주치는 옆집 부부는 자기네 아이는 분명히 참석할 것이라고 구두로 전해왔다.

당일이 되어, 집 안팎 청소는 물론 'HAPPY BIRTHDAY(생일 축하합니다)'라고 쓰인 긴 색종이와 풍선으로 응접실과 아이의 방을 장식했다. 찾아오는 친구들이 집을 쉽게 찾을 수 있도록 차고 앞 편지통에 색색의 풍선도 달아놓았다. 파티 시간이 임박해서는 음식, 음료수, 생일케익, 게임 등 6명의 손님을 맞을 준비가 완전히 마쳐져 있었다.

매일 함께 노는 옆집 친구가 정각에 도착했다. 15분이 지났다. 더 이상은 아무도 오지 않았다. 아이의 부모는 '15분 정도야 늦을 수 있

미국에 대해 알게 된 두세가지 것들

지 뭐' 하며 아무렇지 않게 기다렸다. 25분이 지나고 35분이 지났는데도 더이상 아무도 오지 않자 서서히 진땀이 나기 시작했다. 도대체 뭐가 잘못된 것일까? 토요일 오후라 교통이 안 좋을 리 없을 텐데 하면서도 근처에 무슨 큰 사고가 나서 교통이 잠깐 막힌 것일지도 모른다고 생각하며 좀더 기다려보기로 했다. 45분이 지나고, 1시간이 지났다. 아이는 매일 같이 노는 옆집 친구인데도 그 친구와 노는 데 정신이 팔려 제 생일에 다른 친구들이 오지 않는다는 사실 따위는 안중에도 없었다. 그러나 이 부부는 이 때부터 울화통이 치밀기 시작했다. 도대체 이것들이 우릴 뭘로 보고 이러는 거야!

아이는 동양인이나 다른 소수민족이 거의 없는 이른바 '백인 학교'에 다니고 있었다. 이 일은 그렇지 않아도 학교의 백인 부모들과 아이들, 또 교사들까지도 은근히 아이를 차별 대우하고 있는 것 같아 마음이 편치 않던 차에 생긴 일이었다. 게다가 우연하게도 1992년 L.A. 사태를 가까이 지켜본 직후에 생긴 일이었다. 대낮에 L.A. 시내 한복판에서 벌어진 흑인들의 폭력. 목숨과 재산을 보호해달라고 외쳐대는 한국인들의 피눈물나는 호소에도 불구하고 제시간에 나타나주지 않은 백인 경찰들. 당시 그 곳은 누가 소리만 한 번 질러도 또다시 터질 것처럼 흑인과 한국인간에, 또 백인과 한국인간에 인종차별의 감정이 고조되어 있는 상태였다. 이들은 그런 주위 상황들로 미루어 이 '생일사건'을 인종차별에서 비롯된 것이라 단정했다.

결국 아이는 유일한 손님인 옆집 아이와 생일 케잌을 잘랐다. 부부는 마냥 즐거워하는 아이의 눈치를 보면서 부글부글 끓는 소수 민족으로서의 설움과 울분을 잠시 옆으로 밀어놓고, 억지 웃음을 지어가며 생일축하 노래를 크게 불러주었다. 그 날 밤 나름대로 아주 즐

생일파티와 R. S. V. P.

거운 생일을 보낸 아이는 선물들을 껴안고 잠자리에 들더니 곧 행복
한 얼굴로 잠에 빠져들었다. 그러나 부부는 한잠도 이루지 못한 채
날을 하얗게 밝혔다.

만약 못 오게 되면 연락을 해달라는 뜻으로 초대장에 R. S. V. P.
를 적어 넣었는데도 온다 못 온다 아무 연락도 없이 아이들을 보내
지 않은 다섯 아이 부모들의 의도는 무엇이었을까? 만약 우리가 백
인이었다면 이런 일이 있을 수 있었을까? 우리 감정은 또 그렇다고
치자. 우리 아이늘까지도 이 꼴을 당하면서 살아야 하는 게 아닌가?
왜 이민을 왔던가 하는 후회까지 생겼다. 자존심이 상해도 너무 상해
서 같은 한국 사람들에게조차 말하고 싶지 않았다.

그렇게 자기들끼리 속을 끓이면서 며칠이 지났다. 한국인이 적은
동부에 살면서 미국인들과 교제를 많이 하는 형제가 마침 안부전화
를 했다. 그에게 분통 터지는 속을 털어놓았다. 그리고 부부는 그 때
서야 'R. S. V. P.'의 의미가 자기들이 이해했던 것과 다르다는 것을
처음으로 알게 되었다.

미국에서 주고받는 초대장에는 대개 모임의 이름과 내용, 시간, 장
소, 연락처 다음에 'R. S. V. P.'라고 씌어 있다. 'repondez s'il vous
plait'라는 불란서말로 네 단어의 앞자만 떼어서 쓴 것이다. 영어로
'please reply(답을 주십시오)'로 참석 여부를 미리 알려달라는 뜻이
다. 사람들은 대개 참석할 경우에는 꼭 연락해서 알리고, 참석 못 할
경우에는 연락하지 않는다. 앞의 예에서 보았듯이 사람에 따라서는
못 갈 경우에라도 초대해줘서 고맙지만 못 가게 되어 미안하게 됐다
는 연락을 하는 사람도 더러 있다.

그것을 안타깝게도 이 부부는 그와 반대로 알고 있었다. 참석하지
못 할 경우에만 연락을 하고 참석할 경우에는 연락을 안 해도 좋다

미국에 대해 알게 된 두세가지 것들

고 믿었던 것이다. 그랬기 때문에 아무 연락이 없었던 아이들 모두가 참석할 것이라고 생각했다. 우연하게도 R. S. V. P.에 답했던 두 집의 답변 상황이 아주 묘했기 때문에 오해가 더욱 커졌던 것 같다. 하필이면 연락하지 않아도 좋을 참석 못 하게 된 아이의 부모가 미안함을 전하기 위해 전화를 해주었던 것이다. 또 하나는 옆집의 답변으로, 참석한다는 것을 오며가며 구두로 알려주었다는 것이다. 답을 꼭 전화로 주어야 하는 것은 아니니까 매일 얼굴을 보는 옆집에서야 전화대신 구두로 참석 여부를 알렸을 것이다. 하지만 참석하는 사람은 연락을 안 해도 된다고 믿었던 이 부부는 그것을 참가 여부의 공식적 답변이라기보다는 마주치면서 했던 인사말 정도로 받아들였던 것이다. R. S. V. P. 밑에 'Regrets Only(참석치 못할 경우에만)'를 함께 쓰는 경우도 있는데, 바로 그런 초대장을 받았을 때에야말로 못 가게 될 경우 반드시 연락을 해주어야 한다.

이들은 미국에 오래 살긴 했지만, L.A. 근교에서 한국인들하고만 가깝게 지내며 살았다. 그러다보니 자잘한 미국 문화에 서툴러 가끔씩 마음 고생을 하기도 했는데 이 일도 그 중의 하나였다. 결국 사건의 윤곽을 확실히 알게 되면서 누가 자기들을 얕보아서 생긴 일이 아니라는 것을 확인하기는 했지만 그 날 생긴 마음의 상처는 기억 속에서 쉽게 잊혀지지 않는다고 했다.

교회와 부모를 통해 가깝게 지내는 한국 친구들 그룹과 학교의 미국 친구들 그룹, 그렇게 두 그룹으로 나누어서 아이에게 두 번씩이나 생일 파티를 차려주었던 그들은 이듬해부터는 한국 친구들의 생일 파티만 열어주기로 했다.

이듬해에 아이는 정말 한국 친구들만 초대한 생일 파티로 한 살을 더 먹었다.

생일파티와 R. S. V. P.

도심의 황량한 공립학교

우리는 많은 학부모들, 특히 자녀를 미국 학교에 보내거나 보낸 경험이 있는 한국 교포들로부터 한국 문교정책은 표면적이고 단기적이지만 미국 문교정책은 근원적이고 장기적이라며 입에 침이 마르게 칭찬하는 것을 종종 듣는다. 한 나라의 교육은 국민문화에서 비롯되는 범국민적인 면과 문교부 운영방안에서 비롯되는 행정적인 면에서 언급할 수 있겠다. 미국 공립학교들은 범국민적 차원에서 살펴보자면 국민문화가 그러하듯 학생 개개인의 인격과 개성을 존중하면서 창조력과 실용성을 강조하는 시설과 분위기 속에서 움직인다. 학생들은 마음만 먹으면 제 의사를 자유롭게 반영하면서 충실한 내용의 공부를 할 수 있다. 그러나 지방자치제로 운영되는 교육행정으로 인해 당연히 즐겨야 할 그런 시설과 분위기를 박탈당하고 있는 학생들이 있다는 사실 또한 이들의 현실이다. 그 불공평한 현실은 특히 빈곤층 학생들에게만 절실한 형편이다. 가정에서 열악한 환경 속을 허덕여야 하는 이들은 학교에서까지 범국민적 문화수준에도 못 미치는 교육을 강요당하고 있는 것이다. 그런데도

미국에 대해 알게 된 두세가지 것들

주로 중산층 이상인 재미교포 부모들은 물론 대개의 미국 부모들은 그 사실을 피부로 느끼지 못하고 있다. 그래서 미국 문교정책이 교육 기본원칙의 하나인 평등 교육을 무시하고 있다는 사실을 전혀 인식하지 못하는 것이다.

한국 교육을 받은 사람들 중에는 한국 교육이 개인의 창조력을 무시하고 비실용적 규율을 강조하며 집단적이고 통념적인 사고를 강요한다고 불평하는 사람이 많다. 나 역시 그랬던 사람의 하나로, 미국 대학을 다니는 동안 풍족한 시설 속에 개성적이고 개방적인 사고를 존중함과 동시에 탐구적이고 실용적인 학문 분위기를 조성해주는 미국 교육에 찬탄을 금치 못했었다. 그러나 학부모가 되면서 유치원부터 고등학교까지의 의무교육을 제도적으로 접하게 된 나는 그 생각을 달리하지 않을 수 없게 되었다. 내가 그렇게 찬탄을 금치 못했던 미국 교육은 고등교육이라는 특수한 상황에만 한한 것일 뿐, 미 전역의 청소년들에 실시되고 있는 의무교육 차원에서의 그것들과는 많이 다르다는 사실을 알게 되었기 때문이다.

미국 문교부는 연방법 아래 50개의 '주(州) 교육위원회'를 총괄한다. 주 교육위원회는 다시 세분되어 군(郡) 단위의 '학교지구'로, 학교지구는 또 다시 소도시 단위의 '학군'으로 나눠진다. 그 부서들은 기능면에서는 전국적으로 같은 역할을 하지만 지역에 따라 세부방침에서 차이를 보인다. 따라서 엄밀히 말하자면 미국 교육행정은 각 주마다 또 각 군과 소도시마다 다르다고 할 수 있다. 예를 들어 주 교육위원회는 주 교육예산, 장애자 특수학교들을 관리하고 교사와 교직원 자격, 교육과정 등에 관한 기본방침을 정하는데, 예산 책정 방법, 특수학교 관리법, 교사와 교직원 자격의 조건 등은 각 주마다 다

도심의 황량한 공립학교

른 것이다. 교육방침이 각 지역의 성격에 맞게 조정되는 융통성은 충분히 바람직하다고 볼 수 있다. 하지만 예산까지 각 지역에 자체 해결토록 하는 정책은 일부 빈곤 지역 학생들에게 아주 불공평한 처사가 되고 있다.

공립학교의 예산은 대개 주 의회의 보조금과 각 학군 지역의 부동산세로부터 책정되고 있다. 따라서 지역에 따라 아주 큰 차이를 보인다. '학군' 교육위원회가 세금 징수와 채권에 대한 표결을 제안할 권리를 갖게 된 것은 바로 그 차이를 없애기 위한 방편이다. 그 지역의 세금과 채권을 조절해서 학교 예산을 늘리자는 안을 내세운 다음, 주민의 의견을 표결에 붙임으로써 예산 평준화를 꾀하는 방법인 것이다. 그런데도 예산이 최저수준에조차 미치지 못하는 학군이 있을 경우에는 주 의회에서 모자라는 예산을 메워준다. 부동산세만으로도 적정수준 이상의 예산을 유지하는 학군이 있는가 하면, 예산의 대부분을 주 의회에 의지하면서 최저 예산으로 간신히 지탱해나가고 있는 학군도 있어 예산 평준화는 사실상 말뿐이다. 대개 중류층 이상이 거주하는 교외지역의 학교들은 풍족한 예산으로 이상적인 교육을 실천하고 있으며, 도심지 학교들은 주위환경에 따른 위험과 예산부족에서 비롯된 가난에 찌들어 기본교육조차 실천하지 못하고 있는 형편인 것이다.

우리나라의 경우라면 땅값과 집값이 비싸고 번화해야 할 것 같은 도심지의 주거지가 미국에서는 현재 빈곤, 범죄, 폭력 등에 허덕이고 있는 이유는 미국의 근대 노동운동사와 깊은 관련이 있다. 20세기 초반부터 자본가들의 불공평한 대우에 맞서 싸워 왔던 대도시(북부) 노동자들은 60년대에 이르러서야 본격적이고 대대적으로 자기들의 권리를 주장하게 되었다. 제 주머니 불리기에 눈이 멀었던 자본가들

미국에 대해 알게 된 두세가지 것들

이 이를 무시하자, 노동자들은 폭도로 돌변하여 도심지에 살고 있던 자본가들을 습격했다. 그러자 그 부유층, 중산층 자본가들은 폭도들에 의해 군데군데 폐허가 된 도심지를 떠나 교외에 새로 자리잡기 시작했으며, 그들이 버리고 간 도심지 가옥에는 빈민층인 막노동자들이 살게 되었다. 부유층과 중산층의 대부분은 백인들이었고, 빈민층의 대부분은 자유를 찾아 북으로 온 남부 흑인들이었다. 따라서 이 격변은 백인은 교외지역, 흑인은 도심지역으로 갈라놓으면서 인종차별 문제까지 두드러지게 만들어 놓았다.

주로 흑인아동들이 다니는 도심지역 초등학교와 중고등학교들은 대개 그런 역사와 교육행정을 배경으로 한다. 이 학교들은 기본 교육시설조차 제대로 갖추지 못한 채 주위의 범죄, 마약, 폭력 등은 물론 가정환경이 나쁘고 가치관이 결핍된 문제아들로 고심해 왔다. 그럴 수밖에 없는 것이 그 학부모들 중에는 자녀교육에 신경을 쓰고 싶어도 먹고 사는 일에 바빠 그럴 시간이 전혀 없는 사람들도 많이 있고, 의무교육조차 제대로 마치지 못한 채 범죄와 마약에 빠져 지내느라 자녀교육 따위에는 전혀 관심이 없는 사람들 또한 적지 않기 때문이다. 가끔 외국의 해외 뉴스에서까지 들먹이는 미국 중고등학교내의 총격사건 따위는 바로 이런 데서 일어난다. 학교 주변에 도사리고 있는 위험은 물론 교내에서까지 비일비재하게 벌어지는 학생들간의 폭력 때문에 교사들도 생명의 위협을 받는다. 때문에 많은 수의 교사들이 마지 못해 근무하고 있는 형편이다. 전인교육이 거의 불가능하다는 것은 너무나 당연한 결과이겠다.

그러나 교외의 초등학교와 중고등학교들은 중산층과 부유층이 부담하는 부동산세에서 할당된 넉넉한 예산을 받아 값비싼 컴퓨터, 실

도심의 황량한 공립학교

험기구, 운동시설 등을 포함한 초현대적 시설을 갖추어 놓고 기본 교육과정은 물론 특별활동까지 활발히 지원한다. 그 학교들 나름대로는 아직 더 많은 재정지원이 필요하다고 아우성이지만 책정된 예산이 워낙 넉넉한데다 부모들의 학교기금 모금운동이 활발하며 또 그 모금액수도 크기 때문에 도심지 학교들과는 비교할 수 없게 재정적으로 여유가 있다. 학생들은 범죄와는 거리가 먼 주위환경과 자녀교육에 온 신경을 집중하는 여유있는 부모들 밑에서 성장했기 때문에 대개 정신적으로 안정되어 있어 학교생활에도 충실하다. 자녀에 관심이 많은 학부모들은 기금만 지원하는 것이 아니라 자원봉사로 온갖 학교활동을 보조하기도 한다. 대개의 교사들이 사명감을 실천하기 안전한 이런 학교에서 일하기를 선호한다는 것은 말할 것도 없겠다.

이렇게 환경적으로 모범 학생과 모범 학부모가 귀할 수밖에 없는 도심지 학교들은 경제적·교육적으로 학교의 질을 높이고자 'System of Magnet Schools(매그넷 학교 시스템)'이라는 특수 프로그램을 개발했다. 각 도시에서 도심지 학교 몇몇을 선정하여 각 학교마다 외국어, 과학, 예술 중의 한두 과목을 특수과목으로 정하게 한 다음 학생들에게 그 과목을 집중 교육시키는 것이다. 이 학교들은 정원을 초과하지 않는 한 타학군 학생들에게도 입학의 기회를 준다. 교외 학생들을 유치함으로써 학생, 학부모, 교사, 교육과정 등의 질을 높이는 가운데 도심지 학교와 교외 학교의 평준화를 꾀하는 것이 이 프로그램의 주목적이기 때문이다.

그러나 아주 이상적으로 보이는 이 프로그램은 지금 상황으로 보아서는 실패한 것처럼 보인다. 학교 프로그램이야 말할 수 없을 만큼

미국에 대해 알게 된 두세가지 것들

홍미가 가지만 주변환경이 아주 위험하여 사고 발생률이 높은데다 자녀들이 불량한 학생들을 친구로 사귈 치명적 염려가 있어 교외의 학부모들이 감히 자녀들을 그 학교에 보내지 않고 있기 때문이다. 현재 극소수의 타학군 학생들이 이 학교들을 다니고 있기는 하다. 그러나 그 숫자는 학교에 이렇다 할 변화를 가져다주지 못하고 있다. 내 아이가 덤으로 외국어만 잘 배우고 말면 그만이라는 그 일부 부모들의 자세에도 문제가 있기는 하다. 도심지 학교들은 그렇게 특별 예산을 쏟은 특수교육의 효과도 보지 못한 채 전과 다름없이 학교운영에 어려움을 겪고 있다. 게다가 미국사회의 자본주의적 생활풍토는 은퇴할 때까지 조금씩밖에 두꺼워지지 않는 월급봉투를 만져야 하는 교사들의 위치를 전국적으로 낮추어 놓았다. 교사직이 인기를 잃게 됨에 따라 그 질도 내리막길을 걷게 되었다. 그러다보니 학생들조차도 교사에 대한 존경심을 잃게 되었다. 그 타격은 이왕 교사들에게 인기가 없는 도심지 학교에서 더욱 심하게 보인다. 열악한 상황에 질려 사기를 잃은 교사들로부터 인격적 대우조차 받지 못하는 학생들 사이에서 모범학생을 기대한다는 것은 억지가 아닐 수 없다. 미국 도심지 학교는 현재 이같은 악순환에서 벗어나지 못하고 있는 실정이다.

앞의 교육행정과 각 학군의 상황은 내가 사는 오하이오 주의 예이지만 전국의 학교가 대개 그런 식으로 운영되고 있다. 우리는 아이가 유치원에 들어갈 무렵 중소도시인 신시내티 도심지역으로 이사를 했다. 'System of Magnet Schools'의 실체를 잘 모르고 있던 우리는 이 도시에도 그 프로그램이 있다는 것을 알고 무척 기뻤다. 책자를 구해 본 우리는 외국어교육 특수학교에 아이를 보내기로 결정한 후 새 학기가 시작되기 한 달 전에 시 교육위원회에 가서 입학등록을 했다.

도심의 황량한 공립학교

등록을 마친 후 우리는 곧 바로 그 학교를 한번 둘러보기로 했다. 약도를 따라서 학교가 있는 동네에 들어서자 동네의 낡은 건물들, 널려진 쓰레기 등이 보이기 시작하면서 분위기도 음침했다. 뭔가가 예상 밖으로 빗나가는 것이 느껴졌다. 학교건물과 운동장이 보이기 시작하자 우리는 경악하지 않을 수 없었다. 낡은 공장 같아 보이는 직사각형 벽돌건물이 학교건물이랍시고 간신히 버티고 서 있었다. 운동장이라고는 큰 주차장과 다름없어, 놀이기구는커녕 낡은 시멘트의 갈라진 틈 사이로 몇 자나 자란 잡초만 바람에 건들거리고 있었다. 놀이터가 없는 초등학교 운동장(유치원은 초등학교의 일부이다)은 한국에서조차 상상해 본 적이 없었는데 미국에서도 가장 살기 좋은 도시의 하나로 꼽힌다는 바로 이 도시에 그렇게 버젓이 존재하고 있었다. 여름방학이라 학교가 닫힌 상태이긴 했지만 개학을 하고 주변 정리를 한다 해도 잡초를 뽑는 것 말고는 달라질 것도 없었다(나중에 진흙터 축구장이 있음을 알게 되었음). 다른 특수교육 학교를 몇 군데 더 돌아본 우리는 허술한 놀이기구를 빼놓고는 그 학교들도 크게 다를 것이 없음을 알았다. 그런 주위와 시설로 보아 아이들이 외국어 외에 또 무엇을 배우게 될지 대충 감이 잡혔고 그 사실은 우리를 아주 불안하게 만들었다. 결국 우리는 개학을 며칠 앞두고 동네 사립학교에 아이를 입학시키고 말았다.

미국에는 사립학교가 제법 많다. 기숙사가 딸린 학교는 극소수이고 대개는 집에서 통학하는 학교이다. 사립학교는 종교학교(대개 천주교)와 비종교학교로 나눠진다. 교리와 그 교리에 맞는 교육을 강조하는 종교학교는 중산층을 위한 학교에서부터 부유층을 위한 학교까지 있어 학교에 따라 학비가 크게 다르다. 비종교학교는 대개 몬테소리 스쿨, 장애자 학교 등 특수교육을 하는 학교와 부유층을 위한 학

미국에 대해 알게 된 두세가지 것들

교로 나눠진다. 특수학교들은 그 성격에 따라 학비에서 차이가 나지
만 부유층을 위한 학교는 말 그대로 부유층을 위한 것이어서 일반
대학교 학비보다 비싼 곳이 많다.

　신시내티 지역에도 백여 개의 사립학교가 있다. 그 중에는 역사와
전통을 자랑하는 아주 비싼 사립학교가 서너 개 있는데 그 학교들은
거의 한 동네에 있다. 그 동네는 도심지역에 있으면서도 외국인이나
신흥재벌은 감히 회원이 되는 건 꿈도 꿀 수 없는 유서 깊은 골프장
을 끼고 있다. 그림에서나 봄직한 빅토리아식 저택들이 전문 정원사
에 의해 가꿔진 아름다운 정원을 자랑하며 즐비하게 서 있는, 역사가
긴 부자동네이다. 그 동네는 단 몇 개의 거리로만 이루어진 곳으로
음침한 도심지 동네와 근접해 있다. 길 하나를 경계로 한 그 두 동네
는 육안으로도 확실히 구별이 되나 학교행정상으로 보면 한 학군에
속해 있다. 만약 사립학교가 없었다면 그 부유층 자녀들도 험악한 도
심 공립학교를 가야하는 것이다. 그러나 자녀들이 최신시설을 갖춘
'대학 예비학교(Prep School)'에서 명문대학을 졸업한 교사들의 가르
침을 받고 있는 한, 도심지 공립학교란 부유층들에게는 먼 나라 얘기
일 뿐이다. 가끔 동네 신문에 관대히 미소짓는 얼굴을 드러내면서 그
학교들에 헌 옷이나 통조림 등을 기증하는 일은 있어도…. 신식 혹은
빅토리아식 돌건물들과 신시내티 정원사 협회에서 최고상을 받은 온
갖 꽃이 만발한 아름다운 정원을 배경으로, 체크무늬 교복을 입은 얼
굴이 하얀 소년 소녀들이 노란 머리를 바람에 날리며 드넓은 잔디
축구장 위를 그림처럼 뛰어다니는 것을 보고 있으면 어릴 때 그림책
에서 본 영국 상류사회 학교가 연상된다. 열악한 시설과 마약, 폭력
의 위험이 팽배한 공립학교 바로 옆에 위치해 있기 때문에 학생들의
안전을 위해 길가에 쳐놓은 굵직한 쇠망을 통해서 보아야 하는 그림

도심의 황량한 공립학교

이라는 것이 다르긴 하지만.

사실 이렇게 각 학군간에 나타나는 빈부차의 현실은 앞서 말한 교육행정면에서만 언급될 일이 아니라 레이건 정부 이후 더욱 팽배해진 자본주의적 풍토의 차원에서 다뤄질 문제이다. 내 뱃속은 편하니까 네 뱃속은 네가 알아서 하라는 식의 풍토는 애초에 대규모 사업가들과 그들을 등에 업은 보수파 정계인사들로부터 시작된 것으로 이제는 편파적 지식을 지닌 일반층으로까지 확산되었다. 가난한 학교가 받는 고통은 가난한 사람들에게만 현실적인 것이 되어버렸다. 부유층 인사들은 자녀들이 아주 어릴 때부터 부유층이 즐기는 승마, 골프, Squash(정구 비슷한 구기) 등의 스포츠를 가르친다. 또 비싼 사립학교에 보내 장래에 펼칠 사업에 울타리가 되어줄 친구들을 만들게 한다. 아직 어린 후대가 또 다시 후세를 볼 때까지를 위해 든든한 성을 쌓아가는 이 보수파 부유층에게는 '가난'은 남의 것일 뿐이다. 그들은 사회복지개혁안을 놓고 '가난'은 '게으름' 때문이라 외치면서 자기들처럼 열심히 일하며 사는 사람들은 먹고놀기만 하는 사람들을 도와줄 의무가 없다고 흥분한다. 국가재정 적자가 제 목을 조이면서 자꾸 늘어나는 이유가 바로 이들 때문인 것을 모르는 일부 편파적이고 보수적인 일반층도 이렇게 살기 힘들게 된 것은 게으른 저소득층 때문이라며 멋모르고 따라 외친다. 고소득층이 그럴 듯한 이름을 여러 개씩 걸고 국민들로부터 걷은 세금을 착복하는 액수에 비하면 가난한 이들에게 주어지는 사회복지 예산은 새 발의 피에 불과한 데도 말이다.

레이건이 국가 적자를 대폭 늘여가면서 절반씩이나 줄여준 자신들 몫의 세금을 더더욱 줄이기 위해 안간힘을 쓰는 부유층은, 지난 94

미국에 대해 알게 된 두세가지 것들

년 국회의원 선거 때 공화당이 막강한 숫자를 확보한 바람에 하원의
장이 된 골수보수파 뉴트 깅그리치가 내미는 사회복지개혁안을 확실
하게 밀어주고 있다. 공립대학의 예산, 어린이의 점심급식, 연장자들
의 Food Stamp, 미혼모 지원금, 최하층의 의료보조금과 주택보조금
등을 빼내어 자기들의 세금감면에 충당하려는 것이다. 차라리 벼룩
의 간을 빼먹을 일이다. 부모를 따라 폭력, 마약, 범죄가 넘치는 길거
리에 나 앉은 어린이들이 학교에서 공부는커녕 끼니조차 때우지 못
한다면, 남의 것을 빼앗아서라도 입에 풀칠하는 일 말고 또 무슨 할
일이 그들에게 남는단 말인가? 대기업의 도움 없이는 운영하기 어려
운 언론마저 쉬쉬 해주는 이 법안은 현재 하원을 통과했다. 그 안은
하도 잔인하여 상원에서조차 의견이 분분하기 때문에 현재 상원 통
과를 목적으로 수정되고 있는 중이다. 수정되어 봐야 거기서 거기겠
지만.

　돈 맛을 본 사람은 쉽게 돈을 포기하지 못하고, 돈 많은 사람은 큰
목소리를 낼 능력이 생기게 마련이다. 대부분의 일반층이 이 안에 등
을 돌리면서 그 풍토를 바꾸려고 많은 노력을 하지만, 이들 돈 없는
다수의 목소리는 번번이 돈 많은 소수의 드높은 목소리 속에 묻혀버
리고 만다. 만에 하나 이 안이 상원을 통과하지 못한다 하더라도(그
럴 리는 없겠지만) 일단 그런 잔혹한 안이 발안되어 하원까지 통과했
다는 현재의 풍토로 보아 현재 공립학교에서 벌어지고 있는 악순환
의 미래는 가히 짐작할 만하다. 무서운 가속도가 붙으면서 더욱 어둡
고 더욱 빠르게 돌아갈 것이라는 사실은 생각만 해도 으스스한 일이
다.

도심의 황량한 공립학교

'와일드 우먼' 모임

 귀퉁이만 조금 열어 놓은 창문으로 한 줌 바람이 방 한가운데 유리 탁자 위에서 소롯소롯 어둠을 깨부수며 타고 있는 촛불을 살짝 스쳐간다. 미동의 자세로 앉은 사람들의 옅은 그림자도 벽지 위에 크게 하나로 어우러지면서 흔들린다. 은은하게 타는 향내마저 그 그림자와 어우러져 방 안 가득히 진동한다. 늦가을 어느 날 저녁 6시에 다섯 명의 중년여성들이 조앤의 집 한 켠에 자리한 삼 면이 유리창인 십여 평 정도의 선라이트 룸에 모였다. 탁자를 중심으로 둥그렇게 앉아 명상이나 기도를 하면서 오늘의 모임이 시작된다.

먼저 눈을 뜬 이들은 남은 사람 모두가 명상을 마칠 때까지 조용히 기다린다. 낸시가 마지막으로 눈을 뜨면서 5분 정도의 짧은 명상이 끝난다. 조앤이 자기가 선택한 오늘의 주제가 왜 '버리고 싶은 것'이 되었는지 설명하기 시작한다.

조앤은 언제부터인지 모르게, 가슴 저 밑바닥에 숨어 있다가 갑작

미국에 대해 알게 된 두세가지 것들

스레 자기를 습격하는 어두운 빛깔의 묵직한 그 무엇을 느끼기 시작
했다. 바쁜 일로 정신없이 움직일 때면 전혀 형체를 드러내지 않다
가, 쉴 시간이 생겨서 혼자 조용히 커피라도 마실라치면 가끔씩 갑작
스레 튀어나와 순식간에 자신을 옭아매면서 절망에 빠뜨리곤 했다.
자신의 생활에 커다란 영향을 미치는 것은 아니지만 그렇게 몇 년을
지낸 지금에야 그 정체가 무엇인지 꼭 알아내야겠다고 생각했고 어
떻게해서든지 떨쳐버려야겠다고 결심했다. 하지만 그런 추상적인 것
을 '버린다는 것'이 결코 쉽지 않을 것이라는 생각이 들어 이 모임에
도움을 청해야겠다는 생각이 든 것이다. 그래서 그녀는 전 달 모임을
마친 다음, 다음 달 모임에서는 '오랫동안 버리고 싶었지만 여러 가
지 이유로 버리지 못했던 것을 버려보자'는 내용의 카드를 회원들에
게 보냈다. '버리고 싶은 것'을 주제로 선택하게 된 이유를 설명한
조앤은 그 종류야 무척 다르겠지만 사람들이 대개 다 그런 느낌들을
지니고 사는 것이 아닌지 모르겠다며 오늘 모임 중에도 혹 그런 사
람이 있다면 그것들을 버릴 수 있도록 서로 돕자고 했다.

조앤은 시계를 꺼내 모두가 잘 보이는 곳에 놓는다. 한 사람당 20
분씩 할당하면 2시간이면 마칠 수 있겠다며, 오늘은 자기가 먼저 시
작하겠다면서 옆에 놓아둔 작고 낡은 바스켓 트렁크를 앞쪽으로 내
놓는다.
트렁크 속에는 아주 오래된 편지봉투, 낡은 흑백사진 서너 장, 레
이스 손수건, 레이스 장갑 등이 얌전하게 들어 있다. 그녀의 어머니
가 남긴 유품이라고 한다.
조앤은 자기를 순식간에 절망으로 몰아넣는 그 정체불명의 것을
알아내기 위해 수없이 많은 노력을 했다. 종합 건강진단을 받아보기
도 하고 정신분석학자를 만나보기도 했지만 아무 실마리를 잡을 수

없었다.

결국 매일 30분 이상 명상을 하게 되었는데, 그 명상을 통해 점점 정신이 맑아지는 것을 느낄 수 있었다. 그 맑은 정신으로 기억들을 더듬어가며 절망의 정체를 찾던 어느 날, 실마리처럼 느껴지는 것이 있었다. 그것은 어머니, 어머니의 죽음이었다.

어머니와 그녀는 둘도 없는 친한 친구였다. 죠앤은 어머니를 많이 닮았다. 성격도 취미도 비슷했다. 어머니는 어렸을 때부터 무엇을 하든 그녀를 믿고 지원해주었다. 술주정뱅이였던 아버지가 술에 취해서 집에 돌아와 주정을 해도, 어머니가 옆에 있는 한 그녀는 하나도 무섭지 않았다. 이튿날 아침이 되면 어머니는 술이 나쁜 것이지 아버지는 불쌍한 사람이니 우리가 이해해주어야 한다며 아버지를 감싸주었다. 그래서 조앤은 평소 멀쩡한 아버지만 정말 아버지라고 믿으며 술취한 아버지를 이해하려 많이 노력했다. 그녀는 그런 아버지 밑에서 성장했으면서도 남자에 대해 불공평한 선입견을 갖지 않게 된 것은 어머니의 그런 현명함 때문이라고 믿었다.

그녀는 결혼을 한 후에도 친정 부모와 한 동네에 살면서 항상 도움을 주고받았다. 하나 있는 아이도 할머니라면 제 엄마보다도 더 좋아할 정도였다. 모녀의 생김새는 세월이 가면서 더욱 비슷해졌다. 동네 사람들이 형제도 그냥 형제가 아니라 쌍둥이 형제 같다고 할 정도였다.

그런 어머니가 위암에 걸렸다. 다섯 달 동안 어머니의 병 간호를 하면서 조앤은 차라리 자기가 죽었으면 좋겠다고 생각했다. 어머니가 돌아가신 후를 감당할 자신이 전혀 없었기 때문이었다. 어머니는 돌아가시기 전 한 달 동안 무슨 음식, 아니 물 한 모금이라도 넘겼다 하면 곧장 토했다. 피부가 뼈에 닿도록 말라가는 당신의 고통을 보면서도 그렇게라도 살아계신 것이 고마웠다. 결국 어머니는 돌아가셨

미국에 대해 알게 된 두세가지 것들

다. 조앤은 그 후 한 달 동안 식음을 전폐하고 누웠다. 그렇게 누워 있던 어느 날, '지금 네 남편과 네 아이에게는 건강한 부인과 엄마가 필요하다'는 어머니의 속삭임이 생생하게 들렸다. 마치 어머니가 바로 옆에 앉아서 꾸중하시는 것 같았다. 그녀는 그 날로 자리를 털고 일어나 정상적인 생활을 시작했다. 어머니가 자기 곁을 떠난 것이 아니라, 이제는 자기 속에 들어와 머물러 계시면서 자기를 지켜주고 있음을 믿게 된 것이었다.

그 후 15년이 흘러 조앤은 현재 쉰네 살이다. 가끔씩 어머니가 그립기도 하고 자신 속에서 느껴지기도 하지만 이제는 어머니가 정신적으로나마 자기 생활을 도와주는 부분이 거의 없게 되었다. 내부에 모셔둔 어머니의 위치가 몹시 흔들리고 있는 것이다. 그녀는 자신의 가슴 저 밑바닥에 숨어 있는 어둡고 묵직한 그것은, 이미 홀로서기에 능숙해진 자아가 15년 전에 모셔온 어머니에게 눈치를 보내게 된 결과라고 믿게 되었다. 자아와 싸우면서 노상 지게 된 어머니가 이제는 내보내달라고 호소하시는 것이라는 확신을 갖게 되었다.

그녀는 그렇다면 이제 어머니를 보내드려야 한다고 생각했다. 그래서 오늘은 어머니가 생전에 아끼시던 유품을 가져왔다. 그리고 그 유품들을 가지런히 테이블 위에 올려놓고 이 모임의 벗들과 함께 어머니에게 작별을 고하는 예를 취하고 싶다고 한다. 모두 손을 잡고 묵념에 들어간다. 그녀가 어머니에게 작별을 고하기 시작한다.

"어머니는 나의 제일의 벗이었습니다. 그리고 지금도 그렇습니다. 당신이 돌아가신 후 당신의 도움 없이는 삶을 지탱할 수 없다는 것을 안 나는 당신을 내 안에 모시면서 여전히 당신의 도움을 받고 당신과 대화하며 삶을 살 수 있었습니다. 육체적으로는 존재하지 않으셨기 때문일까요? 언젠가부터 내 자아가 자라더니 홀로서기를 시작했습니다. 그리고 지금은 완벽한 홀로서기를 하게 되었습니다. 그러다보니 자아는 자아대로, 당신은 당신대로 불편해 하시는 모양입니다. 몸을 떠난 영혼은 이미 다른 영혼이 들어 있는 몸을 함께 나눌 수 없는 것인가 봅니다. 오늘 이 자리에 당신과 나를 아끼는 벗들과 함께 십여 년 전 내가 무지하였기에 당신께 씌워놓은 멍에를 벗겨드려 자유롭게 해드리고 싶습니다. 어머니, 당신을 이렇게 보내드린다고는 하여도 이것으로 당신과 나의 인연을 끊는 것은 아닙니다. 멍에를 벗겨드림으로써 당신의 영혼을 자유롭게 만들어드리는 것입니다. 그래서 이번엔 내 내부 속에서가 아니라 내 주위에서 당신 생전에 그러셨듯 나를 항상 지켜주실 것을 믿습니다. 저 또한 자유로워진 당신과 함께 이제는 성숙한 대화를 많이 할 것입니다. 안녕히 가세요.”

눈물과 콧물이 범벅이 된 채로 어머니와의 작별을 고하고 난 조앤을 모두들 돌아가면서 한 번씩 가슴에 꼭 안아준다. 제 자리에 앉은 그녀는 아주 짧은 묵상을 하면서 감정을 추스린다. 진정이 된 그녀가 테이블 위에 놓인 물건들을 조심스레 트렁크에 넣고 난 후 싱긋 웃더니 자기 시간은 이제 끝났다는 신호를 보낸다.

그녀 옆에 앉은 줄리가 이번엔 자기가 하겠다며 헌 운동화 한 켤레를 테이블 위에 올려놓는다. 모두 재미있는 구경거리를 보는 것처럼 호기심 어린 눈으로 신발과 줄리의 얼굴을 번갈아가며 본다. 줄리가 잠깐 묵상하는 동안 모두 호기심을 가라앉히면서 그녀가 입을 열기를 기다린다.

줄리는 어렸을 때부터 이른바 ‘Tom Boy(남자아이처럼 노는 여자아이)’였다. 그녀는 ‘Barbie(여자아이들이 가장 많이 갖고 노는 여자인형의 이름)’를 갖고 노는 것은 싫어했고, 주로 남자 아이들과 밖에서 놀기를 좋아했다. 전쟁놀이를 하면 남자 아이들을 다 제쳐놓고 제가 장군이 되어 진두에 서서 병정들을 지휘하였고, 싸웠다 하면 몸싸

미국에 대해 알게 된 두세가지 것들

움으로 항상 승자가 되었다. 무슨 놀이를 하든 제가 이겨야 직성이 풀리는 아이라 만약 지는 경우가 생기면 며칠씩 속을 끓였다. 나이 서른 셋이 된 지금까지도 여전해서, 무슨 일을 하더라도 자신을 마라토너에 비유하면서 열심히 했다. 공부하기가 쉽지 않은 환경인데도 현재 전산과 박사과정을 밟으면서 대학의 시간강사를 하는 것도 다 그런 악착 같은 성격 때문이었다.

조앤의 카드를 받고 난 후 만약 자기 자신에게서 버리고 싶은 것이 있다면 그것은 무엇일까 진지하게 생각해보기 시작했다. 스스로 멋있게 사는 사람이라고만 생각하며 살아왔기 때문에 자신에게 그런 질문을 해본 적이 없었다. 남자들에게 인간적 책임감을 전가하면서 기대는 줏대없는 여자애들처럼 살지 않았고, 아무 일이라도 시작했다 하면 죽이 되든 밥이 되든 목표를 향해 끝까지 뛰는 지구력과 인내력을 갖고 살았으며, 사람을 흐트러지기 쉽게 만드는 감정보다는 맑은 이성과 지성을 기리며 살았기 때문이다.

몇 주 전 어느 날 저녁을 먹고난 후였다. 결혼하지 않고 10년째 동거하고 있는 남자 친구 잔과 빌려온 비디오를 함께 보고 있던 중이었다. 이상한 느낌이 들어 옆에 앉은 잔에게 눈을 돌리니 그가 소리 없이 눈물을 흘리고 있었다. 영화는 다음과 같은 얘기였다.

A와 B는 한 회사에서 같은 일을 하는 둘도 없는 친구이다. 회사에 큰 프로젝트가 생겼다. A는 회사가 며칠 후에 자기에게 그 일을 맡길 것이라는 정보를 우연히 얻게 된다. 그러나 사실은 B가 이 일에 큰 기대를 걸고 있었다. B는 정신적으로, 경제적으로 아주 좌절해 있는 상태여서 이 일을 맡지 못하면 자살이라도 불사할 참이었다. 이를 눈치채고 있던 A는 많은 애를 써가면서 자신의 평생 커리어에 대단한 영향을 미칠 만큼 큰 이 일을 B가 맡도록 손을 쓴다. 혹 뒷얘기를

'와일드 우먼' 모임

알게 되면 자존심 강한 B가 일을 맡지 않을 걸 알고 있는 A는 모든 뒷공작을 B에게 숨긴다. 결국 B는 이 프로젝트로 활기찬 새 인생을 걸게 되고 A도 친구를 도운 보람을 느끼며 기뻐한다.

소리 없이 울고 있는 자신의 눈길과 마주친 것이 하도 갑작스러워서인지 그는 모른 척 눈을 딴 데로 돌렸다. 영화가 끝난 후 잔은 A의 우정은 정말 감동적이었다며 자기의 성공을 위해 남 짓밟기를 밥먹듯 하는 요즘에 이런 영화들은 더욱 아름다운 영화로 꼽혀야 한다는 말을 계속했다.

줄리는 생각했다. 무엇이 그렇게 감동적이었을까? A가 더 능력이 있었으니 애초에 그에게 일이 맡겨진 것인데, 아무리 친구를 위한다 해도 평생을 뒤바꿀 만큼 그렇게 큰 일을 어떻게 친구에게 양보할 수 있단 말인가? 그것도 친구에게는 전말을 숨겨가면서…. 아무리 선행을 했다 해도 친구를 속인다는 행위는 그 친구를 우습게 본다는 것에 지나지 않는다는 생각도 들었다. 그의 능력을 더 믿고 처음 그에게 일을 맡겼던 상사에 대한 책임감과 의리는 또 어떻게 되는 건가? 어떻게 그것을 감동적으로만 이해한단 말인가? 그녀는 잔의 눈물을 이해할 수가 없었다.

그러나 그 일은 다음 날도 또 그 다음 날도 그녀의 뇌리에서 떠나지 않았다. 일단은 10년 동안 함께 산 잔의 눈물을 이해 못하는 스스로가 답답했다. 며칠을 곱씹으며 생각하는 동안 그녀는 조금씩 잔의 눈물이 이해되기 시작했다. 결국 그녀도 마라토너처럼 전혀 앞뒤 안 보고 승리만을 위해 뛰면서 산다는 것이 꼭 자랑스러운 일만은 아니라는 느끼기 시작했다. 이제껏 그렇게만 살아온 자신이 부끄러워지기 시작했다. 그래서 그녀는 자신의 마라토너적 경쟁심과 성취욕을 상징하는 운동화 한 켤레를 갖고 와 벗들 앞에서 버리는 의식을 하

미국에 대해 알게 된 두세가지 것들

게 된 것이다.

그녀는 신발 앞에 앉아 앞으로는 넉넉한 마음으로 살기로 단단히 맹세한다. 그녀가 정말 이기적인 마로토너 같이 행동한 적이 많아서 다소 걱정을 하고 있던 벗들은 기꺼이 그녀의 ‘버리는 의식’에 함께 하면서 서로의 손을 마주잡고 묵상에 들어간다. 모두 마주잡은 손에 힘을 주며 줄리의 새출발을 축하하고 기뻐해준다. 묵상을 끝낸 줄리는 앞으로의 자신을 꼭 옆에서 지켜봐주면서 필요하면 서슴없이 주의를 달라고 부탁하며 자신의 순서를 마친다.

이번에는 낸시가 하겠다고 한다. 그녀는 옆에 있던 큰 상자 속에서 80센티 정도되는 큰 여자아이 인형을 꺼내 테이블 위에 앉혀놓는다. 일곱 살 때 부모에게 크리스마스 선물로 받은 것이다. 그것은 작년 여름 이사가는 친정 엄마의 짐싸는 일을 도와주면서 다락방에 올라갔다가 높이 쌓인 트렁크들 뒤에서 발견하게 되었다. 먼지가 뽀얗게 쌓여 있던 이 상자는 그를 기억에도 생생한 40년 전으로 이끌고 갔다.

크리스마스가 한 달 정도 지난 어느 날이었다. 그 날도 낸시는 다락방에서 인형과 함께 소꿉장난을 하고 있었다. 아래층에서 엄마가 부르는 소리가 나는 것 같았으나 인형과 노느라 정신이 팔려 무시해버렸다. 조금 있다가 엄마가 계단을 쿵쾅거리면서 아래층에서 올라왔다. 엄마는 화가 나서 씩씩거렸다. 그리고 매일 이렇게 인형에 정신이 팔려 엄마가 불러도 못 들은 척하니 그 놈의 인형 꼴도 보기싫어 갖다버리겠다면서 인형을 낚아채 안고는 방을 나갔다. 그후 그녀는 다시 인형을 보지 못했다.

그녀는 차츰 다른 아이로 변해갔다. 비록 인형이었지만 무남독녀여서 너무도 외롭던 차에 생긴 친구였다. 늘 함께 자고, 함께 놀던 벗이었다. 그런 친구가 사라져버리자 외로움은 전보다 훨씬 더 강해졌다. 가장 친한 친구를 빼앗아간 부모에 대해 불신과 분함이 자라기 시작했다. 아무리 친한 친구도 그렇게 갑작스럽게 사라질 수 있다는 데 대한 두려움 때문에 친구를 사귀는 것조차 꺼리게 되었다.

이 모든 것은 이제껏 활발하고 재잘거리던 일곱 살짜리 꼬마를 내성적이고 말 없는 아이로 만들어버렸다. 부모들도 갑자기 달라진 딸을 걱정했으나 그 사건과 결부시키지는 못했다. 아이는 나이를 먹으면서 점점 더 멀어졌고 자신감이 없는 소극적이고 어두운 소녀로 커 갔다.

낸시는 계속 그런 상태로 지금의 40대 중반에 이르렀다. 그 일은 평생을 통해 결코 잊을 수 없는 사건이었다. 그런데도 지금까지 엄마와 그 일에 대한 얘기를 나눈 적이 전혀 없다. 왜인지는 몰라도 엄마는 그 후 지금까지 한 번도 그 일에 대해 언급한 적이 없었다. 엄마가 그랬기 때문이기도 했지만 그 스스로도 감히 그 일을 입 밖으로 들먹거리지 못했다. 상처가 너무 컸기 때문이다. 인형의 소재가 궁금한 적이 한두 번이 아니었지만 한 번도 찾아보려 하지 않은 것도 같은 이유 때문이었다.

그는 마흔이 넘은 지금까지도 부모에게 사랑 외에 불신, 분함, 억울함, 미움 등의 복잡한 감정을 느낀다. 엄마가 이미 칠순이 되셨지만 아직까지도 그 얘기는 꺼내지 못한다. 오랜 감정을 끄집어냈다가 제 설움에 못 이겨 감정이 폭발할지도 모른다는 생각에, 겉으로나마 평온한 모녀 사이에 공연히 긁어 부스럼만드느니 그냥 그렇게 두기로 했던 것이다.

상자를 발견한 그녀가 가져도 되느냐고 묻는 말에, 30년 전 그 상자의 일을 기억하고 있을 것 같은 엄마는 그러라는 한 마디 외에는 더 이상 아무런 얘기도 하지 않았다. 상자를 들고 집에 온 그 날, 그

미국에 대해 알게 된 두세가지 것들

녀는 인형을 끌어안고 옛 기억을 되살리며 밤새도록 울었다. 그 일만 없었다면 엄마와의 관계도, 친구관계도, 자신의 성격도 지금 상태와는 많이 달랐을 것이란 생각을 하면서.

그녀는 처음 만난 사람은 무조건 불신하며, 소극적이고 내성적이며 자신감이 없다. 그 일이 아니었다면 그녀는 일곱 살 전처럼 활달하고 외향적인 사람이 되어 있을지도 몰랐다. 직장에서도, 일반 대인관계에서도, 지금처럼 어려움을 겪지 않아도 되었을지 모른다는 생각은 그녀를 더욱 안타깝게 했다. 그 날 이후 그녀는 전보다 더 작게 웅크리는 자신을 발견한다. 그 일에 대한 집념이 전혀 자신에 도움을 주지 않는다는 사실을 잘 알고는 있지만 어떻게 해볼 수가 없었다. 조앤의 카드를 읽으면서 이번 모임이 자신을 구제할 수 있는 기회가 될지도 모른다는 생각이 들었다. 40년이나 묵은 이 한(恨)을 버릴 수만 있다면 그녀는 아주 자유로워질 수 있을 것 같았다.

눈물에 범벅이 된 낸시는, 자기 때문에 생긴 한 사람의 삶의 변화를 전혀 눈치채지 못한 채 순진무구한 얼굴로 방실방실 웃으면서 얌전히 앉아 있는 소녀 인형을 무릎에 앉힌다. 모두 기도를 시작한다. 그녀는 결국 이 옛 친구가 자기 손에 이렇게 다시 돌아왔으니 이제까지 자기를 괴롭혔던 모든 감정들을 늦게나마 버릴 수 있게 도와달라고 기원한다. 그녀의 아픔을 안타까워하는 모두는 그녀의 기원을 들으면서 함께 간절히 빌었다. 그녀를 아끼는 자신들의 '기(氣)'가 합쳐져서 그녀를 괴롭히는 감정들이 깨끗하게 내쫓기를….

낸시의 순서가 끝나자 이번에는 셸리가 하겠다고 한다. 그녀는 보자기에 싸온 두꺼운 노트 여덟 권을 테이블 위에 올려놓는다. 첫 결혼 3년 동안 하루도 빠짐없이 쓴 일기라고 한다. 결혼식, 불신의 싹, 이해의 노력, 자포자기, 이혼요구, 부계사회 법의 횡포, 절망, 새생활의 노력, 폭력, 자살시도, 가출소동, 납치소동… 등을 겪으면서 그 누구에게도 쉽사리 전할 수 없었던 감정들을 쓴 글들이다. 15년 동안 이 주에서 저 주로 몇 번씩 이사를 하면서 무슨 값비싼 귀중품이나 되는 것처럼 싸들고 다녔다.

조앤의 카드를 받고 나서 '버리고 싶은 것'이 무엇일까 하고 골똘히 생각해보던 어느 날, 아득한 곳에 자리하고 있는 기억을 끌어올리는 냄새를 맡게 되었다. 장 속에 넣어둔 여덟 권의 노트가 아직도 피눈물에 섞어 축축한 채 내장이 푹푹 썩어가는 냄새를 물씬 풍기고 있었던 것이다. 재혼하여 아이까지 낳고 단란하게 가정을 꾸려가고 있는 지금이라 사실은 전혀 현실감이 나지 않는 냄새였지만, 특별하게 정리할 기회도 없이 한쪽으로 쓱 밀어놓았던 지옥 같던 과거가 살풀이를 해주기를 바라면서 그렇게 냄새를 풍기고 있었던 것이다. 벌써 오래 전에 정리했어야 옳았다는 생각도 들었다.

낸시는 일기장을 자신의 삶의 기록으로 그냥 간직하고 싶었다. 과거를 지우고 싶은 마음은 없었다. 과거도 결국은 자신의 것이니까. 단지 그 기록을 흥건히 적신 피눈물과 내장 썩는 냄새만은 바싹 말리고 싶었다. 이제는 전혀 의미가 없는 냄새가 되었기 때문에, 그래서 후에 삶을 돌아볼 때 그 얼룩이 남긴 가르침을 객관적으로 감사할 수 있기를 바랐다. 그러나 혼자 이 일을 치른다는 것은 너무나 부담스럽다는 생각이 들고 두렵기조차 했다. 이제 다 지난 일이어서 무슨 일이 생기지야 않겠지만, 그래도 그 썩어 가는 냄새가 아직 남아 있다는 사실이 왠지 두려웠다. 괜히 잘못 건드렸다가 묶어놓은 끈을 놓쳐 그 썩은 냄새를 '평안한 현재'에 쏟아부을까 겁이 났다. 그러나 이 모임의 벗들과 함께라면 든든할 수 있었다.

아무에게도 보이고 싶지 않은 부분을 서로 보여주면서 부끄러워하지 않아도 되는 벗들. 누구든지 상처가 생기면 함께 정성껏 핥아주는

미국에 대해 알게 된 두세가지 것들

친구들. 그녀는 오랫동안 그렇게 깊게 서로를 이해해 왔던 이 벗들과라면 무엇이든 할 자신이 있다고 생각했다.

묵상이 시작된 지 얼마되지 않아 모두의 지극한 정기가 한데 모여 뜨거워지면서 그 일기장들의 축축한 습기와 썩는 냄새가 말려지기 시작한다. 더욱 뜨거워진 그 사랑의 에너지는 먼 기억 속으로 아스라이 사라진 것 같지만 사실은 아직 보이지 않게 남아 있던 작은 아픔을 서서히 태워버렸다.

이제 마지막인 말리사가 길이, 폭, 높이가 50cm 정도 되는 상자 하나를 앞에 내놓는다. 그녀의 뺨에는 벌써 눈물이 줄줄 흐르고 있다. 자기가 평생 그린 작품을 이런 상자 열 개 정도에 다 담아 놓았는데 그 중의 하나를 갖고 왔다고 한다. 크고 작은 액자에 끼워져 있는 유화작품들을 이 작은 상자에 다 담았다는 그녀의 말에 모두들 아리송해 한다. 그녀가 상자를 열어 보인다. 모두 깜짝 놀라 'Oh, no (오우, 노)!'밖에는 아무 말도 하지 못한다. 유화가 그려진 캔버스가 그 안에 갈기갈기 찢겨 있었기 때문이다. 여전히 눈물을 홀리면서도 싱긋 웃는 그녀는 모두를 둘러보며 말을 시작한다.

그녀는 어렸을 때부터 그림 그리기를 좋아했다고 한다. 그러나 대학을 갈 때까지도 그림은 취미로 그린다고 생각했기 때문에 역사학을 전공으로 택했다. 대학을 졸업할 때가 되면서 자기가 진정으로 하고 싶은 것은 그림 그리는 것임을 깨닫게 된 그녀는 졸업 후 역사학 쪽의 직장을 잡지 않고 집에 틀어박혀 그림만 그렸다. 그러다가 동네의 예술센터에서 어린 아이들 그림 지도반의 강사를 맡게 되었다.

그리고 곧 결혼을 했다. 아이 셋을 낳고 키우면서 틈틈이 그림을 그려왔고 몇몇 예술가들과 함께 전시회도 가졌지만, 중년이 된 지금까지 제대로 자신의 그림을 팔아본 적이 한 번도 없었다. 거기다 파트타임으로 유화와 관련된 일들을 이것저것 했지만 이렇다 할 경력

도 쌓지 못했다. 전시회를 몇 번 치르고 나니 남들이 화가라고 불러
주긴 하지만, 그녀는 나이 마흔 셋이 되도록 자신이 실속없는 화가
이상이 아니었다는 괴로움에서 벗어날 수 없었다.

아무리 자기가 좋아 그림을 그린다지만 20여 년 동안 그림만 전문
으로 그렸는데도 작품을 살 만큼 좋아해준 사람이 없었다는 사실을
직시해야 했다. 그후 그녀는 남달리 그림 그리기만 좋아했지 화가될
능력은 없다는 것을 스스로에게 타이르며 몇 번씩이나 자기의 꿈을
송두리째 뽑아버리려고 했으나 끝내 실행하지 못했다. 이제는 그런
중압감 때문에 그림을 그릴 때마다 즐거워지는 것이 아니라 괴롭기
조차 했다. 화가가 되겠다는 헛된 소망의 뿌리를 뽑아버리면 괴로운
일 없이 가벼운 마음으로 그림 그리기를 즐길 수 있을 것 같다고 생
각하던 터에 조앤의 카드를 받고는 그렇게 기쁠 수가 없었다.

그녀는 이번에는 꼭 '버리고 싶은 것'은 아니지만 '버려야 할 것'
을 버려야겠다는 결심을 단단히 했다. 그리고 즐기지 못하면서 그린,
지금까지의 모든 그림을 다 미련없이 버리기로 했다. 그래서 오늘 이
모임에 오기 전에 집에 있는 그림을 모두 모아 가위질하기에 이른
것이다.

그녀는 열 몇 상자 분량의 유화들을 찢으면서 많이 울었다. 그림
은 그렇게 다 찢을 수 있었지만 아직 마음까지 다하여 버리지는 못
했다. 그녀는 이 시간을 통해 다 버리고 싶으니 그러는 동안 자기를
꼭 붙잡아달라고 한다. 모두들 함께 아파한다. 그녀가 얼마나 그림
그리는 것을 사랑하는지 알기 때문이다. 그녀가 하나하나 공들인 모
든 작품을 그렇게 갈기갈기 찢은 것은 아픈 일이지만 이번을 계기로
자유롭고 새로운 작품세계를 펼칠 것이라는 생각을 하며 모두 그녀
의 '버리는 의식'에 함께 했다.

찢은 그림을 담은 상자 앞에 앉아 몸을 떨며 뭔가를 중얼거리면서

미국에 대해 알게 된 두세가지 것들

오열하는 그녀를 가운데 두고, 모두 한마음이 되어 부둥켜 안고 오열하기 시작했다. 한참이 흘렀다. 그녀가 먼저 진정하기 시작하면서 모두들 울음을 멈추기 시작했다. 어느새 눈화장으로 얼룩진 그녀의 얼굴에 웃음이 번져왔다. 금방 마친 '버리는 의식' 때문인가? 언제나 어둠의 그늘이 눈가에 머물고 있는 것 같던 그녀가 아주 밝고 자유로워보인다.

클로레사 핀콜라 에스테스(Clarissa Pinkola Estes)는 정신분석학 박사로 1992년, *Women Who Run With The Wolves*라는 책을 써서 수십 주 동안 ≪뉴욕타임즈≫ 베스트셀러를 기록했다. 이 책은 여성들에게 정신고고학적 발굴을 통해 스스로의 무의식 세계를 파헤치면서, 남성주의 사회의 긴 역사 속에서 파괴된 정신적 건강과 본능의 생명력을 다시 찾는 방법을 보여주는 책이다. 그는 특히 여러 문화가 종합된 신화, 전설, 옛날 이야기들에서 보이는 '여성'을 분석·연구하면서 현대 여성의 내면에서 그 '여성'을 찾아내어 이미 무너져버린 그들의 진정한 영혼, 정열, 지혜 등을 다시 살리고자 한다.

'와일드 우먼(Wild Women)'은 이 책을 기초로 하여 창조력, 무의식, 정신력, 에너지를 최대한으로 이용하는 가운데 스스로의 삶을 보다 풍부하게 발전시키고자 시작된, 한 동네의 월례 여성 모임이다. 여기서 쓰이는 'Wild'란 단어는 자연은 물론 초자연에까지 이르는 인간의 심원한 본성, 무의식, 초능력 등을 의미한다.

이 모임은 대개 앞의 책에 초점을 맞추어 각자 돌아가면서 주제와 진행방식을 택한다. 각자 내면에서만 키워온 감성과 감각, 문제점 등을 격의 없이 드러내어 함께 나누면서 서로 위로하고 격려하는 동안 정신적 갈등을 해결하기도 한다. 2년 전에 첫 모임을 가졌으며, 그

'와일드 우먼' 모임

모임에는 8명이 참석했다. 처음에는 웬만한 사이가 아니면 나누기 힘든 깊은 아픔이나 비밀을 드러내는 것이 무척 쑥스러웠다. 그러나 온갖 종류의 주제를 다루었던 2년여의 시간을 통해 이제는 누구보다도 서로를 잘 아는 진정한 마음의 벗들이 되었다.

어쩌다가 이사가는 사람도 있고 새 사람을 맞기도 했던 이들은 이제 어떤 새 사람이 모임에 들어와도 자신들의 마음의 문을 활짝 열어 보일 수 있으며, 새 사람의 마음의 문까지도 활짝 열 수 있게 되었다.

오늘 이 모임의 주제는 앞의 책 6장 'Finding One's Pack: Belonging As Blessing(집 찾기: 축복으로서의 소유물)' 중 'The Mistaken Zygote(잘못 자리잡은 접합제)' 부분에서 설명된 'Ofrendas(오프랜다스)'에서 비롯된 것이었다. 그 내용은 대략 다음과 같다.

인간은 의식(儀式)을 통해서도 스스로의 삶을 올바르게 조명해볼 수 있다. 의식은 우리 삶에 내재해 있는 그늘과 공포를 불러내기 때문이다. 인간은 그것들을 정리, 소화하면서 편안함을 얻는다. 'El Dia de los Muertos(죽음의 날: 멕시코인들의 축제로, 11월 2일에 촛불과 향을 피우면서 무덤을 꽃, 음식, 장난감, 선물 등으로 화려하게 장식함)' 축제 중에는 이미 삶을 살고간 사람들을 위한 제단인 'Ofrendas'라는 의식이 행해진다. 그것은 그늘과 공포를 의미하는 물건들을 버리는 의식이다. 여기에서 버리는 행위는 이미 이 세상에 존재하지 않는 사랑했던 사람들에 대한 감사, 추억, 깊은 존경심의 표시이기도 하다. 삶을 간신히 지탱하는 상태에서 충만하게 발전시키는 상태로 바꾸려 노력하는 여성들은 '오프랜다스'를 통하여 정신적으로 자유롭고 새롭게 성장할 수 있다.

오늘 이 곳에 모인 'Wild Women(와일드 우먼)'은 회원 모두의 'Ofrendas'에 대한 배경을 진지하게 들었고, 그로부터 해방되고자 하는 그들의 예식에 참여하여 경건한 증인이 되어주었다. 오랫동안 가

미국에 대해 알게 된 두세가지 것들

슴에 묻어둔 채 건드리지 않은, 만약 건드리면 또 무서운 독을 뿜어
내면서 자신을 다시 고통으로 몰고갈지도 모를 기억들인데도 왠지
마구 버리거나 막 보관하기에는 너무 귀하게 느껴져 차라리 귀중품
처럼 보물궤짝에다 모셔놓은 보물 아닌 보물들…. 아주 조심스럽게
낡은 궤짝에서 꺼내어 제단에 올려놓고 함께 울고, 함께 삭히며, 함
께 새로운 각오를 하는 예식이었다.

요즘 미국 사회에는 이와 비슷한 모임들의 숫자가 자꾸 늘고 있다.
일종의 뉴에이지 현상이라고 볼 수도 있겠다. 성의 구별 없이 구성되
기도 하는 이런 모임은 모임의 속성에 따라 질적 차이는 있겠지만,
마음의 문을 더욱 굳게 닫아가면서 바쁘게 살아가는 미국 현대인들
에게 아주 훌륭한 청량제가 되고 있다.

'와일드 우먼' 모임

김/보/경

1979   경희대학교 대학원 국문과 졸업(석사)
1986   미국 웨인(Wayne) 주립대학 전산과 졸업
1986-7 미시간 주 디트로이트 ≪한인신보≫ 기자 역임
1988   미국 웨인(Wayne) 주립대학 전산과 석사과정 수료
1993   노암 촘스키(Noam Chomsky, 언어학자·사회비평가)의 *What Uncle Sam Really Wants* 번역(『미국이 진정으로 원하는 것』, 한울, 1996)
1996   ≪한국수필≫ 신인상
현재   미국 노던 캔터키(Northern Kentucky) 대학 수학전산과 강사, 전산실장

미국에 대해 알게 된 두세가지 것들

ⓒ 김보경, 1997

지은이·김보경
펴낸이·김종수
펴낸곳·도서출판 한울

편집·신선경

초판 1쇄 인쇄·1997년 5월 24일
초판 1쇄 발행·1997년 5월 31일

주소·120-180 서울시 서대문구 창천동 503-24 휴암빌딩 201호
전화·326-0095(대표) 팩스 333-7543
등록·1994년 5월 7일, 제21-590호

Printed in Korea.
ISBN 89-460-2424-0 03810

* 값 5,800원